（典藏版）

百部国学传世经典

中华国学经典盛宴／获取先贤核心智慧

人间词话

【清】王国维／著
林少华／主编

漓江出版社

图书在版编目(CIP)数据

人间词话/(清)王国维著;林少华主编. -- 桂林:
漓江出版社, 2017.8
(百部国学传世经典)
ISBN 978-7-5407-8229-0
Ⅰ. ①人… Ⅱ. ①王… ②林… Ⅲ. ①词(文学)-诗
词研究-中国-古代 Ⅳ. ①I207.23
中国版本图书馆 CIP 数据核字(2017)第 197197 号

人间词话 RENJIAN CIHUA

作　　者 【清】王国维　著
主　　编 林少华

策划统筹 陈植武　林晓鸿
责任编辑 魏志明
助理编辑 甘智洪

出 版 人 刘迪才
出版发行 漓江出版社
社　　址 广西桂林市南环路 22 号
邮　　编 541002
网　　址 www.lijiangbooks.com
印　　制 北京飞达印刷有限责任公司
开　　本 710 mm×1000 mm　1/16
印　　张 28
字　　数 399 千字
版　　次 2017 年 9 月第 1 版
印　　次 2023 年 5 月第 4 次印刷
书　　号 ISBN 978-7-5407-8229-0
定　　价 45.00 元

前言

中华民族有着数千年的文明历史，创造了光辉灿烂的古代文化，其中中国传统国学是我国辉煌灿烂的文化典籍的核心部分，它博大精深、源远流长，显示出中华文化的深厚根基，给人类留下了丰富的精神财富。它是我们炎黄子孙的文化精髓，它塑造了我们中华民族的民族精神，是培育民族精神的重要资源。它开启心智，滋润生命，陶冶人格，塑造灵魂。

开卷有益，忙碌的人们闲暇之时，应该用传统国学来陶冶自己的情操，开阔自己的心胸，提高自己的人文修养，用先人的哲思来涤荡自己忙碌的心灵。我们应该坚持阅读的爱好，在潮流文化的强大攻势下，让传统文化永驻我们的心田。“复兴国学，从根本上讲，是复兴中华民族的自尊心、自信心。”我们要甄选传世经典著作中最经典的部分来读，要以开放的胸襟和燃烧的激情去承接古人的经典大论与哲思华章，以自豪而不狂妄、执着而不僵化的精神风貌来直面当今社会的竞争与挑战。

为了弘扬中国传统文化，帮助读者深刻了解我们的历史与文化，用经典历史文学知识陶冶情操、提高文化修养，同时使国学得到承传，得以弘扬光大，我们精心编排了本书。为了便于读者理解和领会古代先贤的思想与精神，我们在文章中选取了与正文相契合的插画，将插画与正文有机地结合在一起，可大大增加读者的阅读趣味。

本书选取了国学经典著作中很多优秀的作品及资料，博采各类经典作品的长处，并有所创新，以使得本书风格迥异、卓然超群，相信会给读者带来全新感受。

由于时间仓促，书中难免有不尽之处，恳请读者朋友们提出宝贵意见，在此深表谢意。

目录

正编

删稿

补遗

人间词话补录

人间词

正编

一

原文

词以境界[1]为最上[2]。有境界则自成高格[3]，自有名句。五代北宋之词所以独绝[4]者在此。

注解

①境界：本指一定的疆土范围（地域范围）。诗家所说的境界，包括物境、情境、意境三境。王国维所说的境界，亦在诗中三境之内，但他是从《诗经》拈出，引申为“意无穷”。

②最上：王国维所说的“最上”不仅包括严羽所指“最上乘”，而且认

为应该从作品的客观存在看其“格”（文格和人格）的高低。

③高格：很高的格调。

④绝：这里指的是高明绝妙。

译文

词以境界为最高审美标准。词有境界就自然会形成很高的格调，也自然会产生绝妙的好句子。五代和北宋的词之所以高明绝妙就在于此。

赏析

“境界”一词原出于佛家典籍。三国时，佛典《无量寿经》传入中国，上面记载：“比丘白佛，斯义弘深，非我境界。”这里说的“境界”是指佛教教义的造诣程度。东汉大经家郑玄在笺注《诗经·大雅·江汉》“于疆于理”这一句时说“往正其境界，修其分理”，郑玄所说的“境界”是指地域的范围界限。

王国维之前，“境界”说在中国诗学领域已经得到充分发展，但往往过于零散和表面。历代诗人和诗论家所举的与境界相关的学说，大多是一种审美形态的表述，而没有认识到“境界”的审美本质。王国维以“境界”为本，以“境界”为上，赋予“境界”说以本体论内涵，从而以“境界”为中心构建了中国美学的崭新体系。这一体系既继承了中国古代的艺术论传统，又吸收了西方美学和文艺理论的精粹，可谓横贯古今，融汇中西。

二

原文

有造境[1]，有写境[2]，此理想与写实二派之所由分。然二者颇难分别，因大诗人所造之境必合乎自然，所写之境亦必邻于理想故也。

注解

①造境：指创造出来的想象的境界，侧重于艺术虚构。

②写境：指描写现实中真实存在的境界。

译文

有创造出来的想象的境界，也有描写现实中真实存在的境界，这是理想与写实二派的区别所在。但是二者实际上很难分辨。因为大诗人创造出来的境界必然合乎自然，描写出来的境界也必然近于理想。

赏析

王国维并举“理想”与“写实”两派，显然受到了西方现代文学发展中浪漫主义与现实主义两大流派的启发。王国维的睿智和独到之处，是不对这两派做严格的区分，而是来一个中和，将这两种相互对立的文艺思潮辩证地结合在一起。造境，要源于现实人生，要合乎自然；写境，也要有所提炼和升华。二者能够巧妙融合，才能写出好的诗词，也只有这样的诗人，才真正算得上是“大诗人”。

三

原文

有有我之境，有无我之境。“泪眼问花花不语，乱红飞过秋千去”[1]，“可堪孤馆闭春寒，杜鹃声里斜阳暮”[2]，有我之境也。“采菊东篱下，悠然见南山”[3]，“寒波澹澹起，白鸟悠悠下”[4]，无我之境也。有我之境，以我观物，故物皆著我之色彩[5]。无我之境，以物观物，故不知何者为我，何者为物。古人为词，写有我之境者为多，然未始不能写无我之境，此在豪杰之士能自树立耳。

注解

①“泪眼”二句：出自宋欧阳修《蝶恋花》。原文为：“庭院深深深几许？杨柳堆烟，帘幕无重数。玉勒雕鞍游冶处，楼高不见章台路。　雨横风狂三月暮。门掩黄昏，无计留春住。泪眼问花花不语，乱红飞过秋千去。”

②“可堪”二句：出自北宋词人秦观的《踏莎行》。原文为：“雾失楼台，月迷津渡，桃源望断无寻处。可堪孤馆闭春寒，杜鹃声里斜阳暮。驿寄梅花，鱼传尺素，砌成此恨无重数。郴江幸自绕郴山，为谁流下潇湘去？”

③“采菊”二句：出自东晋诗人陶潜的《饮酒》第五首。原文为：“结庐在人境，而无车马喧。问君何能尔？心远地自偏。采菊东篱下，悠然见南山。山气日夕佳，飞鸟相与还。此中有真意，欲辩已忘言。”

④“寒波”二句：出自元代诗人元好问的《颍亭留别》。原文为：“（同李治仁卿、张肃子敬、王元亮子正分韵得‘画’字。）故人重分携，临流驻归驾。乾坤展清眺，万景若相借。北风三日雪，太素秉元化。九山郁峥嵘，了不受陵跨。寒波澹澹起，白鸟悠悠下。怀归人自急，物态本闲暇。壶觞负吟啸，尘土足悲咤。回首亭中人，平林淡如画。”

⑤物皆著我之色彩：叔本华《作为意志和表象的世界》云：“在抒情诗和抒情的心境中……主观的心情，意志的影响，把它的色彩染上所见的环境。”（根据《人间词话新注》修订本第三十五页转引）

译文

境界又分为“有我之境”和“无我之境”。“泪眼问花花不语，乱红飞过秋千去”，“可堪孤馆闭春寒，杜鹃声里斜阳暮”，这是“有我之境”。“采菊东篱下，悠然见南山”，“寒波澹澹起，白鸟悠悠下”，这是无我之境。所谓“有我之境”，是指描写的景物或营造的意境带有自我的感情色彩；所谓“无我之境”，是指作者将自己融入客体构造出来的意境。这就是主观诗与客观诗的区别。古人写词，写有我之境的比较多，但这并不是说他们不能写无我之境，对于那些名家高手来说，他们可以得心应手地根据自己的愿望进行选择运用。

赏析

“有我之境”与“无我之境”是王国维提出的两个重要概念。由于在境界创造上有“观我”与“观物”的差别，便产生了“有我之境”与“无我之境”的区分。在“显我”的境界中“物皆著我之色彩”，在“隐我”的境界中“不知何者为我，何者为物”。

“有我之境”，即“我”的感情在境界中占主位，并被明显地表现出来。

在境界创造中“以我观物”包含两层意思：其一，诗人在认识外物时，“我”是主动的，在沉吟视听之间，以“我”的感情来统率物，此时物的属性已带上诗人强烈的主观色彩，“花不语”已不是自然属性的物的花，而是诗人感情上的花；其二，物已不是作为独立的客体而被描绘，它成为直接表达诗人的主观感情的材料，情溢于物，直接抒情的比重大于写景状物的比重，给人一种强烈的主观抒情的感觉。由上述两点，故形成“物皆著我之色彩”的“显我”的艺术境界。

王国维的“无我”是指境界中隐蔽地表现“我”，属于表现方法。“无我之境，以物观物”，强调境界描绘重在状物之形，表现事物本来的特性，属于客观理智的观察、认识与表现，即“着身静处观人事”，在静观中洞察事物，方可免除主观的直接抒情。因为主观感情是隐蔽在景物之中，“故不知何者为我，何者为物”，形成了物我合一的境界。这里说的“不知”，并不是没有诗人的主观感情存在。可见“以物观物”的“无我之境”还是有诗人的主观感情，只是感情被融合在景物之中。

四

原文

无我之境，人惟于静中得之。有我之境，于由动之静[1]时得之。故一优美，一宏壮[2]也。

注解

①这里所说的“动”与“静”不是指艺术表现上的动态描写与静态描写。它是指诗人在创作时自身情感的强弱状态。所谓“动”是指诗人在创作过程中情感处于冲动与激烈的状态，这时感情的比重大于理智的思维，属于感情的迸发与外向的阶段，处处显示出诗人的主观色彩。所谓“静”是指创作中感情处于相对冷静、沉思的状态，理智调节着感情，属于感情的净化或内向的阶段。诗人在创作实践中要用感情来感受生活，表现其对生活的爱憎情绪，这是王国维一贯强调的。

②宏壮：今通称“壮美”。王国维在其作品《〈红楼梦〉评论》和《叔本华之哲学及其教育学说》等著作中，均写为“壮美”。

译文

无我之境，人们只能在静中取得。有我之境，要在从动到静的过程中取得。所以无我之境优美，有我之境宏壮。

赏析

王国维不仅把境界区分为“有我之境”与“无我之境”，还进一步从诗人在生活感受的情感状态的强弱、变化来说明这两种境界是如何产生的。但是，王国维更重视创作中的“静”，认为两种境界最终都要从“静中得之”。也就是说诗人的感情不能始终停留在冲动和自发的阶段，它必须依靠认识和思维来控制、调节和净化，使诗人在创作时情感既激烈又冷静。同时，诗人在现实生活中激发出来的感情波澜，并非始终处于一个水平。它有时表现为感情冲动，情绪激烈；有时显得平静，处于沉思状态；有时感情会由激动转为冷静，或由平静变为冲动与激烈。这样一些情感形态的变化都会影响到诗词的创造境界，形成不同的诗美，也给读者以不同的感受。

此外，关于“优美”与“壮美”，王国维在《叔本华之哲学及其教育学说》一文中还曾说过：“而美之中，又有优美与壮美之别。今有一物，令人忘利害之关系，而玩之而不厌者，谓之曰优美之感情。若其物直接不利于吾人之意志，而意志为之破裂，唯由知识冥想其理念者，谓之曰壮美之感情。”

五

原文

自然中之物互相关系，互相限制。然其写之于文学及美术中也，必遗其关系、限制之处。故虽写实家亦理想家也。又虽如何虚构之境，其材料必求之于自然，而其构造亦必从自然之法则。故虽理想家亦写实家也。

译文

自然中的事物，互相关系，互相限制。但是要将自然中的事物表现在文学和美术中，必然要舍弃它们的关系、限制之处。所以写实家也是理想家。另一方面，不管怎样虚构的境界，它的材料必然来源于自然，并且它的结构也必然要服从自然的法则。所以理想家也是写实家。

赏析

作者在继续阐释“理想”与“写实”二者必然融合这个观点的同时，也表明了艺术与自然的关系。在作者看来，艺术一定要“求之于自然”“从自然之法则”，它既不是对自然的被动模仿，也不是主观臆造的产物。王国维在这里提出的“自然之法则”可能是受到二十世纪初结构主义的影响。

结构主义认为，自然界是可感知的实体，它有自身的规律，自然界的一切都是按照这些规律运动的。人类社会本身就是自然界这个大系统的一部分，一切社会关系和社会文化也是人类顺应自然关系的产物，这些自然关系以成对的对应关系作为基本形式，控制着自然及人类与自然的一切关系。为了生存，为了自己的繁荣，人类必须按照自然界的那种对应关系，去处理人间的一切关系，从而使社会协调起来。这就是说王国维认为，不管是“理想”还是“写实”，遵循的都是同一个法则，即自然法则。

六

原文

境非独谓景物也，喜怒哀乐[1]亦人心中之一境界。故能写真景物真感情者，谓之有境界；否则谓之无境界。

注解

①喜怒哀乐：手稿原作“感情”，当为作者手定时所改。

译文

意境不是单指景物而言，感情也是人心中的境界。所以说能写出真景物、真感情的作品，才是有境界的；否则便是无境界的。

赏析

“境”的外延不只局限在客观的景物，主观的喜怒哀乐也涵盖在这个范围里。既然境界的涵盖面如此之广，那么是不是所有落诸笔端的文字都可以算作一种境界呢？在此，作者提出了一个“真”字作为衡量境界有无的标准。文学作品一旦离开了“真”，就谈不上任何的艺术性。所有的创作技巧都必须在“真”的基础上发挥它们的效果，否则只能是“为赋新词强说愁”，或者沦为炫技的三流作品。

七

原文

"红杏枝头春意闹"[①]；著一"闹[②]"字而境界全出。"云破月来花弄影"[③]，著一"弄"字而境界全出矣。

注解

①红杏枝头春意闹：出自北宋词人宋祁的《玉楼春·春景》。原文为："东城渐觉风光好，縠皱波纹迎客棹。绿杨烟外晓寒轻，红杏枝头春意闹。

浮生长恨欢娱少，肯爱千金轻一笑？为君持酒劝斜阳，且向花间留晚照。"

②闹：吴世昌指出，"闹"字乃宋人俗语，谓颜色惹眼，故有"闹妆""闹娥儿"，非吵闹之意（据《吴世昌先生唐宋词新解》）。

③云破月来花弄影：出自北宋词人张先的《天仙子》。原文为："水调数声持酒听，午醉醒来愁未醒。送春春去几时回？临晚镜，伤流景，往事后期空记省。　沙上并禽池上暝，云破月来花弄影。重重帘幕密遮灯。风不定，人初静，明日落红应满径。"

词牌解

《玉楼春》，名取自顾敻词“月照玉楼春漏促”“柳映玉楼春欲晚”和欧阳炯词“春早玉楼烟雨夜”。又名《惜春容》《西湖曲》等。

《天仙子》，本名《万斯年》，唐教坊曲，乃李德裕所进。属龟兹部舞曲。因皇甫松词有“懊恼天仙应有以”句，取以为名。又名《天花子》。

译文

“红杏枝头春意闹”，一个“闹”字使得境界全出；“云破月来花弄影”，一个“弄”字也使得境界全出。

赏析

古人写诗作文很讲究炼字。“闹”和“弄”两个动词的使用，把描写的景物拟人化，使得整首词妙趣横生。作者在这里肯定了炼字的积极意义，而这两句词也正可以作为古人炼字的典范之作。需要注意的是，炼字虽然有很强的技巧性，但仍然要使写出来的东西顺乎自然，正所谓“清水出芙蓉，天然去雕饰”。只有这样的作品，才能算得上是好作品。如果仅仅雕琢就会显得做作，也就算不得有什么境界了。强调自然之美是作者境界理论的一部分，下文多有提及。

八

原文

境界有大小，不以是而分优劣。“细雨鱼儿出，微风燕子斜”[①]，何遽[②]不若“落日照大旗，马鸣风萧萧”[③]。“宝帘闲挂小银钩”[④]，何遽不若“雾失楼台，月迷津渡”[⑤]也。

注解

①“细雨”二句：出自唐代诗人杜甫的《水槛遣心》（二首之一）。原文为：“去郭轩楹敞，无村眺望赊。澄江平少岸，幽树晚多花。细雨鱼儿出，微风燕子斜。城中十万户，此地两三家。”

②遽：音jù，竟的意思。

③“落日”二句：出自唐代诗人杜甫的《后出塞》第二首。原文为：“朝进东门营，暮上河阳桥。落日照大旗，马鸣风萧萧。平沙列万幕，部伍各见招。中天悬明月，令严夜寂寥。悲笳数声动，壮士惨不骄。借问大将谁？恐是霍嫖姚。”

④宝帘闲挂小银钩：出自北宋词人秦观的《浣溪沙》。原文为："漠漠轻寒上小楼，晓阴无赖似穷秋。淡烟流水画屏幽。　　自在飞花轻似梦，无边丝雨细如愁。宝帘闲挂小银钩。"

⑤"雾失"二句：出自北宋词人秦观的《踏莎行》。见正编三注解②。

译文

境界有大小之分，但是不能据此来区分它的高下。"细雨鱼儿出，微风燕子斜"怎能认为不如"落日照大旗，马鸣风萧萧"的意境。"宝帘闲挂小银钩"怎能认为不如"雾失楼台，月迷津渡"的境界。

赏析

作者在这里指出境界有大小之分，但却不能以此作为衡量文学作品优劣的标准。境界的大与小其实正是美学中所谓的“壮美”与“优美”，这是从西方引进的美学概念。壮美与优美这两个概念在西方称为美与崇高。英国经验主义者博克和德国古典美学开山祖师康德的深入阐述，基本上奠定了这一对审美范畴的地位。

王国维借鉴西方美学观点并有所创新。在他看来，优美能够带给审美主体和谐，使人心情平静，轻松愉悦；壮美使审美主体和客体对立，让人经过一段心理分裂的过程，获得悲怆后的心理净化。写大题材也许容易表现雄浑、博大、豪放之风格，写小题材也容易表达清丽、细腻、婉约之神韵。春兰秋菊，各有千秋，只要写得恰到好处，就具有同等的审美价值。所以，宋词中的婉约派和豪放派才会作为两座并峙的高峰而光芒夺目。虽然优美和壮美有种种不同，然而在美的王国里，它们永远是平等的。

九

原文

严沧浪[①]《诗话》谓："盛唐诸公（《诗话》'公'作'人'），唯在兴趣。羚羊挂角[②]，无迹可求。故其妙处，透澈（'澈'作'彻'）玲珑，不可凑拍[③]（'拍'作'泊'）。如空中之音、相中之色、水中之影（'影'作'月'）、镜中之象，言有尽而意无穷。"余谓：北宋以前之词，亦复如是。然沧浪所谓兴趣，阮亭[④]所谓神韵[⑤]，犹不过道其面目，不若鄙人拈出"境界"二字，为探其本也。

注解

①严沧浪：严羽，南宋诗论家、诗人。字丹丘，一字仪卿，自号沧浪逋客，邵武（今属福建）人，所著《沧浪诗话》主张以妙悟论诗，产生了较大的历史影响。

②羚羊挂角：佛教用语。《传灯录》记载："（义存禅师谓众曰）我若东

道西道，汝则寻言逐句；我若羚羊挂角，你向什么处扪摸?”此处以羚羊挂角比喻已经超脱，不着痕迹。

③凑拍：《沧浪诗话》中作“凑泊”，凝合、聚合、拼附的意思。

④阮亭：清初杰出诗人王士祯的号，论诗提倡“神韵”。

⑤神韵：王士祯论诗提倡神韵，如谓“七言律联句神韵天然，古人亦不多见”，又谓“律句有神韵天然，不可凑泊者”等（《渔洋诗话》，据张宗柟纂集、戴鸿森校点《带经堂诗话》卷三《入神类》之五）。

译文

严羽在《沧浪诗话》中说：“盛唐诸公，唯在兴趣。羚羊挂角，无迹可求。故其妙处，透彻玲珑，不可凑拍。如空中之音、相中之色、水中之影、镜中之象，言有尽而意无穷。”我认为，北宋以前之词，就是这样。但是严羽所谓“兴趣”，王士祯所谓“神韵”，只是说到了诗歌的表面形式，不如我所拈出的“境界”二字，可以探到它们的本源。

赏析

境界说即意境理论在我国古代是逐步形成和发展起来的。早在先秦时期就已经有了意境说的萌蘖。庄子的“得意忘言”和禅宗讲求的“顿悟”是这一理论的根基所在。后世对这一理论多有补充和发展。到了严羽这里，提出了“妙悟”说，以此论诗，对后世影响很大。佛家的“意境”更强调其主观的一面。到了王国维时代，主观与客观已水乳交融为浑然整体，意境被认为是物我交融为一的一种状态。王国维在继承这一套传统理论的同时，还吸收借鉴了西方的一些学说，提出了“意境”这一范畴。

十

原文

太白[①]纯以气象胜。“西风残照，汉家陵阙”[②]。寥寥八字，遂关千古登临之口。后世唯范文正[③]之《渔家傲》[④]，夏英公[⑤]之《喜迁莺》[⑥]，差足继武[⑦]，然气象已不逮[⑧]矣。

注解

①太白：李白（701—762 年），字太白，号青莲居士，祖籍陇西成纪（今甘肃秦安），其家世和出生地至今众说纷纭，已成千古之谜。李白是盛唐

文化孕育出来的天才诗人，其个性狂傲不羁，其诗作飘逸超群，后人以“诗仙”称之。

②“西风”二句：出自唐代诗人李白的《忆秦娥》。原文为：“箫声咽，秦娥梦断秦楼月。秦楼月。年年柳色，灞陵伤别。乐游原上清秋节，咸阳古道音尘绝。音尘绝。西风残照，汉家陵阙。”

③范文正：范仲淹（989—1052年），字希文，谥文正。北宋著名政治家、思想家、军事家、文学家，世称“范文正公”。先世邠（今陕西邠县）人，迁居吴县（今江苏苏州）。范仲淹曾经驻守陕西，抗击西夏。西夏人称其“胸中自有数万甲兵”。宋仁宗时官至参知政事（副宰相），领导了庆历新政。范仲淹的军旅生涯拓展了他的词作内容，他描写边塞生活的《渔家傲》为宋词开辟了崭新的审美境界，其沉郁苍凉的风格，则成为后来豪放词的滥觞。

④《渔家傲》：《渔家傲·秋思》。原文为：“塞下秋来风景异，衡阳雁去无留意。四面边声连角起。千嶂里，长烟落日孤城闭。　浊酒一杯家万里，燕然未勒归无计。羌管悠悠霜满地。人不寐，将军白发征夫泪。”

⑤夏英公：夏竦（985—1051年），字子乔，封为英国公，北宋词人。

⑥《喜迁莺》：“霞散绮，月垂钩，帘卷未央楼。夜凉银汉截天流，宫阙

锁清秋。瑶台树，金茎露，凤髓香盘烟雾。三千珠翠拥宸游，水殿按凉州。”

⑦继武：接上前人的脚印。

⑧逮：音 dài，赶上、及或到的意思。

词牌解

《忆秦娥》，其名即得自李白此词。又名《碧云深》《曲江花》等。

《渔家傲》，此调始自晏殊，因词有“神仙一曲渔家傲”句，遂取以为名。范仲淹驻守边境时，作《渔家傲》数首，皆以“塞下秋来风景异”为首句，以述边塞之苦。欧阳修因而称之为“穷塞主”之词。又名《吴门柳》《忍辱仙人》等。

《喜迁莺》，此调起自唐人。又名《鹤冲天》《万年枝》等。

译文

李白纯以气象取胜。“西风残照，汉家陵阙”，只八个字，竟使千古以来所有登临词章未敢匹敌。后世只有范仲淹的《渔家傲》，夏竦的《喜迁莺》才能够勉强有所继承，只是词中气象已经难以企及了。

赏析

以有限的语言表现无限的内涵，这是古人写诗作文时对语言的最高要求，正所谓“言有尽而意无穷”。

“西风残照，汉家陵阙”，虽只有寥寥八字，却准确地抓住了景物的特点，恰到好处地表现了登临的所思所想，眼前之景与脑海中之景融为一体，历史与现实交相呼应，遂成为后世登临赋诗的典范之作。后来范仲淹以《渔家傲》为代表的一组边塞词继承了这种沉郁苍凉的风格，虽然气象稍逊于李白的《忆秦娥》，但是为豪放词的蓬勃兴起奠定了基础，成为这一词风的滥觞。

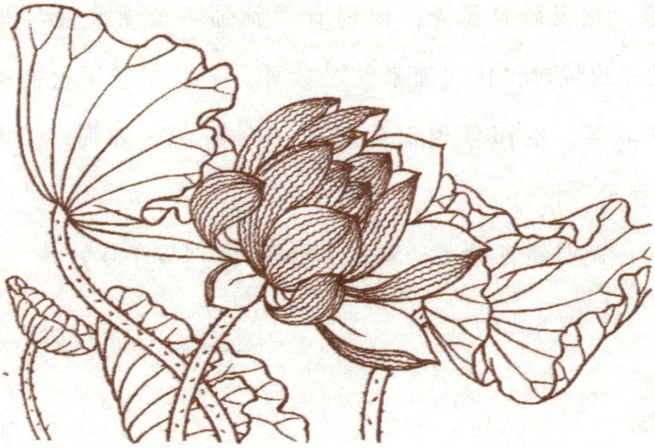

十一

原文

张皋文[1]谓飞卿[2]之词“深美闳约”。余谓此四字唯冯正中[3]足以当之。刘融斋[4]谓飞卿“精艳（当作‘妙’）绝人[5]”，差近之耳。

注解

①张皋文：张惠言（1761—1802年），字皋文，武进（今江苏常州）人，清代词人、散文家。其于《易》学用力颇深。其《词选》一书，使清词体格为之一变，余波至于晚近，为常州词派开宗之作。朱孝臧称其为“词坛疏凿手”。他是阳湖派散文和常州派词的开创者和代表。

②飞卿：温庭筠（约812—870年），本名岐，字飞卿，太原祁（今山西太原）人，唐代诗人、词人。温庭筠一生不得志，生活放荡不羁。其词作秾艳细腻，绵密婉约。多采用诉诸感官的密集而艳丽的辞藻，以描写女性及其居处环境为多。在词坛上与韦庄齐名，世称“温韦”。其诗作颇多妙句，与李

商隐合称为“温李”。

③冯正中：冯延巳（903—960 年），字正中，广陵（今江苏扬州）人，为南唐中主李璟的亲信之臣，位高权重，其人学问渊博，以才艺自负，尤擅乐府词。冯延巳的词作多以相思离别、花柳风情为题材，着力于表现人物的心境意绪。他不仅开启了南唐词风，而且影响到北宋的晏殊、欧阳修等人。

④刘融斋：刘熙载（1813—1881 年），字伯简，号融斋，兴化（今属江苏）人。著有《昨非集》，里面录词一卷三十首。又著有《艺概》，卷四《词曲概》为论词曲专卷。

⑤精艳绝人：出自清代词论家刘熙载《艺概·词曲概》。原文为：“温飞卿词精妙绝人，然类不出乎绮怨。”王国维引文误“妙”为“艳”。

译文

张惠言说温庭筠的词深邃美艳、优美婉约。我认为这种评价只有冯延巳才能够担当。刘熙载说温庭筠的词精艳绝人。我看这个评价才比较接近事实。

赏析

温庭筠的词浓艳华丽，绵密细腻，题材多取自女性之闺中生活，格局窄小。如“小山重叠金明灭，鬓云欲度香腮雪。懒起画蛾眉，弄妆梳洗迟”之句，描写一女子慵倦之美态，极其工整仔细，呈现在读者眼前的仿佛就是一幅色彩明丽、线条婉转的工笔仕女图。而冯延巳之词则更注重表现相思离别之情，对心境意绪的探求也更加深入，境界开阔，气势恢宏，用“深美闳约”来评价他的词是再恰当不过的了。每一个优秀的词人总有他独特的风格，在评价他们的时候要特别注意用语的准确性。

十二

原文

“画屏金鹧鸪”[①]，飞卿语也，其词品似之。“弦上黄莺语”[②]，端己[③]语也，其词品亦似之。正中词品，若欲于其词句中求之，则“和泪试严妆”[④]，殆近之欤？

注解

①画屏金鹧鸪：出自唐代词人温庭筠的《更漏子》。原文为："柳丝长，春雨细，花外漏声迢递。惊塞雁，起城乌，画屏金鹧鸪。　香雾薄，透帘幕，惆怅谢家池阁。红烛背，绣帘垂，梦长君不知。"

②弦上黄莺语：出自五代词人韦庄的《菩萨蛮》。原文为："红楼别夜堪惆怅，香灯半卷流苏帐。残月出门时，美人和泪辞。

琵琶金翠羽，弦上黄莺语。劝我早归家，绿窗人似花。"

③端己：韦庄（约836—910年），字端己，唐京兆杜陵（今陕西西安附近）人。少年时疏狂不拘小节。唐僖宗广明元年，韦庄在长安应进士试，适逢黄巢入京，遂身陷兵戈，与弟妹相失，后作《秦妇吟》以记其事，流传甚广，时人称之为"秦妇吟秀才"。后韦庄仕蜀，唐亡后劝王建称帝自立，为之擘画开国制度，官至吏部侍郎同平章事。韦庄之词与温庭筠齐名，同为"花间词人"的代表，世称"温韦"。其词清丽秀艳、温柔缠绵之中每有清疏笔法和显直明朗的抒情。相较于温词而言，韦词更为自然从容。

④和泪试严妆：出自南唐词人冯延巳的《菩萨蛮》。原文为："娇鬟堆枕钗横凤，溶溶春水杨花梦。红烛泪阑干，翠屏烟浪寒。　锦壶催画箭，玉佩天涯远。和泪试严妆，落梅飞晓霜。"

词牌解

《更漏子》，此调始于温庭筠词“玉炉香，红蜡泪。偏照画堂秋思。眉翠薄，鬓云残。夜长衾枕寒。梧桐树，三更雨。不道离情正苦。一叶叶，一声声。空阶滴到明。”因其中咏更漏，故名为更漏子。又名《独倚楼》《翻翠袖》等。

译文

“画屏金鹧鸪”，是温庭筠的词句，他的词品也与之相似。“弦上黄莺语”是韦庄的词句，他的词品也与之相似。如果要从冯延巳的词中找出一句来总结冯氏的词品，大概“和泪试严妆”比较接近吧。

赏析

我们想到一个作者，通常会在头脑里将他和他的作品联系起来。譬如想到鲁迅，我们就会想到“横眉冷对千夫指，俯首甘为孺子牛”这两句诗。同样的，想到温庭筠，就会想到“画屏金鹧鸪”这样绵丽幽婉的词句；想到韦庄，就会想到“弦上黄莺语”这样清秀缠绵的词句；想到冯延巳，就会想到

"和泪试严妆"这样既有相思之情，又有忧患之苦的词句。每个人都有自己独特的气质与才情，而其词作恰恰暗合了这种独特的个性。这是不是就是古人所说的"文如其人"呢？

十三

原文

南唐中主[1]词"菡萏香销翠叶残，西风愁起绿波间"[2]，大有众芳芜秽[3]，美人迟暮[4]之感。乃古今独赏其"细雨梦回鸡塞远，小楼吹彻玉笙寒"[5]，故知解人正不易得。

注解

①南唐中主：李璟（916—961 年），本名景通，改名瑶，后名璟，字伯玉。因国势衰颓，不敌后周，遂去南唐帝位，改称南唐国主。其子即南唐后主李煜。李璟多才艺，善歌诗，其词作亦属上品。

②"菡萏"二句：出自南唐中主李璟的《摊破浣溪沙》。原文为："菡萏香销翠叶残，西风愁起绿波间。还与韶光共憔悴，不堪看。　细雨梦回鸡

塞远，小楼吹彻玉笙寒。多少泪珠何限恨，倚阑干。”

③众芳芜秽：语出屈原《离骚》：“余既滋兰之九畹兮，又树蕙之百亩。畦留夷与揭车兮，杂杜衡与芳芷。冀枝叶之峻茂兮，愿俟时乎吾将刈。虽萎绝其亦何伤兮，哀众芳之芜秽。”

④美人迟暮：语出屈原《离骚》：“日月忽其不淹兮，春与秋其代序。惟草木之零落兮，恐美人之迟暮。”

⑤“细雨”二句：同样出自李璟的《摊破浣溪沙》。

词牌解

《摊破浣溪沙》，即将《浣溪沙》上下两阕结句各添三字，把七字句一句摊破为七字一句、三字一句的两句。乃《浣溪沙》的变体。

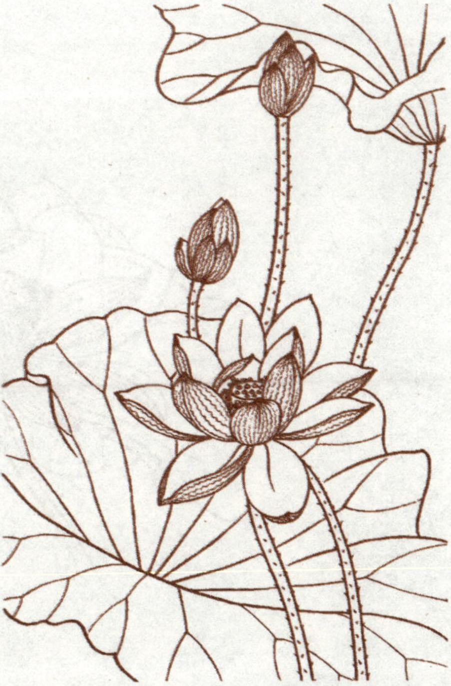

译文

南唐中主李璟的词：“菡萏香销翠叶残，西风愁起绿波间”，很有屈原《离骚》中“众芳芜秽”“美人迟暮”的感觉。但是古今众人只欣赏其“细雨梦回鸡塞远，小楼吹彻玉笙寒”句，由此可见，真正能够理解词作的人太少了。

赏析

南唐中主李璟因国势衰颓，不敌后周，遂去帝位，改称南唐国主。而王国维自辛亥革命后即以清朝遗老自居。1924年清帝溥仪被逐出宫，王国维悲愤至极，几度欲死。1927年留下“经此事变，义无再辱”的遗书，自沉颐和园昆明湖。二人虽隔数代，但是境遇却如此相似，所谓“同是天涯沦落人”，此时的王国维，自然更能体味李璟此词的要旨。既恐美人迟暮，家国难保，又哀众芳芜秽，贤臣难得。其所发“解人正不易得”的慨叹，又何尝不是对人心麻木的叹息！

十四

原文

温飞卿之词，句秀也。韦端己之词，骨秀也。李重光①之词，神秀也。

注解

①李重光：南唐后主李煜（937—978年），字重光，初名从嘉，自号钟隐，又号莲峰居士，徐州（今属江苏）人，与其父李璟有《南唐二主词》。

译文

温庭筠的词，句秀。韦庄的词，骨秀。李煜的词，神秀。

赏析

温庭筠之词，极尽雕琢，词藻华丽优美，但往往浮于表面，有好句而无好词。韦庄之词，虽亦曲尽缠绵，然而清秀活泼。李煜之词，尤其是亡国后所作，由于抒发感情真挚强烈，深刻抒发了其亡国之痛，所以后人广为传唱。从“句秀”，到“骨秀”，到“神秀”，境界一步步深入。

十五

原文

词至李后主而眼界始大，感慨遂深，遂变伶工之词而为士大夫之词。周介存置诸温韦之下[1]，可谓颠倒黑白矣。“自是人生长恨水长东”[2]“流水落花春去也，天上人间”[3]。《金荃》[4]《浣花》[5]，能有此气象耶?

注解

①周介存：清代常州词派重要的词论家、词人周济，“介存”是他的字。温韦：指的是温庭筠和韦庄，二位同为晚唐花间词派的重要代表人物，世称“温韦”。周济在他所著的《介存斋论词杂著》说：“毛嫱、西施，天下美妇人也。严妆佳，淡妆亦佳，粗服乱头，不掩国色。飞卿，严妆也；端己，淡妆也；后主则粗服乱头矣。”

②自是人生长恨水长东：出自南唐后主李煜的《乌夜啼》。原文为：“林花谢了春红，太匆匆。无奈朝来寒雨晚来风。　胭脂泪，相留醉。几时重?

自是人生长恨水长东。”

③“流水”二句：出自南唐后主李煜的《浪淘沙》。原文为：“帘外雨潺潺，春意阑珊，罗衾不耐五更寒。梦里不知身是客，一晌贪欢。　独自莫凭阑，无限江山，别时容易见时难。流水落花春去也，天上人间。”

④《金荃》：温庭筠词集《金荃集》，已失传。

⑤《浣花》：韦庄词集，是为其弟所编辑。其词四十七首被收入《花间集》，四十八首被收入《金奁集》。

词牌解

《乌夜啼》，唐教坊曲，本六朝乐府旧题，后用作词调名。古乐府《乌夜啼》相传为南朝宋临川王刘义庆作。元嘉中，文帝徙彭城王刘义康于豫章，义庆时为江州，至镇，相见而哭，为文帝所怪，征还宅，大惧。伎妾夜闻乌啼声，扣斋阁云：“明日应有赦。”因此作歌。一说魏何晏系狱，有二乌止栖晏舍上，晏女曰：“乌有喜声，父必免。”遂撰此操。至唐相沿有此曲，填词因之。又名《锦堂春》《圣无忧》《乌啼月》等。

《浪淘沙》，唐乐府有《浪淘沙》词，本七言断句，至南唐李煜，始制两段令词，每段仅存七言诗两句，仍用《浪淘沙》之名，其实已自创新声。又名《浪淘沙令》《卖花声》《龙门令》等。

译文

词到了李煜那里眼界才开始扩大，于是感慨变得更为深刻，使词从此从伶工之歌变为士大夫之词。周济认为李煜的词不如温庭筠和韦庄，真是颠倒黑白。“自是人生长恨水长东”“流水落花春去也，天上人间”。温庭筠和韦庄的词哪有这样的气象呢？

赏析

李煜以词为载体表现真实的亡国之痛，用语平实而真切，既开阔了词的意境，又摆脱了五代词作专门描写闺阁的脂粉气，使词从民间的娱乐工具上升到具有严肃意义的文学形式，是对词这一体裁的重大发展，对宋代词的创作产生了深远的影响。他在亡国后没有冷静地自省，而是直悟人生苦难无常之悲哀，把自己的一段国破家亡的经历泛化，获得一种广泛的形态与意义，通向对于人生悲剧性的体验与审视。正是由于李煜以其纯真，感受到了“人生长恨”“往事已成空”那种深刻而又广泛的人世悲剧，所以其言情的深广也就超过其他南唐词人了。

十六

原文

词人者，不失其赤子之心[①]者也。故生于深宫之中，长于妇人之手[②]，是后主为人君所短处，亦即为词人所长处。

注解

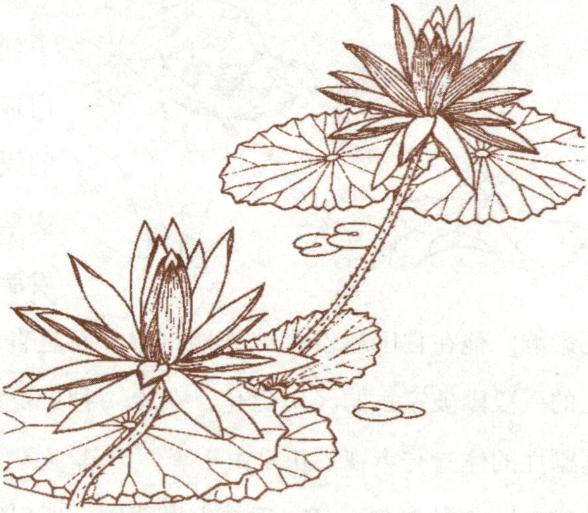

①赤子之心：指纯正而天真无邪的心。赤子：刚生的婴儿。

②“生于”二句：出自梁元帝萧绎《忠臣传·谏诤篇序》。原文是：“所谓生于深宫之中，长于妇人之手，未尝知忧，未尝知惧，况惑褒人之巧笑，迷阳阿之妙舞，重之以刳斫，用之以逋逃，亦有倾天灭地，污宫潴社之罪。”

译文

词人，是没有失去赤子之心的人。所以出生于深宫之中、成长于妇人之手的生活环境，虽然对于一个君王来说是短处，但对于一个词人来说却正是他的长处。

赏析

凡事皆有两面，“生于深宫之中，长于妇人之手”造就了李煜天真单纯的性格，这样的性格注定了他不适合成为一个好君主，而适合成为一个好词人。一个不称职的君主，眼睁睁看着自己的家国为人所灭，骨肉离散，不得自由，经历这样的挫折，却铸就了一个伟大的词人。国家不幸词家幸，然词人所幸何在？这样的代价未免太大了。李后主之词悲凉深远，发乎天然，极富感染力，难怪被后世誉为“词中之帝”。

十七

原文

客观之诗人不可不多阅世，阅世愈深则材料愈丰富愈变化，《水浒传》[①]《红楼梦》[②]之作者是也。主观之诗人不必多阅世，阅世愈浅则性情愈真，李后主是也。

注解

①《水浒传》：明代章回体小说，一般认为其作者是施耐庵。

②《红楼梦》：清代章回体小说，一般认为其作者是曹雪芹、高鹗。

译文

客观的诗人，不可不多阅世。阅世越深，那么材料就积累得越丰富，越富有变化，《水浒传》《红楼梦》的作者就是如此。主观的诗人，不必多阅世，阅世越浅，性情越真，李煜就是如此。

赏析

这里的“诗人”应该是一个泛化的概念，它可以泛指一切文学创作的主体。像《水浒传》《红楼梦》这样写实性很强的作品，自然需要作者具有丰富的阅历，积累大量的材料，做好严密的叙事安排。而作者所说“主观之诗人不必多阅世”则值得推敲。试想倘若南唐不为宋朝所灭，李后主的词风能有后期那样明显的变化吗？经历过自己国家的灭亡也算是一种阅世了。正是这个转变，才带来了李煜后期词作的辉煌成就。所以说，要写出好的作品，一定要有丰富的阅历。因此，王国维此话不可信。

十八

原文

尼采谓："一切文学，余爱以血书者。"[①]后主之词，真所谓以血书者也。宋道君皇帝[②]《燕山亭》[③]词亦略似之。然道君不过自道身世之戚，后主则俨有释迦[④]、基督[⑤]担荷人类罪恶之意，其大小固不同矣。

注解

①"尼采"三句：尼采是德国近代主观唯心主义哲学家、文化评论家、诗人，近代最有争议的思想家之一。他的《苏鲁支语录》这样说道："凡一切已经写下的，我只爱其人用血写下的书。用血写书，然后你将体会到，血便是精义。"

②宋道君皇帝：宋徽宗赵佶(1082—1135 年)，在位二十五年，其间政治极为腐败。金南下攻宋，赵佶内禅皇太子赵桓（宋钦宗），尊为教主道君皇帝。靖康二年（1127 年），金灭北宋，徽、钦二帝以及后妃、宗室、大臣三

千余人被掳北归，史称“靖康之变”。后二帝先后死于五国城（今黑龙江依兰）。

③《燕山亭》：《燕山亭·北行见杏花》。原文为：“裁翦冰绡，轻叠数重，淡著燕脂匀注。新样靓妆，艳溢香融，羞杀蕊珠宫女。易得凋零，更多少无情风雨。愁苦。问院落凄凉，几番春暮。

凭寄离恨重重，这双燕何曾，会人言语。天遥地远，万水千山，知他故宫何处。怎不思量，除梦里有时曾去。无据。和梦也新来不做。”

④释迦：释迦牟尼，佛教始祖。

⑤基督：耶稣基督，基督教始祖。

词牌解

《燕山亭》，又名《宴山亭》。

译文

尼采说：“一切文学，余爱以血书者。”李煜的词，真正是尼采说的用血写成的作品。宋徽宗的《燕山亭》词也略微接近。但是宋徽宗只不过是自道身世之苦，而李煜俨然有释迦、基督承担人类罪恶的意思，他们境界的大小实在不同。

赏析

靖康之变，宋徽宗为金所虏，其经历与李后主极为相似。《燕山亭》一词书写亡国之痛，亦似后主之词。然而所不同者，徽宗不过是自道身世之苦，而后主则更具胸怀，悲天悯人，其境界远非徽宗所及。王国维在这里强调了人的社会责任感和担当意识，是“有我之境”的表现。

十九

原文

冯正中词虽不失五代风格，而堂庑[①]特大，开北宋一代风气。与中后二主[②]词皆在《花间》[③]范围之外，宜《花间集》中不登其只字也。

注解

①庑：音 wǔ，指的是堂下周围的走廊、廊屋。堂庑，这里借指词的境界和气势。

②中后二主：南唐中主李璟和南唐后主李煜。

③《花间》：《花间集》，五代后蜀赵崇祚编，选录晚唐五代十八家词五百首，为现存最早的文人词总集。

译文

冯延巳的词虽然带有五代时期的风格，但是他的词境界开阔，气势恢宏，开北宋一代风气。正中的词和南唐中主李璟、后主李煜的词都不属于“花间”，难怪《花间集》里没有提过一个字。

赏析

《花间集》为五代后蜀赵崇祚编，收晚唐五代词人温庭筠、皇甫嵩、韦庄等十八家词，不收南唐词。冯延巳及后唐二主之词不见《花间集》是理所当然的，并不是由于编者的门户之见所为。而冯延巳等人的词作已经开始超出五代那种风花雪月、雕琢做作的风格，呈现出新的气象和视野，已非《花间集》所能比了。

二十

原文

正中词除《鹊踏枝》《菩萨蛮》十数阕[①]最煊赫外，如《醉花间》之“高树鹊衔巢，斜月明寒草”[②]，余谓韦苏州[③]之“流萤渡高阁”[④]，孟襄阳[⑤]之“疏雨滴梧桐”[⑥]不能过也。

注解

①《鹊踏枝》《菩萨蛮》十数阕：冯延巳《阳春集》收录《鹊踏枝》十四首、《菩萨蛮》九首，量多不备录。

②“高树”二句：出自南唐词人冯延巳的《醉花间》。原文为：“晴雪小园春未到，池边梅自早。高树鹊衔巢，斜月明寒草。　山川风景好，自古金陵道。少年看却老。相逢莫厌醉金杯，别离多，欢会少。”

③韦苏州：韦应物（737—约792年），长安（今陕西西安）人。少年时任侠负气，十五岁成为唐玄宗的三卫近侍，后因遭人轻视，入太学折节读书。二十七岁出任洛阳丞，军士中有倚恃宦官势力专横虐民的，被他扑打，治之

以法，他因此而被迫辞职。后来历任滁州、江州、苏州刺史，故世称韦苏州。韦应物少年时的诗作刚健张扬，中晚年的作品则散淡冲和。他是中唐时期重要的诗人。

④流萤渡高阁：出自唐代诗人韦应物的《寺居独夜寄崔主簿》。原文为："幽人寂无寐，木叶纷纷落。寒雨暗深更，流萤渡高阁。坐使青灯晓，还伤夏衣薄。宁知岁方晏，离居更萧索。"

⑤孟襄阳：孟浩然（689—740年），襄州襄阳（今湖北襄樊）人。曾隐居家乡鹿门山，以诗歌自娱。后往长安，应进士试不第，随后南下吴越，寄情山水。张九龄出镇荆州，曾入其幕，三年后病疽死。孟浩然终身布衣，其诗作自然平淡，与王维并称"王孟"。

⑥疏雨滴梧桐：出自《全唐诗》卷六孟浩然句"微云淡河汉，疏雨滴梧桐"。王士源云："浩然常闲游秘省，秋月新霁，诸英联诗。次当浩然云云，举座嗟其清绝，不复为缀。"

词牌解

《菩萨蛮》，唐教坊曲。相传唐时有女蛮国入贡，皆高髻金冠，璎珞被体，称为菩萨蛮队，当时倡优遂制《菩萨蛮》曲。又名《巫山一段云》等。

《醉花间》，唐教坊曲。

译文

冯延巳的词除了《鹊踏枝》《菩萨蛮》等十几首最为著名外，他的《醉花间》“高树鹊衔巢，斜月明寒草”一句也很好，我认为韦应物的“流萤渡高阁”和孟浩然的“疏雨滴梧桐”都不能超过它。

赏析

韦应物中晚年之作与孟浩然的作品都极为冲和平淡、自然贴切。“流萤”“疏雨”二句都是各自名句。五代词人中，王国维尤其对冯延巳垂以青眼，认为冯之词作不在韦、孟二人之下。读书读到好句，需细细品味才能咀嚼出味道。“高树”二句寥寥十个字，将寒夜之景描写得力透纸背；且寓情于景，使眼前之景与内心之景融为一体。写景状貌准确生动，如庖丁解牛，游刃有余。冯延巳词作典雅清俊，不拘泥，不做作，于五代词坛独树一帜。

二一

原文

欧九[1]《浣溪沙》词“绿杨楼外出秋千”[2]，晁补之[3]谓：只一“出”字，便后人所不能道[4]。余谓此本于正中《上行杯》词“柳外秋千出画墙”[5]，但欧语尤工耳。

注解

①欧九：北宋欧阳修，排行第九，故有此称。欧阳修（1007—1072年），字永叔，号醉翁，又号六一居士。汉族，吉州永丰（今属江西）人，自称庐陵（今永丰县沙溪）人。谥号文忠，世称欧阳文忠公，北宋卓越的

文学家、史学家。

②绿杨楼外出秋千：出自北宋词人欧阳修的《浣溪沙》。原文为："堤上游人逐画船，拍堤春水四垂天，绿杨楼外出秋千。　　白发戴花君莫笑，六幺催拍盏频传，人生何处似樽前？"

③晁补之：北宋著名文学家，字无咎，号归来子，济州巨野（今山东巨野县）人，与北宋诗人黄庭坚、秦观、张耒合称"苏门四学士"。

④"只一"二句：吴曾《能改斋漫录》卷十六：晁无咎评本朝乐章云："欧阳永叔《浣溪沙》云：'堤上游人逐画船，拍堤春水四垂天，绿杨楼外出秋千。'要皆绝妙。然只一'出'字，自是后人道不到处。"

⑤柳外秋千出画墙：出自南唐词人冯延巳的《上行杯》。原文为："落梅着雨消残粉，云重烟轻寒食近。罗幕遮香，柳外秋千出画墙。　　春山颠倒钗横凤，飞絮入帘春睡重。梦里佳期，只许庭花与月知。"

词牌解

《上行杯》，唐教坊曲。

译文

欧阳修的《浣溪沙》词中有“绿杨楼外出秋千”一句。晁补之说，仅一个“出”字便是后人所不能达到的。我认为这个“出”字的运用正是借鉴了冯延巳《上行杯》词中“柳外秋千出画墙”一句，只是欧阳修的造句更为工整精巧。

赏析

有学者指出，欧阳修“绿杨楼外出秋千”这句诗，当出自王维《寒食城东即事》中的“蹴鞠屡过飞鸟上，秋千竞出垂杨里”。此三句诗极为相似，但各有所指，皆与诗作整体相协调。古人写诗填词，多喜欢借鉴前人，有时甚至直接套用原句。如曹操《短歌行》引《诗经》之“呦呦鹿鸣，食野之苹，我有嘉宾，鼓瑟吹笙”；纳兰性德《金缕曲》引李贺“青眼高歌俱未老”之句等，屡见不鲜。可见今古之人虽有年代差别，但感情上总会有相似相通之处。

二二

原文

梅圣（原误作“舜”）俞[①]《苏幕遮》词：“落尽梨花春事（当作‘又’）了。满地斜（当作‘残’）阳，翠色和烟老。”[②]刘融斋[③]谓少游[④]一生似专学此种。余谓冯正中《玉楼春》词：“芳菲次第长相续，自是情多无处足。尊前百计得春归，莫为伤春眉黛蹙。”[⑤]永叔[⑥]一生似专学此种。

注解

①梅圣俞：梅尧臣（1002—1060年），字圣俞，宣州宣城（今安徽宣城）人。因宣城古称宛陵，故世称宛陵先生。梅尧臣专力于诗歌，其诗开宋诗风

气之先。

②“落尽”三句：出自北宋词人梅尧臣的《苏幕遮·草》。原文为：“露堤平，烟墅杳。乱碧萋萋，雨后江天晓。独有庾郎年最少。窣地春袍，嫩色宜相照。　　接长亭，迷远道。堪怨王孙，不记归期早。落尽梨花春又了。满地残阳，翠色和烟老。”

③刘融斋：刘熙载（1813—1881 年），字伯简，号融斋，江苏兴化人。清末学者。

④少游：北宋秦观的字。

⑤“芳菲”四句：出自南唐词人冯延巳的《玉楼春》。原文为：“雪云乍变春云簇，渐觉年华堪送目。北枝梅蕊犯寒开，南浦波纹如酒绿。　　芳菲次第还相续，不奈情多无处足。尊前百计得春归，莫为伤春眉黛蹙。”王国维将“还相续”误作“长相续”，将“不奈”误作“自是”。一说这首词的作者是欧阳修。

⑥永叔：北宋欧阳修的字。

译文

梅尧臣的《苏幕遮》词中云：“落尽梨花春事了。满地斜阳，翠色和烟老。”刘熙载说秦观一生好像专门学习这种意境。我认为冯延巳的《玉楼春》词：“芳菲次第长相续，自是情多无处足。尊前百计得春归，莫为伤春眉黛蹙。”这才是欧阳修一生用力所在。

赏析

梅尧臣是宋朝诗歌革新运动的推动者，对宋诗起了巨大的影响。刘克庄在《后村诗话》中称他为宋诗的“开山祖师”。他的诗作平易深刻，细腻贴切，凝练自由，新巧泼辣，颇有唐诗余韵。《苏幕遮》词中的这几句，哀婉悲凉，细腻曲折，意境深远。而秦观尤其擅长摹写离愁别恨、相思孤独之情，用语委婉细腻，跟梅尧臣的这几句词很相像。冯延巳《玉楼春》一词则显得开阔豁达得多。欧阳修虽然也写传统意义上类型化的相思恨别，但表达的却往往是潇洒旷达的风神个性，颇有冯延巳《玉楼春》风格。王国维谓“永叔一生似专学此种”，还是很贴切的。

二三

原文

人知和靖[①]《点绛唇》[②]、圣（原误作“舜”）俞《苏幕遮》、永叔《少年游》[③]（原脱“游”）三阕为咏春草绝调。不知先有正中“细雨湿流光”[④]五字，皆能摄春草之魂者也。

注解

①和靖：林逋（967—1028年），字君复，钱塘（今浙江杭州）人。早岁浪游江湖，后隐居于杭州孤山。不娶不仕，种梅养鹤，号称“梅妻鹤子”。卒谥和靖先生。为宋初隐逸诗人的代表。

②《点绛唇》：《点绛唇·草》。原文为：“金谷年年，乱生春色谁为主？

余花落处，满地和烟雨。　　又是离歌，一阕长亭暮。王孙去。萋萋无数，南北东西路。”

③《少年游》：作者欧阳修。原文为：“阑干十二独凭春，晴碧远连云。千里万里，二月三月，行色苦愁人。　　谢家池上，江淹浦畔，吟魄与离魂。那堪疏雨滴黄昏，更特地忆王孙。”

④细雨湿流光：出自冯延巳的《南乡子》。原文为：“细雨湿流光，芳草年年与恨长。烟锁凤楼无限事，茫茫。鸾镜鸳衾两断肠。　　魂梦任悠扬，睡起杨花满绣床。薄幸不来门半掩，斜阳。负你残春泪几行。”

词牌解

《点绛唇》，江淹有诗句云：“明珠点绛唇。”因以为名。又名《南浦月》《十八香》等。

《少年游》，又名《少年游令》《小阑干》等。

《南乡子》，唐教坊曲名。又名《好离乡》《莫思乡》等。

译文

人们只知道林逋的《点绛唇》、梅圣俞的《苏幕遮》、欧阳修的《少年游》三首词为吟咏春草的绝唱。不知道先前冯延巳就有“细雨湿流光”之句。这些词的描写极为传神，深刻地体现了春草的特性。

赏析

四人之词句同为写草，落诸笔端各不相同，却“皆能摄春草之魂”。每个优秀诗人笔下的万物都是有灵魂的，用心去看去写，才能抓住事物的核心，见常人所未见，观常人所未明。这样写出的文学作品，才会具有打动人心的魅力。

二四

原文

《诗·蒹葭》[①]一篇，最得风人[②]深致。晏同叔[③]之“昨夜西风凋碧树。独上高楼，望尽天涯路”[④]，意颇近之。但一洒落，一悲壮耳。

注解

①《诗·蒹葭》：出自我国现存第一部诗歌总集。原文为："蒹葭苍苍，白露为霜。所谓伊人，在水一方。溯洄从之，道阻且长；溯游从之，宛在水中央。蒹葭凄凄，白露未晞。所谓伊人，在水之湄。溯洄从之，道阻且跻；溯游从之，宛在水中坻。蒹葭采采，白露未已。所谓伊人，在水之涘。溯洄从之，道阻且右；溯游从之，宛在水中沚。"

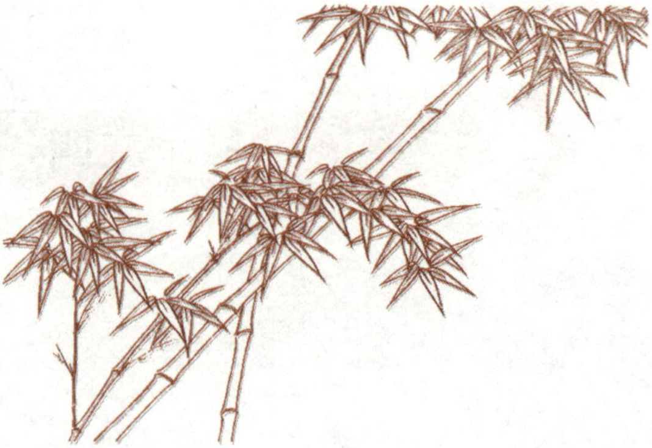

②风人：诗人。《诗经》中有十五国风，其作者被称为风人，后成为诗人的代称。风人深致，即诗人深致。刘熙载《艺概·诗概》："雅人有深致，风人骚人亦各有深致。后人能有其致，则风、雅、骚不必在古矣。"三者所说皆为诗人深致，但风、雅、骚体裁不同，其情致也不同，当细察之。

③晏同叔：晏殊（991—1055年），字同叔，临川（今属江西）人。少年时即以神童召试，赐同进士出身。宋仁宗的时候，官至宰相。死后谥号元献，因又被称为晏元献。他是北宋初期的重要词人，欧阳修、范仲淹等著名词人或出其门下，或为其幕僚，因此晏殊又被后人推为"北宋倚声家初祖"。晏殊工于造语，其一生安逸富贵，故而他的词作雍容和缓，温润秀洁。虽然内容多是抒写相思离别之苦，含情凄婉，但是忧愁之中往往透露出对人生的反思和感悟，深为后人称许。

④"昨夜"三句：出自北宋词人晏殊的《蝶恋花》。原文为："槛菊愁烟

兰泣露。罗幕轻寒，燕子双飞去。明月不谙离恨苦，斜光到晓穿朱户。昨夜西风凋碧树。独上高楼，望尽天涯路。欲寄彩笺兼尺素，山长水阔知何处。”

词牌解

《鹊踏枝》：本唐教坊曲，玄宗开元、天宝间人作。唐人以鹊声报喜，乃命为曲名。又作《雀踏枝》。在敦煌曲子词中还保留有《鹊踏枝》的原貌：“叵耐灵鹊多满（谩）语，送喜何曾有凭据。几度飞来活捉取，锁上金笼休共语。比拟好心来送喜，谁知锁我在金笼里。欲他征夫早归来，腾身却放我向青云里。”此词七言八句，多加衬字，自五代起则完全演为杂言（如晏殊词）。入宋以后，则易名为《凤栖梧》《卷珠帘》《蝶恋花》《黄金缕》等十余种。其中以《蝶恋花》之名最为通行。晏殊所作此词，实际上即宋人所谓《蝶恋花》。

译文

《诗经·蒹葭》一篇最能体现诗人深远的情致。晏殊的词“昨夜西风凋碧树。独上高楼，望尽天涯路”，其意境与《蒹葭》一篇很接近。只是《蒹葭》诗体现了洒脱自然之美，晏殊词体现了悲壮之美。

赏析

《诗经》作为我国诗歌的源头，有着恒久的魅力和影响，其中许多名篇历来为众人传诵。《蒹葭》一篇，婉转自然地抒发了相思之情。晏殊“昨夜西风凋碧树”三句，同是写相思之情，但措辞极为苍凉悲壮，孤身一人登楼凭远，望穿秋水，显得极其落寞和无助。表达的是同样的主题，形成的是迥异的美感，但是都具有穿透人心的力量。不同的气质和心态决定了这种不同的效果。真情流露，自然格外打动人心。

二五

原文

“我瞻四方，蹙蹙靡所骋”[①]，诗人之忧生也；“昨夜西风凋碧树。独上高楼，望尽天涯路”[②]似之。“终日驰车走，不见所问津”[③]，诗人之忧世也；“百草千花寒食路，香车系在谁家树”[④]似之。

注解

①"我瞻"二句：出自《诗·小雅·节南山》第七章。原文为："驾彼四牡，四牡项领。我瞻四方，蹙蹙靡所骋。"

②"昨夜"三句：出自晏殊《蝶恋花》，见正编二十四注解④。

③"终日"二句：出自东晋诗人陶潜的《饮酒》第二十首。原文为："羲农去我久，举世少复真。汲汲鲁中叟，弥缝使其淳。凤鸟虽不至，礼乐暂得新。洙泗辍微响，漂流逮狂秦。诗书复何罪，一朝成灰尘。区区诸老翁，为事诚殷勤。如何绝世下，六籍无一亲。终日驰车走，不见所问津。若复不快饮，空负头上巾。但恨多谬误，君当恕罪人。"

④"百草"二句：出自冯延巳的《鹊踏枝》。原文为："几日行云何处去？忘却归来，不道春将暮。百草千花寒食路，香车系在谁家树？　泪眼倚楼频独语。双燕飞来，陌上相逢否？撩乱春愁如柳絮，悠悠梦里无寻处。"

译文

"我瞻四方，蹙蹙靡所骋"，这是诗人对生命的感慨；"昨夜西风凋碧树。独上高楼，望尽天涯路"与之相似。"终日驰车走，不见所问津"，这是诗人对世事的嗟叹，"百草千花寒食路，香车系在谁家树"与之相似。

赏析

优秀的诗人和作品总会体现一种可贵的担当精神。“忧生”与“忧世”，既是站在自己的立场上考虑自身，也是站在苍生的立场上悲悯世事。一个好的诗人，无论如何洒脱，都不能蔑视苦难。这种精神带给他疼痛的同时，也让他破茧成蝶，造就了自身的辉煌。

二六

原文

古今之成大事业、大学问者，必经过三种之境界：“昨夜西风凋碧树。独上高楼，望尽天涯路”①，此第一境也。“衣带渐宽终不悔，

为伊消得人憔悴”②，此第二境也。“众里寻他千百度。回头蓦见（当作‘蓦然回首’），那人正（当作‘却’）在、灯火阑珊处”③，此第三境也。此等语皆非大词人不能道。然遽④以此意解释诸词，恐晏、欧⑤诸公所不许也。

注解

①见正编二十四注解④。

②“衣带”二句：出自北宋词人柳永的《蝶恋花》。原文为：“伫倚危楼风细细，望极春愁，黯黯生天际。草色烟光残照里，无言谁会凭阑意。拟把疏狂图一醉，对酒当歌，强乐还无味。衣带渐宽终不悔，为伊消得人憔悴。”

③“众里”三句：出自南宋词人辛弃疾的《青玉案·元夕》。原文为：“东风夜放花千树。更吹落、星如雨。宝马雕车香满路。凤箫声动，玉壶光转，一夜鱼龙舞。　蛾儿雪柳黄金缕。笑语盈盈暗香去。众里寻他千百度。蓦然回首，那人却在、灯火阑珊处。”王国维引文将“蓦然回首”误作“回头蓦见”，将“却在”误作“正在”。

④遽：匆忙，急。这里作草率讲。

⑤晏：晏殊。欧：欧阳修。

词牌解

《凤栖梧》，本名《鹊踏枝》，唐教坊曲，入宋后改称《蝶恋花》。据说此名为晏殊所改，又说采梁简文帝乐府“翻阶蛱蝶恋花情”为名。又名《黄金缕》《卷珠帘》《蝶恋花》等。

《青玉案》，汉张衡《四愁诗》有“何以报之青玉案”句，因以为名。又名《横塘路》《西湖路》等。

译文

古今那些成就大事业、大学问的人，都必然经历三种境界。第一种：“昨夜西风凋碧树。独上高楼，望尽天涯路。”第二种：“衣带渐宽终不悔，为伊消得人憔悴。”第三种：“众里寻他千百度，蓦然回首，那人却在、灯火阑珊处。”这些话只有大词人才能讲得出来。但是如此解释诸词，恐怕晏殊、欧阳修等人是不会同意的吧。

赏析

这是《人间词话》的一段名言，王国维用晏殊、柳永、辛弃疾三首词的断句，描绘了古今成大事业、大学问者立业、治学的艰苦历程，极富真知灼见。第一种境界讲成就大事业、大学问者入门前表现出来的茫无头绪，不知所措，求学无门的疑惑、彷徨和痛苦。第二种境界讲他们孜孜不倦、坚持不懈，叩打学门时上下求索，攀登书山时以勤为径，泛舟学海时将苦作舟的勤奋、专一、执着与坚韧。而第三种境界则是这些人在艰苦的寻求中，功夫到处，豁然开朗，灵感顿生，畅游学海胜似闲庭信步，漫步书山能悟其中真谛的怡然自乐和欣喜恬适。如此谈成就事业、谈做学问非常高屋建瓴而又深刻幽邃、贴切浑融，其深致款曲已远超词话的范围。

文章主要引名诗句以支撑自己的观点，言简意赅，言约意丰，意近旨远，宏论精深，很有力量。可谓诗论词话之经典。

二七

原文

永叔“人间（当作‘生’）自是有情痴，此恨不关风与月”，“直须看尽洛城花，始与（当作‘共’）东（当作‘春’）风容易别”①，于豪放之中有沉着之致，所以尤高。

注解

①“人生”二句和“直须”二句：均出自欧阳修的《玉楼春》。原文为：“尊前拟把归期说，未语春容先惨咽。人生自是有情痴，此恨不关风与月。离歌且莫翻新阕，一曲能教肠寸结。直须看尽洛城花，始共春风容易别。”（据《欧阳文忠公近体乐府》卷二，观堂引此，亦有异文，疑误。）

译文

欧阳修“人生自是有情痴，此恨不关风与月”“直须看尽洛城花，始共春风容易别”两句词，在豪放之中有沉着之致，因此更显高明。

赏析

欧阳修在离开洛阳时，写了几首词，表示对洛阳的惜别之情。《玉楼春》是其中比较著名的一首。此词写的是在送别筵席上触发的对于人的感情看法，在委婉的抒情中表达了一种深刻的人生哲理。送行的人是一个同他很有感情的女子。在送别的筵席上，他心里分明知道，这一回离开洛阳，不知道什么时候才能再回来。可是为了安慰对方，他仍然打算虚构一个回来的日期，以免她过分悲伤失望。不料自己话未出口，对方早已猜透他的心事。她那凄惨得说不出话的表情，分明知道这是最后一次见面。作者起初故作豪言文饰其伤心处，最后却难掩悲苦，深情流露。北宋词人中，多写流连光景、儿女悲欢的内容，思想境界比较低狭；能够从这些内容推阐开去，涉及社会人生大问题的，却非常之少，甚至几乎没有。欧阳修这首词，从儿女柔情中提炼出带有哲理的大问题，一反前人旧调。书写悲苦的故作冷静，使其愈显悲凉。王国维谓之豪放而沉着，确实恰如其分。

二八

原文

冯梦华[①]《宋六十一家词选·序例》谓："淮海[②]、小山[③]，古之伤心人也。其淡语皆有味，浅语皆有致。"余谓此唯淮海足以当之。小山矜贵有余，但可方驾子野[④]、方回[⑤]，未足抗衡淮海也。

注解

①冯梦华：近代词论家冯煦，字梦华。

②淮海：指秦观（1049—1100 年），字少游，一字太虚，高邮（今属江苏）人，和晏几道一同被谓为"古之伤心人"。秦观少年豪俊，胸怀壮志，可惜步入仕途却屡遭打击，从此意志消沉。其词情感真挚、语言清雅、音律谐美、意境深婉、情调悲苦，对后辈词人如周邦彦、李清照等影响甚大。

③小山：指晏几道（约 1030—1106 年），字叔原，号小山，抚州临川（今属江西）人。晏殊第八子。晏几道一生耿介孤傲，黄庭坚曾说他有四痴："仕宦连蹇，而不能一傍贵人之门，是一痴也；论文自有体，不肯一作新进士

语，此又一痴也；费资千百万，家人寒饥而面有孺子之色，此又一痴也；人百负之而不恨，已信人，终不疑其欺己，此又一痴也。”晏几道与友人沈廉叔、陈君龙家的莲、鸿、苹、云四位歌女的相思爱恋成为他词中的绝对主题，他把对爱情生死不渝的追求作为自己的精神寄托，在这些如梦如幻、回肠荡气的作品中，艳情小令的艺术被发展到了极致。

④子野：指张先（990—1078年），字子野，乌程（今浙江湖州）人。有“张三中”“张三影”的雅称。著有《张子野词》。

⑤方回：贺铸（1052—1125年），字方回，自号庆湖遗老，卫州（今河南汲县）人，曾自编《乐山乐府》。贺铸长相奇丑，身长七尺，眉目耸拔，面铁色，俗谓之“贺鬼头”。然而其人才兼文武，豪侠尚气，博闻强识，可惜终生沉沦下僚，郁郁不得志。贺铸的词，一方面充满英雄豪侠的激情，一方面又具有多情公子的深婉。他长于造语，自然天成，有唐人风味。其《青玉案》（凌波不过横塘路）中的名句“若问闲情都几许。一川烟草，满城飞絮，梅子黄时雨”为他赢得了“贺梅子”的雅号。

译文

冯梦华在《宋六十一家词选·序例》中说：秦观、晏几道，是古之伤心人也。他们句子平淡却回味悠长，语言浅显却富有情致。我认为这种评论只有秦观才能担当。晏几道矜贵有余，即非常矜持华贵，只可以与子野、方回并论，不可与淮海抗衡。

赏析

两宋词坛，巨擘迭出，很难分清高下。晏几道将对爱情生死不渝的追求作为自己的精神寄托，作品写得如梦如幻，一唱三叹，将艳情小令的艺术发展到了极致。张先其词含蓄雅正，意象繁富，内在凝练，在两宋婉约词史里影响巨大，在词由小令向慢词的过渡中是一个不能忽视的功臣。清末词学理论家陈廷焯评张先词云："才不大而情有余，别于秦、柳、晏、欧诸家，独开妙境，词坛中不可无此一家。"贺铸其词刚柔兼济，风格多样，其中以深婉丽密之作为多，很多作品都是辞美而情深的婉约佳篇，足见作者是北宋传统词家的庞大阵营之后劲。而秦观作词纤丽清新，情词并美，被誉为宋朝婉约派词宗。

二九

原文

少游词境最凄婉。至“可堪孤馆闭春寒，杜鹃声里斜阳暮”①，则变而凄厉矣。东坡赏其后二语②，犹为皮相③。

注解

①“可堪”二句：见正编三注解②。

②东坡赏其后二语：东坡，苏轼，号东坡居士。“后二语”指的是“郴江幸自绕郴山，为谁流下潇湘去”。胡仔《苕溪渔隐丛话》前集卷五十，引用惠洪《冷斋夜话》：“少游到郴州，作长短句。东坡绝爱其尾两句，自书于扇曰：‘少游已矣，虽万人何赎’。”

③皮相：只看到表面现象，不透彻，不深入。

译文

秦观的词境最为凄婉。至于“可堪孤馆闭春寒，杜鹃声里斜阳暮”，就转变为凄切清厉了。苏轼欣赏这首词最后两句，其理解还是浮于表面。

赏析

王国维深受叔本华悲观主义的影响，加上自命清朝遗老而难以融入现实社会的苦闷，故常常对词中凄惨之句多有会意。秦观《踏莎行》词中“可堪孤馆闭春寒，杜鹃声里斜阳暮”两句的确写尽凄厉之情。孤馆春寒、杜鹃斜阳，正好契合王国维其时心境，所以会尤其得其赏识。而苏轼为人旷达不羁，绝少悲观厌世之情，喜欢“郴江幸自绕郴山，为谁流下潇湘去”两句，也就不足为奇了。

三十

原文

“风雨如晦，鸡鸣不已”①，“山峻高以蔽日兮，下幽晦以多雨。霰雪纷其无垠兮，云霏霏而承宇”②，“树树皆秋色，山山尽（当作‘唯’）落晖”③，“可堪孤馆闭春寒，杜鹃声里斜阳暮”④，气象皆相似。

注解

①“风雨”二句：出自《诗·郑风·风雨》。原文为：“风雨凄凄，鸡鸣喈喈。既见君子，云胡不夷？风雨潇潇，鸡鸣胶胶。既见君子，云胡不瘳？风雨如晦，鸡鸣不已。既见君子，云胡不喜？”

②“山峻”四句：出自战国末期诗人屈原的《楚辞·九章·涉江》。原

文为："余幼好此奇服兮，年既老而不衰。带长铗之陆离兮，冠切云之崔嵬。被明月兮佩宝璐。世混浊而莫余知兮，吾方高驰而不顾。驾青虬兮骖白螭，吾与重华游兮瑶之圃。登昆仑兮食玉英，与天地兮比寿，与日月兮同光。哀南夷之莫吾知兮，旦余济乎江湘。乘鄂渚而反顾兮，欸秋冬之绪风。步余马兮山皋，邸余车兮方林。乘舲船余上沅兮，齐吴榜以击汰。船容与而不进兮，淹回水而疑滞。朝发枉陼兮，夕宿辰阳。苟余心其端直兮，虽僻远之何伤。入溆浦余儃佪兮，迷不知吾所如。深林杳以冥冥兮，乃猿狖之所居。山峻高以蔽日兮，下幽晦以多雨。霰雪纷其无垠兮，云霏霏而承宇。哀吾生之无乐兮，幽独处乎山中。吾不能变心以从俗兮，固将愁苦而终穷。接舆髡首兮，桑扈裸行。忠不必用兮，贤不必以。伍子逢殃兮，比干菹醢。与前世而皆然兮，吾又何怨乎今之人！余将董道而不豫兮，固将重昏而终身！乱曰：鸾鸟凤凰，日以远兮。燕雀乌鹊，巢堂坛兮。露申辛夷，死林薄兮。腥臊并御，芳不得薄兮。阴阳易位，时不当兮。怀信侘傺，忽乎吾将行兮！"

③"树树"二句：出自唐代诗人王绩的《野望》。原文为："东皋薄暮望，徙倚欲何依？树树皆秋色，山山唯落晖。牧人驱犊返，猎马带禽归。相顾无相识，长歌怀采薇。"

④"可堪"二句：出自秦观《踏莎行》，见正编三注解②。

译文

"风雨如晦，鸡鸣不已"，"山峻高以蔽日兮，下幽晦以多雨。霰雪纷其无垠兮，云霏霏而承宇"，"树树皆秋色，山山唯落晖"，"可堪孤馆闭春寒，杜鹃声里斜阳暮"，气象都很相似。

赏析

中国古代诗歌创作从《诗经》《楚辞》开始，已有几千年的历史。对于中国古典诗歌，王国维特别喜爱忧愁苦闷之句。而文人之情思，自古至今亦多所因袭，虽景境有别，其情一也。

三一

原文

昭明太子[1]称陶渊明[2]诗“跌宕昭彰，独超众类。抑扬爽朗，莫之与京”[3]。王无功[4]称薛收[5]赋“韵趣高奇，词义晦远。嵯峨萧瑟，真不可言”[6]。词中惜少此二种气象，前者唯东坡，后者唯白石[7]，略得一二耳。

注解

①昭明太子：梁武帝萧衍的长子萧统（501—531年），他曾于梁武帝天监元年被立为太子，还没即皇位就去世了，谥号“昭明”，世称“昭明太子”，他雅好文学，编有《文选》，对后世影响较大。

②陶渊明：陶潜（365—427年），字元亮，号五柳先生，谥号“靖节先生”，浔阳柴桑（今江西九江）人。陶渊明生活于晋宋易代的纷乱之世，做过一些小官，因不肯“为五斗米折腰向乡里小儿”而辞去彭泽县令之职，终老于“瓶无储粟”的隐居生活。陶渊明为人孤高耿介、淳厚洒脱，安贫乐道和崇尚自然是他的生活哲学。他创作的诗歌质朴真率、外枯内腴，成功地将“自然”提升为一种美的至境。他善于挖掘日常生活中的玄机和哲理，使诗歌与田园隐居生活相结合，开创了“田园诗”这种新的题材。陶渊明的人格和诗歌对后世影响极大：他所崇尚的装饰着酒和菊的隐居生活成为历代文人的精神归宿，他所创作的“质而实绮，癯而实腴”（苏轼语）的田园诗歌则成为中国古典美学的最高境界。

③“跌宕”四句：出自萧统的《陶渊明集》序，“京”作“大”“盛”

理解。

④王无功：初唐诗人王绩，字无功，号东皋子，绛州龙门（今山西河津）人，著有文集五卷。

⑤薛收：初唐文人，字伯褒，隋代诗人薛道衡之子，蒲州汾阴（今山西万荣）人，著有文集十卷。

⑥“韵趣”四句：出自《王无功集》卷下《答冯子华处士书》，它所称道的是薛收的《白牛溪赋》。

⑦白石：南宋文学家、音乐家姜夔，号白石道人。

译文

萧统称陶渊明的诗“跌宕昭彰，独超众类。抑扬爽朗，莫之与京”。王绩称薛收的赋“韵趣高奇，词义晦远。嵯峨萧瑟，真不可言”。可惜词中缺少这两种气象。前者只有苏轼足以当之，后者只有姜夔略有体现。

赏析

尺有所短，寸有所长，体裁形式不同，表达情感自然会有差异。诗、赋、词三种不同的形式适合的表现范围都各有不同。中国人尤其喜欢十全十美，连静安先生也不能免俗，所以在这里对宋词求全责备也就不足为奇了。然而能独具慧眼，发现这种气象的承袭脉络，并在众人的赞誉中看到不足，也是静安先生让人折服的所在吧！

三二

原文

词之雅郑[①]，在神不在貌。永叔、少游虽作艳语，终有品格。方之美成[②]，便有淑女与倡伎之别[③]。

注解

①雅郑：指典雅与淫靡低俗。《诗经》中有《郑风》《卫风》，其中很多涉及男女的情事，历代说诗者多把它们视为淫诗。后遂以“郑卫之音”代指淫靡低俗的文学作品或音乐。

②美成：周邦彦（1056—1121 年），字美成，号清真居士，钱塘（今浙江杭州）人，北宋末年的重要词家。其人精通音律，多自度曲。其词章法严密繁复、音律工整和谐、炼字运句活脱浑融。其咏物词开启了南宋咏物词重寄托的门径。南宋姜夔、史达祖一派即以其为先驱。

③淑女与倡伎之别：王世贞《艺苑卮言》云：“美成能作景语，不能作情语，能入丽字，不能入雅字，以故价微劣于柳。”（据《词话丛编》本）刘熙载《艺概·词曲概》云：“周美成词，或称其无美不备。余谓论词莫先于品。美成词信富艳精工，只是当不得个‘贞’字。是以士大夫不肯学之，学之则不知终日意萦何处矣。”

译文

词的高贵典雅与淫靡粗俗的区别，在于它内在的神韵，而不在它的表现形式。欧阳修和秦观虽然都写过艳丽之词，但终究是有品格的。比起周邦彦，不亚于贵妇人和倡伎的区别。

赏析

王国维虽把周邦彦比作倡伎，把其词贬为郑卫之音，评价似乎很低，但他又有以下观点："唐五代北宋之词家，倡优也。南宋后之词家，俗子也。二者其实相等。但词人之词，宁失之倡优，不失之俗子。以俗子之可厌，较倡优为甚故也。"由此可见，王国维虽然认为周词在品格上不如欧、秦，但尤胜南宋诸家俗子之流，比上不足，比下有余。

这里需要指出的是，王国维在此所说的倡伎、倡优，并非指现在所说的那些妓女，而是指过去地位低下的艺伎和戏子。王国维对她们抱着同情的态度。王国维毕竟是喜爱周邦彦的，只是对其创意之才少表示遗憾，从语气中我们还是能感受到他对周邦彦极为推崇。他后来还特意为周邦彦写了一篇《清真先生遗事》，也说明了这一点。

三三

原文

美成[1]深远之致不及欧[2]秦[3]。唯言情体物，穷极工巧，故不失为第一流之作者。但恨创调之才多，创意之才少耳。

注解

①美成：指周邦彦，见正编三二注解②。

②欧：指欧阳修，见正编二一注解①。

③秦：指秦观，见正编二八注解②。

译文

周邦彦的词在情致深远方面比不上欧阳修和秦观，但是他言情体物极为工巧，因此也不失为第一流的作者。可惜他自创新曲、排比声律的才能多，创造意境的才能少。

赏析

周邦彦通晓韵律，经常自己谱曲。其词作章法严密反复，音律工整和谐，炼字运句活脱浑融。但是由于太过用心于形式，往往显得雕琢，影响表达的效果。以周邦彦的才情，他仍然写出了不少好的作品。“戴着镣铐跳舞”，未必就会显得逊色。但是写作倘若只求技巧，则是舍本逐末了，此为静安先生叹惋周邦彦“创调之才多，创意之才少”之故也。

三四

原文

词忌用替代字。美成《解语花》[1]之“桂华流瓦”，境界极妙，惜以“桂华”二字代“月”耳。梦窗[2]以下，则用代字更多。其所以然者，非意不足，则语不妙也。盖意足则不暇代，语妙则不必代。此少游[3]之“小楼连苑”“绣毂雕鞍”[4]，所以为东坡[5]所讥也。[6]

注解

①《解语花》：《解语花·元宵》。原文为：“风销焰蜡，露浥烘炉，花市光相射。桂华流瓦。纤云散，耿耿素娥欲下。衣裳淡雅。看楚女纤腰一把。箫鼓喧，人影参差，满路飘香麝。 因念都城放夜。望千门如昼，嬉笑游冶。钿车罗帕。相逢处，自有暗尘随马。年光是

也。唯只见、旧情衰谢。清漏移，飞盖归来，从舞休歌罢。”

②梦窗：吴文英（约 1200—1260 年），字君特，号梦窗，晚号觉翁，四明（今浙江宁波）人。他是一位独特的江湖游士，虽然以布衣终老，却长期充当一些权贵的门客与幕僚；虽然曳裾侯门，但只为衣食生计，始终保持着清高独立的人格。吴文英把一生的心力都倾注于词的创作上，他的词字面华丽、意象密集、含义曲折。他拥有极丰富的想象力，往往通过打破时空的正常次序、错综叠映真实和虚幻的不同情景等手段，使词的意境扑朔迷离、诡异迷幻。他的词似乎不受理性和逻辑的约束，这种类似于现代意识流的表现手段使得吴文英的作品很难被古人理解。宋代的张炎就指斥他的词说：“如七宝楼台，眩人耳目，拆碎下来，不成片段”。倒是清人的眼光比较准确，《四库提要》中说：“词家之有文英，亦如诗家之有李商隐。”对于吴文英的作品，显然需要我们做出新的解读。

③少游：秦观。

④“小楼连苑”“绣毂雕鞍”：均出自秦观的《水龙吟》。原文如下：“小楼连苑横空，下窥绣毂雕鞍骤。朱帘半卷，单衣初试，清明时候。破暖轻风，弄晴微雨，欲无还有。卖花声，过尽斜阳院落，红成阵，飞鸳甃。　玉佩丁东别后，怅佳期参差难又。名缰利锁，天还知道，和天也瘦。花下重门，柳边深巷，不堪回首。念多情，但有当时皓月，向人依旧。”

⑤东坡：苏轼（1037—1101 年），字子瞻，号东坡居士，眉州眉山（今属四川）人，与其父苏洵、其弟苏辙合称三苏，并列于古文八大家之列。其

人学识渊博、思想通达，倡导儒、释、道三教合一。创立了与当时以二程为代表的洛学和以张载为代表的关学相抗衡的蜀学。苏轼二十二岁中进士，以文章知名，他反对王安石变法，后又反对司马光对王安石新政的全面反拨，在政治上为新、旧两党所排挤，屡遭贬谪。四十四岁的时候又为人所构陷，遭遇“乌台诗案”，险些死于狱中。然而苏轼始终保持着坦荡旷达的精神，保持着浓郁的生活情趣和旺盛的创作活力。苏轼在创作上主张“自成一家”。他以诗为词，破除了诗尊词卑的观念，抬高了词的文学、美学地位，扩大了词的表现功能，成为豪放词的开山者。苏轼的词和他的人格一样充满魅力，其词挥洒自如，不为音律所约束，激情充沛，想象奇崛，妙语天成。他不仅在当时的文坛上享有巨大的声誉，更是千百年来无数文人学者所景仰的一代文宗。

⑥黄升的《花庵词选》记载：秦少游自会稽入京，见东坡。……（东坡）问别作何词。秦举“小楼连苑横空，下窥绣毂雕鞍骤”。坡云：“十三个字，只说得一个人骑马楼前过。”秦问先生近著，坡云：“亦有一词说楼上事。”乃举“燕子楼空，佳人何在，空锁楼中燕”（按，即苏轼的《永遇乐》词），晁无咎（按，即晁补之）在座，云：“三句说尽张建封燕子楼一段事，奇哉。”

词牌解

《解语花》，相传唐玄宗太液池中有千叶白莲，中秋盛开，玄宗设宴赏花。群臣左右为莲花之美叹羡不已，玄宗却指着杨贵妃说：“那莲花怎比得上我的解语花呢？”后人制曲，即取以为名。

《水龙吟》，李白诗有“笛奏水龙吟”句，因取以为名。又名《丰年瑞》《小楼连苑》等。

译文

作词最忌讳用替代字。周邦彦《解语花》词中“桂华流瓦”一句境界极妙，可惜以“桂华”二字代替了“月”字。吴文英以后的词人用替代字的更多。之所以会这样，不是意境不足，就是用语不够巧妙。如果意境完足，不用多此一举；如果用语巧妙，根本不用替代。这就是秦观词中“小楼连苑”“绣毂雕鞍”两句话被苏轼讥讽的原因。

赏析

文学作品不是猜字谜，所以自然应当少用代字。但是也不可以将此当作不刊之论，要看情况，因时因地而异。如“但愿人长久，千里共婵娟”句，以“婵娟”代月，则显得颇有玩味。

三五

原文

沈伯时[1]《乐府指迷》云："说桃不可直说破（原无'破'字，据《花草粹编》附刊本《乐府指迷》加）桃，须用'红雨'[2]'刘郎'[3]等字。咏（原作'说'）柳不可直说破柳，须用'章台'[4]'灞岸'[5]等字。"若惟恐人不用代字者。果以是为工，则古今类书[6]具在，又安用词为耶？宜其为《提要》所讥也。[7]

注解

①沈伯时：宋代词论家沈义父，字伯时。著有《时斋集》《乐府指迷》等，其中《乐府指迷》专论作词之法，凡二十九则，主要阐发吴文英的词学思想，其论结构、命意、音律等，颇为得当。

②红雨：李贺《将进酒》一诗有言"况是青春日将暮，桃花乱落如红雨"。后人借用"红雨"来代指桃花或落花。

③刘郎：刘禹锡。刘禹锡的诗作《游玄都观咏看花诸君子》里有"玄都

观里桃千树，尽是刘郎去后栽”，后又有《游玄都观诗》云“种桃道士今何在，前度刘郎又到来”。后人于是就借“刘郎”代指桃花。

④章台：汉代长安城有章台街，是歌伎聚居的地方。孟棨的《本事诗》记载：唐朝进士韩翊负才名，与歌姬柳氏相爱悦。后来韩翊出为淄青节度使侯希逸的从事，而柳氏留居都下。三年后，韩翊以《章台柳》远寄柳氏，云：“章台柳，章台柳，颜色青青今在否？纵使长条似旧垂，亦应攀折他人手。”柳氏以《杨柳枝》相答：“杨柳枝，芳菲节，可恨年年赠离别。一叶随风忽报秋，纵使君来岂堪折。”后来韩翊随侯希逸入京，寻访柳氏，但柳氏已为番将沙叱利所劫。淄青节度使帐下虞侯许俊为韩翊夺回柳氏，而侯希逸也为此事上表，终于将柳氏判归韩翊。后世于是就以“章台”喻柳，又以“章台柳”借指青楼女子。

⑤灞岸：灞陵岸。灞水流经长安的东灞陵，有桥名灞桥，送客至此，折柳赠别。李白《忆秦娥》中云：“年年柳色，灞陵伤别。”后人遂以“灞岸”代指柳或送别。

⑥类书：摘录各种书上有关的材料并依照内容分门别类地编排起来以备检索的书籍，如《太平御览》《古今图书集成》等。《四库全书》将其归入子部。类书之祖，当推魏文帝时命诸儒撰集经传，随类相从之《皇览》。但此书早已散佚。唐代类书有《艺文类聚》《文馆词林》等。宋代类书规模空前，有《太平御览》《册府元龟》《玉海》等。

⑦《四库提要·集部·词曲类二》沈氏《乐府指迷》条，“又谓：说桃须用‘红雨’‘刘郎’等字，说柳须用‘章台’‘灞岸’等字，说书须用‘银钩’等字，说泪须用‘玉箸’等字，说发须用‘绿云’等字，说簟须用‘湘竹’等字，不可直说破。其意欲避鄙俗，而不知转成涂饰，亦非确论。”

译文

沈义父在《乐府指迷》中说：说桃不可直接说桃，须用“红雨”“刘郎”等字代替。说柳不可直接说柳，须用“章台”“灞岸”等字代替。这种说法唯恐别人不用替代字。如果只有这样才算工整，那么古今类书俱在，还作什么词呢？难怪他的说法被《四库提要》批评。

赏析

古人用典没有定则，当用则用，当不用则不用，要看表达时的实际需要。如果一定要像《乐府指迷》这样规定，那么文学就成了纯粹的字谜，没有生命力可言了。我们读《诗经》“桃之夭夭”“杨柳依依”，直觉得亲切动人，何须用代字？

三六

原文

美成《青玉案》（当作《苏幕遮》）词："叶上初阳干宿雨。水面清圆，一一风荷举。"[①]此真能得荷之神理者。觉白石《念奴娇》[②]《惜红衣》[③]二词，犹有隔雾看花之恨。

注解

①"叶上"三句：出自北宋词人周邦彦的《苏幕遮》，王国维误记为《青玉案》。原文为："燎沉香，消溽暑。鸟雀呼晴，侵晓窥檐语。叶上初阳干宿雨。水面清圆，一一风荷举。　故乡遥，何日去？家住吴门，久作长安旅。五月渔郎相忆否？小楫轻舟，梦入芙蓉浦。"

②《念奴娇》："（予客武陵，湖北宪治在焉。古城野水，乔木参天。予与二三友，日荡舟其间，薄荷花而饮，意象幽闲，不类人境。秋水且涸，荷叶出地寻丈，因列坐其下，上不见日，清风徐来，绿云自动，间于疏处，窥见游人画船，亦一乐也。朅来吴兴，数得相羊荷花中，又夜泛西胡，光景奇

绝。故以此句写之。）闹红一舸，记来时，尝与鸳鸯为侣。三十六陂人未到，水佩风裳无数。翠叶吹凉，玉容销酒，更洒菰蒲雨。嫣然摇动，冷香飞上诗句。日暮。青盖亭亭，情人不见，争忍凌波去。只恐舞衣寒易落，愁入西风南浦。高柳垂阴，老鱼吹浪，留我花间住。田田多少，几回沙际归路。”

③《惜红衣》：原文如下。“（吴兴号水晶宫，荷花盛丽。陈简斋云：‘今年何以报君恩，一路荷花相送到青墩。’亦可见矣。丁未之夏，予游千岩，数往来红香中，自度此曲，以无射宫歌之。）簟枕邀凉，琴书换日，睡余无力。细洒冰泉，并刀破甘碧。墙头唤酒，谁问讯，城南诗客。岑寂。高柳晚蝉，说西风消息。　虹梁水陌，鱼浪吹香，红衣半狼藉。维舟试望故国。眇天北。可惜渚边沙外，不共美人游历。问甚时同赋，三十六陂秋色。”

词牌解

《苏幕遮》，苏幕遮，指西域高昌国女子所戴油帽。唐时坊邑中人盛行戎服胡戏，即名之曰“苏幕遮”，唐教坊作此戏，即以为名。张说曾作诗描写表演“苏幕遮”时的盛况：“绣装帕额宝花冠，夷歌骑舞借人看。自能激水成阴气，不虑今年寒不寒。”根据此诗，似乎戏中以泼水为乐，舞者头戴油帽“苏

幕遮”则亦属有因矣。宋人因旧曲之名，另度新声，乃成今日之《苏幕遮》。又名《感皇恩》《鬓云松》等。

《念奴娇》，念奴，天宝中名倡，善歌。念奴每执板当席，声出朝霞之上。每岁楼下酺，累日之后，万众喧溢。众乐为之罢奏，玄宗遣高力士大呼于楼上曰：“欲遣念奴唱歌，使二十五郎吹小管逐，看人能听否？”未尝不悄然奉旨。其为当时所重如此。然而玄宗不欲夺游侠之盛，未尝置在宫禁。《念奴娇》据说即天宝时所制之曲。又名《百字令》《壶中天》等。

《惜红衣》，姜夔自度曲。

译文

周邦彦《青玉案》词中云：“叶上初阳干宿雨。水面清圆，一一风荷举。”这两句真能得荷花的神韵。由此感到姜夔的《念奴娇》《惜红衣》两首词，还是有隔物看花的遗憾。

赏析

美成写荷确是语调清新，形神兼备。“叶上初阳干宿雨。水面清圆，一一风荷举。”将雨后初阳中新荷的神态一一毕现，尤其是一个“举”字，将荷叶的舞动、妩媚尽现读者眼前。而姜夔咏荷二词，总感觉没有抓住那种自然天成的神韵。王国维特别强调景物描写的传神，要把事物的形态真实生动地呈现在读者的眼前。好的作品是发自肺腑，是“清水出芙蓉”，而不是刻意所作。

三七

原文

东坡《水龙吟》[1]咏杨花，和韵而似原唱。章质夫词[2]，原唱而似和韵。才之不可强也如是！

注解

①《水龙吟》：《水龙吟·次韵章质夫杨花词》。原文如下：“似花还似非花，也无人惜从教坠。抛家傍路，思量却是，无情有思。萦损柔肠，困酣娇眼，欲开还闭。梦随风万里，寻郎去处，又还被、莺呼起。　不恨此花飞尽，恨西园、落红难缀。晓来雨过，遗踪何在？一池萍碎。春色三分，二分

尘土，一分流水。细看来不是杨花，点点是离人泪。”

②章质夫词：章质夫，即章楶（1027—1102年），著有《水龙吟·杨花》。原文为：“燕忙莺懒芳残，正堤上、杨花飘坠。轻飞乱舞，点画青林，全无才思。闲趁游丝，静临深院，日长门闭。傍珠帘散漫，垂垂欲下，依前被、风扶起。　　兰帐玉人睡觉，怪春衣、雪沾琼缀。绣床渐满，香球无数，才圆却碎。时见蜂儿，仰黏轻粉，鱼吞池水。望章台路杳，金鞍游荡，有盈盈泪。”

译文

苏轼的咏杨花是和韵之作，然而却仿佛首创。章质夫的词乃是首创，却仿佛和韵之作。才质高低难以勉强，正是如此。

赏析

苏轼杨花词，虽然是唱和之作，步章质夫咏杨花原韵，但是以苏轼之才气，丝毫没有受限制之感，好词好句信手拈来，写景状貌自然天成。“春色三分，二分尘土，一分流水。细看来不是杨花，点点是离人泪。”借杨花表现思妇之幽怨哀婉，一唱三叹，曲尽其妙。而章质夫词则显得堆砌和雕琢，仿佛才力有限，如步他们词韵，勉强之作，与苏轼相比，实在难以望其项背。

三八

原文

咏物之词，自以东坡《水龙吟》[①]为最工，邦卿[②]《双双燕》[③]次之。白石《暗香》[④]《疏影》[⑤]格调虽高，然无一语道着，视古人“江边一树垂垂发”[⑥]等句何如耶？

注解

①《水龙吟》：见正编三七注解①。

②邦卿：南宋词人史达祖，字邦卿。

③《双双燕》：“过春社了，度帘幕中间，去年尘冷。差池欲住，试入旧巢相并。还相雕梁藻井，又软语商量不定。飘然快拂花梢，翠尾分开红影。

芳径，芹泥雨润。爱贴地争飞，竞夸轻俊。红楼归晚，看足柳昏花暝，应自栖香正稳。便忘了天涯芳信。愁损翠黛双蛾，日日画栏独凭。”

④《暗香》：作者姜夔。原文如下：“（辛亥之冬，予载雪诣石湖。止既月，授简索句，且征新声，作此两曲。石湖把玩不已，使工妓隶习之，音节谐婉，乃名之曰：《暗香》《疏影》。）旧时月色，算几番照我，梅边吹笛。唤起玉人，不管清寒与攀摘。何逊而今渐老，都忘却、春风词笔。但怪得、竹外疏花，香冷入瑶席。　　江国，正寂寂。叹寄与路遥，夜雪初积。翠尊易泣，红萼无言耿相忆。长记曾携手处，千树压、西湖寒碧。又片片吹尽也，几时见得。”

⑤《疏影》：“苔枝缀玉。有翠禽小小，枝上同宿。客里相逢，篱角黄昏，无言自倚修竹。昭君不惯胡沙远，但暗忆、江南江北。想佩环、月夜归来，化作此花幽独。　　犹记深宫旧事，那人正睡里，飞近蛾绿。莫似春风，不管盈盈，早与安排金屋。还教一片随波去，又却怨、玉龙哀曲。等恁时、重觅幽香，已入小窗横幅。”

⑥江边一树垂垂发：出自唐代诗人杜甫的《和裴迪登蜀州东亭送客逢早梅相忆见寄》。原文为：“东阁官梅动诗兴，还如何逊在扬州。此时对雪遥相忆，送客逢春可自由。幸不折来伤岁暮，若为看去乱乡愁。江边一树垂垂发，朝夕催人自白头。”

词牌解

《暗香》，姜夔自度曲。张炎以此调咏荷花，更名为《红情》；清人蒋敦复以此调咏红梅，更名为《红香》。

《疏影》，姜夔自度曲。张炎以此调咏荷叶，更名为《绿意》；清人蒋敦复以此调咏绿梅，更名为《绿影》。

译文

咏物之词，自然以苏轼的《水龙吟·咏杨花》为最工，史达祖《双双燕》次之。姜夔的《暗香》《疏影》格调虽高，然而没有一句话质实。比起古人“江边一树垂垂发”等句是否有些逊色呢？

赏析

姜夔的咏物词往往别有寄托。他常常将自我的人生失意和对国家的感慨与咏物融为一体，写得空灵蕴藉，寄托遥深。如《齐天乐》咏蟋蟀的鸣声，全词充溢着“一声声更苦”的“哀音”，渗透着词人自我凄凉身世的感受，但又很难确切说哪一句是写他自己；“候馆迎秋，离宫吊月，别有伤心无数”，似乎寄托着靖康中徽、钦二宗蒙难的国耻，但其寓意又绝非此一事所能涵盖。其寄托在若有若无、若即若离之间，其妙处是涵义丰富深广，给读者留下极大的想象空间，但词旨飘忽不定，有时流于晦涩，则是其短处。

三九

原文

白石写景之作，如“二十四桥仍在，波心荡、冷月无声”[①]，“数峰清苦，商略黄昏雨”[②]，“高树晚蝉，说西风消息”[③]，虽格韵高绝，然如雾里看花，终隔一层。梅溪[④]、梦窗诸家写景之病，皆在一“隔”字。北宋风流，渡江遂绝。抑真有运会存乎其间耶？

注解

①“二十”二句：出自姜夔的《扬州慢》。原文为：“（淳熙丙申至日，予过维扬。夜雪初霁，荠麦弥望。入其城，则四顾萧条，寒水自碧。暮色渐起，戍角悲吟。予怀怆然，感慨今昔，因自度此曲。千岩老人以为有黍离之悲也。）淮左名都，竹西佳处，解鞍少驻初程。过春风十里，尽荠麦青青。自胡马窥江去后，废池乔木，犹厌言兵。渐黄昏，清角吹寒，都在空城。杜郎俊赏，算而今、重到须惊。纵豆蔻词工，青楼梦好，难赋深情。二十四桥仍在，波心荡、冷月无声。念桥边红药，年年知为谁生？”

②“数峰”二句：出自姜夔的《点绛唇》。原文如下：“（丁未冬，过吴松作。）燕雁无心，太湖西畔随云去。数峰清苦，商略黄昏雨。　第四桥边，拟共天随住。今何许？凭栏怀古，残柳参差舞。”

③“高树”二句：出自姜夔的《惜红衣》。原词见正编三六注解③。

④梅溪：史达祖，字邦卿，号梅溪。汴（今河南开封）人。他曾为太师韩侂胄的堂吏，备受宠信。后韩侂胄北伐失败后被杀，史达祖也因此而受黥刑并被贬谪流放，不知所终。史达祖的词精于炼句，用语尖新，但是也因此造成了他的词雕琢过甚，缺乏意境和气骨。史达祖善于咏物，他的自度曲《双双燕》极负盛名，堪称是咏燕的绝唱。

词牌解

《扬州慢》，姜夔自度曲。

译文

姜夔的写景之作，如“二十四桥仍在，波心荡、冷月无声”，“数峰清苦，商略黄昏雨”，“高树晚蝉，说西风消息”，虽然格韵高绝，然而如同雾里看花，终究隔了一层。史达祖、吴文英等人写景之作的缺点，都在一个“隔”字。北宋风流，到了南宋就已经看不到了。难道真有所谓的风云际会吗？

赏析

雾里看花不一定就会让美感打折扣，相反，却可能自成风格。史达祖“炼句清新，得未曾有”（清李调元语），差不多每一首词都有精警之句。吴文英的词作一反常人的思维习惯，将常人眼中的实景化为虚幻，将常人心中的虚无化为实有，通过奇特的艺术想象和联想，创造出如梦如幻的艺术境界。北宋词的创作已经形成了一个高峰，南宋词在这个基础上另辟蹊径，有所超越和发展，也形成了一些不同于以往的风格，名作名家丝毫不亚于当年。“北宋风流，渡江遂绝”，王国维此说，不免显得有失偏颇了。

四十

原文

问“隔”与“不隔”之别，曰：陶、谢[①]之诗不隔，延年[②]则稍隔矣；东坡之诗不隔，山谷[③]则稍隔矣。“池塘生春草”[④]、“空梁落燕泥”[⑤]等二句，妙处唯在不隔。词亦如是。即以一人一词论，如欧阳公《少年游·咏春草》上半阕云：“阑干十二独（‘独’原作‘犹’）凭春，晴碧远连云。千里万里，二月三月（此两句倒置），行色苦愁人。”语语都在目前，便是不隔。至云“谢家池上，江淹浦畔（‘畔’原作‘上’）”[⑥]，则隔矣。白石《翠楼吟》“此地宜有词仙，拥素云黄鹤，与君游戏。玉梯凝望久，叹芳草、萋萋千里”，便是不隔。至“酒祓清愁，花销英气”[⑦]，则隔矣。然南宋词虽不隔处，比之前人，自有浅深厚薄之别。

注解

①陶、谢：陶，陶渊明。谢，谢灵运，晋宋间诗人，原籍陈郡阳夏（今

河南太康)。

②延年：南朝刘宋诗人颜延之，字延年。

③山谷：北宋文学家黄庭坚，号山谷道人。

④池塘生春草：出自谢灵运的《登池上楼》。原文为：“潜虬媚幽姿，飞鸿响远音。薄霄愧云浮，栖川怍渊沈。进德智所拙，退耕力不任。徇禄反穷海，卧痾对空林。衾枕昧节候，褰开暂窥临。倾耳聆波澜，举目眺岖嵚。初景革绪风，新阳改故阴。池塘生春草，园柳变鸣禽。祁祁伤豳歌，萋萋感楚吟。索居易永久，离群难处心。持操岂独古，无闷征在今。”

⑤空梁落燕泥：出自隋代诗人薛道衡的《昔昔盐》。原文为：“垂柳覆金堤，蘼芜叶复齐。水溢芙蓉沼，花飞桃李蹊。采桑秦氏女，织锦窦家妻。关山别荡子，风月守空闺。恒敛千金笑，长垂双玉啼。盘龙随镜隐，彩凤逐帷低。飞魂同夜鹊，倦寝忆晨鸡。暗牖悬蛛网，空梁落燕泥。前年过代北，今岁往辽西。一去无消息，那能惜马蹄。”

⑥“谢家”二句：出自欧阳修的《少年游》。全词见正编二三注解③。

⑦“酒祓”二句：出自姜夔的《翠楼吟》。原文如下：“（淳熙丙午冬，武昌安远楼成，与刘去非诸友落之，度曲见志。予去武昌十年，故人有泊舟鹦鹉洲者，闻小姬歌此词。问之，颇能道其事。还吴，为予言之。兴怀昔游，且伤今之离索也。）月冷龙沙，尘清虎落，今年汉酺初赐。新翻胡部曲，听毡幕、元戎歌吹。层楼高峙。看槛曲萦红，檐牙飞翠。人姝丽。粉香吹下，夜寒风细。　此地宜有词仙，拥素云黄鹤，与君游戏。玉梯凝望久，叹芳草、

萋萋千里。天涯情味。仗酒祓清愁，花销英气。西山外，晚来还卷，一帘秋霁。”

词牌解

《翠楼吟》，姜夔自度曲。

译文

要问“隔”与“不隔”的区别，可以这样说：陶渊明、谢灵运的诗不隔，延年则稍隔矣；苏轼的诗不隔，黄庭坚的诗则稍隔矣。“池塘生春草”“空梁落燕泥”等句，妙处就在不隔。词也是这样。就以同一个人的同一首词来说，如欧阳修《少年游·咏春草》上半阕：“阑干十二独凭春，晴碧远连云。二月三月，千里万里，行色苦愁人。”每句话都仿佛就在目前，便是不隔。等说到“谢家池上，江淹浦畔”就隔了。姜夔《翠楼吟》“此地宜有词仙，拥素云黄鹤，与君游戏。玉梯凝望久，叹芳草、萋萋千里”便是不隔。到“酒祓清愁，花销英气”就隔了。然而，即使南宋词不隔处，比之前人，也有深浅厚薄之别。

赏析

叶嘉莹在《王国维及其文学批评》一书中说：“如果在一篇文学作品中，作者果然有真切之感受，且能做真切之表达，使读者亦可获致同样真切之感受，如此便是‘不隔’。反之，如果作者根本没有真切之感受，或者虽有真切之感受但不能予以真切之表达，而只是因袭陈言或雕饰造作，使读者不能获致真切之感受，如此便是‘隔’。”叶嘉莹用“真切”一词来说明“隔”与“不隔”，就显得明白了很多。其实所谓的“不隔”，也就是要做到用语天成，仿佛神来之笔；如果过于雕琢，让人一时不能领悟，便是“隔”了。

四一

原文

“生年不满百，常怀千岁忧。昼短苦夜长，何不秉烛游”①，“服食求神仙，多为药所误。不如饮美酒，被服纨与素”②，写情如此，方为不隔。“采菊东篱下，悠然见南山。山气日夕佳，飞鸟相与还”③，“天似穹庐，笼盖四野。天苍苍，野茫茫，风吹草低见牛羊”④，写景如此，方为不隔。

注解

①“生年”四句：出自《古诗十九首》第十五首。原文如下：“生年不满百，常怀千岁忧。昼短苦夜长，何不秉烛游？为乐当及时，何能待来兹？愚者爱惜费，但为后世嗤。仙人王子乔，难可与等期。”

②“服食”四句：出自《古诗十九首》第十三首。原文如下：“驱车上东门，遥望郭北墓。白杨何萧萧，松柏夹广路。下有陈死人，杳杳即长暮。潜寐黄泉下，千载永不寤。浩浩阴阳移，年命如朝露。人生忽如寄，寿无金

石固。万岁更相迭，圣贤莫能度。服食求神仙，多为药所误。不如饮美酒，被服纨与素。”

③“采菊”四句：出自陶渊明《饮酒》第五首。见正编三注解③。

④“天似”五句：出自斛律金的《敕勒歌》。原文如下：“敕勒川，阴山下。天似穹庐，笼盖四野。天苍苍，野茫茫，风吹草低见牛羊。”

译文

“生年不满百，常怀千岁忧。昼短苦夜长，何不秉烛游”，“服食求神仙，多为药所误。不如饮美酒，被服纨与素”，像这样写情，才是“不隔”。“采菊东篱下，悠然见南山。山气日夕佳，飞鸟相与还”，“天似穹庐，笼盖四野。天苍苍，野茫茫，风吹草低见牛羊”，像这样写景，才是“不隔”。

赏析

古诗十九首质朴自然，情真意切，叙事言情平白流畅，历来为文人称道。陶渊明诗沿袭魏晋诗歌的古朴作风，而进入更纯熟的境地，像一座里程碑标志着古朴诗歌所能达到的最高成就。他成功地将“自然”提升为一种美的至境；将玄言诗注疏老庄所表达的玄理，改为日常生活中的哲理；使诗歌与日常生活相结合，并开创了田园诗这种新的题材。《敕勒歌》作为北朝民歌的代表，反映北方的游牧生活，出色地描绘了北国草原的辽阔壮美。《敕勒歌》的境界恢宏博大，雄浑壮阔，可谓千古绝唱。

四二

原文

古今词人格调之高，无如白石[1]。惜不于意境上用力，故觉无言外之味，弦外之响[2]，终不能与于第一流之作者也。

注解

①白石：姜夔（约1154—1221年），字尧章，号白石道人，饶州鄱阳（今江西鄱阳）人，南宋词人，一生清贫自守，诗词散文和书法音乐，无不精善。姜夔长于自度曲，他的部分词作自注有工尺谱，是今存唯一的宋代词乐文献。其词作清刚醇雅，词境幽冷悲凉，在辛弃疾豪放词之外别立一宗，自成一派。

②“故觉”二句：出自司空图《与李生论诗书》。原文为：“文之难，而诗之难尤难。古今之喻多矣，而愚以为辨于味而后可以言诗也。江岭之南，凡足资于适口者，若醯，非不酸也，止于酸而已；若鹾，非不咸也，止于咸而已。中华之人所以充饥而遽辍者，知其咸酸之外，醇美者有所乏耳。彼江

岭之人，习之而不辨也，宜哉……近而不浮，远而不尽，然后可以言韵外之致耳。”（据郑奠、谭全基《古汉语修辞学资料汇编》）

译文

古今词人的格调都不如姜夔高。可惜他不在意境上下功夫，所以他的词作缺少一种言外之味，弦外之音，到底不能达到最高的境界。

赏析

姜夔的词境独创一格，艺术思维方式和表现手法也别出心裁。他善于运用联觉思维，利用艺术的通感将不同的生理感受连缀在一起，表现某种特定的心理感受；又善于侧向思维，写景状物，不是正面直接刻画，而是侧面着笔，虚处传神。他用阴冷、衰败的意象填词，营造幽冷悲凉的意境王国，以清幽悲凉的词境表现凄苦落寞的心态，其意境不可谓不深。

四三

原文

南宋词人，白石有格而无情，剑南[①]有气而乏韵。其堪与北宋人颉颃[②]者，唯一幼安[③]耳。近人祖南宋而祧北宋[④]，以南宋之词可学，北宋不可学也。学南宋者，不祖白石，则祖梦窗，以白石、梦窗可学，幼安不可学也。学幼安者，率祖其粗犷、滑稽，以其粗犷、滑稽处可学，佳处不可学也。幼安之佳处，在有性情，有境界。即以气象论，亦有“横素波、干青云”[⑤]之概，宁后世龌龊小生[⑥]所可拟耶？

注解

①剑南：陆游（1125—1210年），字务观，号放翁，越州山阴（今浙江绍兴）人。陆游二十九岁参加进士考试，因名列秦桧的孙子之前而受到秦桧的忌恨，复试时被黜落，直到秦桧死后才得入仕。陆游一生坚持着抗金复国的理想，屡受排挤和打击，中年入蜀担任军中职务，晚岁罢官闲居家乡。陆

游流传下来的诗作有九千四百余首，词作一百三十余首。其作品既有飘逸奔放的特点，又有沉郁悲凉的风格，在诗坛上是南宋中兴四大诗人之首，在词坛上是辛派豪放词的中坚，对南宋乃至清末的文坛有着巨大而积极的影响。

②颉颃：音 xié háng，本指鸟上下飞，这里指不相上下，相抗衡。

③幼安：南宋词人辛弃疾，字幼安，号稼轩居士，济南历城（今属山东）人，著有《辛稼轩诗文钞存》《稼轩词》等，现存诗词六百二十余首。

④祖：师法，学习的意思。祧：音 tiāo，这里指疏远。

⑤横素波、干青云：出自南朝萧统《陶渊明集序》：“有疑陶渊明诗篇篇有酒，吾观其意不在酒，亦寄酒为迹者也。其文章不群，辞采精拔，跌宕昭彰，独超众类，抑扬爽朗，莫之与京。横素波而傍流，干青云而直上。语时事则指而可想，论怀抱则旷而且真。加以贞志不休，安道苦节，不以躬耕为耻，不以无财为病，自非大贤笃志，与道污隆，孰能如此乎？”

⑥后世龌龊小生：指以粗犷、滑稽学稼轩的人。

译文

南宋词人之中，姜夔的词有格调而无情趣，陆游的词有气势而少韵味。其中能与北宋人相抗衡者，只有辛弃疾一人而已。近人师法南宋的词而疏远北宋的词，因为南宋的词容易学而北宋的词不容易学。学习南宋词的人，不是师法姜夔就是师法吴文英，因为姜夔、吴文英容易学而辛弃疾不容易学。师法辛弃疾的人，大都学习他的粗犷、滑稽，因为他粗犷、滑稽的地方容易学而超越别人的妙处不容易学。辛弃疾的真正好处，在于有真实的感情，在于有境界。如果以气象论辛弃疾，他还有一种“横素波、干青云”的气概，这怎么是后世那些卑鄙龌龊的后生小子可以相比的呢？

赏析

王国维此说，是为了说明学习写词要抓住最本质的东西。一个作者最可贵的地方即在于他“有性情，有境界”，而这种东西是轻易学习不来的，需要细细揣摩才能有所领悟。并且，伟大的作品除了需要作者有了不起的才华，还会受环境和自身阅历的限制，并不是简单地对前人加以模仿就可以写出。姜夔、陆游自有其过人之处，说他们不如北宋文人，未免失于偏激了。

四四

原文

东坡之词旷，稼轩[①]之词豪。无二人之胸襟而学其词，犹东施之效捧心[②]也。

注解

①稼轩：辛弃疾的号。

②捧心：用手捂住胸，喻拙劣的模仿。据《庄子·天运》，美女西施因病而皱着眉头，邻居丑女见了觉得很美，就学西施也皱起眉头，结果显得更丑。后人称这个丑女为东施。用“东施效颦”比喻盲目模仿别人，结果适得其反。

译文

苏轼的词旷达，辛弃疾的词豪爽。如果没有二人的胸襟而学其词，只能是东施效颦。

赏析

苏轼以儒学体系为根本，而浸染释、道思想，把儒家固穷的坚毅精神、老庄轻视有限时空和物质环境的超越态度，以及禅宗以平常心对待一切变故的观念有机地结合起来，从而做到了蔑视丑恶，消解痛苦。这种执着于人生而又超然物外的生命范式蕴含着坚定、沉着、乐观、旷达的精神，因而苏轼在逆境中仍然能够保持浓郁的生活情趣和旺盛的创作活力。辛弃疾平生以英雄自许，渴望成就一番伟业，并渴望成为曹操、刘备那样气势豪迈、虎啸风生的人物。苏、辛二人一旷达一豪迈，后世之人不仅难得有二人之才气，亦难得有二人之胸襟。如此而学习二人之词，或如照猫画虎，形似神不似；或如东施效颦，丑上加丑。

四五

原文

读东坡、稼轩词，须观其雅量高致，有伯夷[①]、柳下惠[②]之风。白石虽似蝉蜕尘埃，然终不免局促辕下[③]。

注解

①伯夷：商朝孤竹君之子，商亡后因不食周粟而死。

②柳下惠：春秋时鲁国人，有坐怀不乱的高行。

③“白石”二句：周济《介存斋论词杂著》云：“吾十年来服膺白石，而以稼轩为外道，由今思之，可谓瞽人扪籥也。稼轩郁勃，故情深；白石放旷，故情浅；稼轩纵横，故才大；白石局促，故才小。”

译文

读苏轼、辛弃疾的词，须观其雅量高致，有伯夷、柳下惠之风。姜夔虽似蝉蜕尘埃，但终究只能居于苏东坡、辛稼轩的车辕之下。

赏析

苏轼与辛弃疾之词，明朗豁达，气宇轩昂，没有丝毫淫词艳语，所以会让人想到上古的贤人。而姜夔词作仍喜欢表现艳情，善于用一种冷色调表现离别后的苦恋相思，赋予柔思艳情以高雅的情趣和超尘脱俗的韵味。表现的题材与表达方式的不同也与个人的气质性情有很大关系，如果简单地据此认为姜夔词作“局促辕下”，也只是静安先生的一家之言，个人偏好使然。

四六

原文

苏辛[①]，词中之狂。白石，犹不失为狷[②]。若梦窗、梅溪、玉田[③]、草窗[④]、中（当作“西”）麓[⑤]辈，面目不同，同归于乡愿[⑥]而已。

注解

①苏辛：指苏东坡和辛弃疾。

②狷：出自《论语·子路》。原文为：“子曰：‘不得中行而与之，必也狂狷乎？狂者进取，狷者有所不为也。’”

③玉田：南宋词人张炎，号玉田。

④草窗：南宋词人周密，号草窗。

⑤中麓：应当作“西麓”，是南宋词人陈允平的号。

⑥乡愿：指貌似忠厚，实与恶俗同流合污的人。出自《论语·阳货》：“子曰：‘乡原，德之贼也。’”

译文

苏轼和辛弃疾是词中之狂，姜夔是词中之狷。吴文英、史达祖、张炎、陈允平和周密的词，面目不同，但都只能归于乡愿而已。

赏析

每一个词人都有自己的特色和长处，只不过有的明显，有的不明显。王国维非要将其分为三六九等，实在没什么意思。吴文英将毕生精力投入到词的创作中，在辛弃疾和姜夔两座艺术高峰前，凭借争奇斗胜的技巧和如梦如幻的境界自成一家，在词坛具有重要的地位。“词家之有文英，亦如诗家之有李商隐”，王国维将其归于乡愿，实在有失公允。

四七

原文

稼轩中秋饮酒达旦，用《天问》①体作《木兰花慢》以送月，曰："可怜今夜（当作'夕'）月，向何处、去悠悠？是别有人间，那边才见，光景东头。"②词人想象，直悟月轮绕地之理，与科学家密合，可谓神悟。

注解

①《天问》：《天问》是屈原的作品，其中列举出历史和自然界中一系列难以理解的现象，对天发问，提出了一百七十多个问题。这部作品之所以叫"天问"，大概是因为天是尊贵的，不可"问天"。

②"可怜"五句：出自辛弃疾的《木兰花慢》。原文如下："（中秋饮酒将旦，客谓：前人诗词，有赋待月，无送月者。因用《天问》体赋。）可怜今夕月，向何处、去悠悠？是别有人间，那边才见，光景东头。是天外空汗漫，但长风、浩浩送中秋。　飞镜无根谁系？姮娥不嫁谁留？谓经海底问无由。

恍惚使人愁。怕万里长鲸，纵横触破，玉殿琼楼。虾蟆故堪浴水，问云何、玉兔解沉浮？若道都齐无恙，云何渐渐如钩?”

词牌解

《木兰花慢》，又名《减字木兰花慢》。

译文

辛弃疾《木兰花慢》(中秋饮酒将旦）词用《天问》的体裁形式来表达送月的内容，其词云：“可怜今夕月，向何处、去悠悠？是别有人间，那边才见，光景东头。”词人的想象正与月亮绕地球公转的科学事实相符合，可谓神悟。

赏析

古书中不乏对于宇宙之探求者。如《文选》注引《河图》：“地常动移而人不知，譬如闲舟而行，不觉舟之运也。”这样接近科学事实的猜测并不少，稼轩词中之问，渊源即在于此，静安以为“神悟”，是孤陋寡闻耳。

四八

原文

周介存谓："梅溪词中喜用'偷'字，足以定其品格。"[①]刘融斋谓："周旨荡而史意贪。"[②]此二语令人解颐[③]。

注解

①"梅溪"二句：出自周济《介存斋论词杂著》。"梅溪甚有心思，而用笔多涉尖巧，非大方家数，所谓一勾勒即薄者。梅溪词中，喜用偷字，足以定其品格矣。"

②周旨荡而史意贪：出自刘熙载《艺概》卷四《词曲概》。"周美成律最精审，史邦卿句最警炼，然未得为君子之词者，周旨荡而史意贪也。"

③解颐：开颜欢笑，大笑。

译文

周济说："史达祖的词中，喜欢用'偷'字，这足以定其品格。"刘熙载说："周旨荡而史意贪。"这两句话令人会心而笑。

赏析

史达祖作词过分注重炼句，致使有的词作无法达到浑然天成的境界，有时为追求新奇而雕琢过甚。"偷"字能表明他的用语雕琢，不像己出，而像是偷用别人词语，生涩得很。周邦彦词作中也有艳语，但是瑕不掩瑜，以"荡"字形容，就显得有点过甚其词了。

四九

原文

介存谓梦窗词之佳者，如“水光云影，摇荡绿波，抚玩无极，追寻已远”。[①]余览《梦窗甲乙丙丁稿》中，实无足当此者。有之，其“隔江人在雨声中，晚风菰叶生秋怨”[②]二语乎？

注解

①“水光”四句：见周济《介存斋论词杂著》。“梦窗非无生涩处，总胜空滑。况其佳者，天光云影，摇荡绿波；抚玩无斁，追寻已远。”

②“隔江”二句：出自南宋词人吴文英的《踏莎行》。原文为：“润玉笼绡，檀樱倚扇。绣圈犹带脂香浅。榴心空叠舞裙红，艾枝应压愁鬟乱。　午梦千山，窗阴一箭。香瘢新褪红丝腕。隔江人在雨声中，晚风菰叶生秋怨。”

词牌解

《踏莎行》，名取自韩翃诗句“踏莎行草过春溪”。又名《芳心苦》《潇潇雨》等。

译文

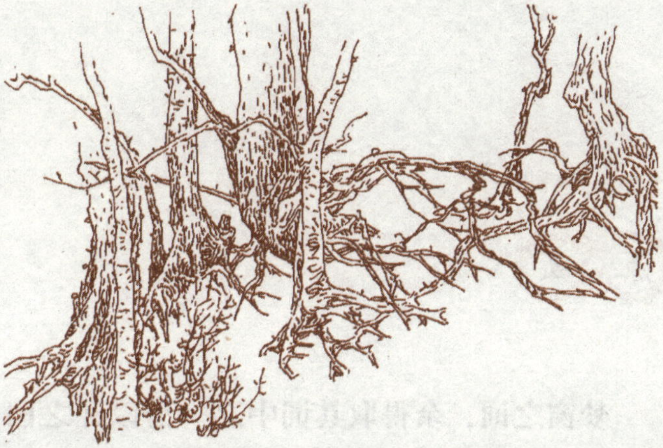

周济说吴文英词中的佳句，如同“水光云影，摇荡绿波，抚玩无极，追寻已远”。我翻阅吴文英的《梦窗甲乙丙丁稿》，其中实在没有与之相称的佳句。如果勉强算有的话，也许只有“隔江人在雨声中，晚风菰叶生秋怨”这两句吧。

赏析

吴文英之词如梦如幻、扑朔迷离，语言新异诡谲，意象密集，含蓄曲折，自成一家。周济的评价恰到好处地抓住了他的特点。而王国维带着先入为主的偏见来欣赏吴文英的词，自然谈不上喜欢，说“实无足当此者”，也是情理之中的。

五十

原文

梦窗之词，余得取其词中之一语以评之曰："映梦窗凌（当作'零'）乱碧。"①玉田②之词，余得取其词中之一语以评之曰："玉老田荒。"③

注解

①映梦窗零乱碧：出自南宋词人吴文英的《秋思》。原文为："（荷塘，为括苍名姝求赋其听雨小阁。）堆枕香鬟侧。骤夜声，偏称画屏秋色。风碎串珠，润侵歌板，愁压眉窄。动罗箑清商，寸心低诉叙怨抑。映梦窗零乱碧。待涨绿春深，落花香泛，料有断红流处，暗题相忆。　　欢酌。檐花细滴。送故人、粉黛重饰。漏侵琼瑟，丁东敲断，弄晴月白。怕一曲《霓裳》未终，催去骖凤翼。叹谢客犹未识。漫瘦却东阳，镫前无梦到得。路隔重云雁北。"

②玉田：张炎（1248—约 1320 年），字叔夏，号玉田，又号乐笑翁，祖籍陕西凤翔。宋亡时，祖父被元兵杀害，家财被抄没。晚年穷困潦倒，曾在

鄞地（今浙江宁波）摆设卜肆。张炎的词集名《山中白云词》，其词风清雅疏朗，与白石相近，故与姜夔并称为“双白”。入元以后，其词作凄凉怨艾，其中最著名的一首《解连环·孤雁》为他赢得了“张孤雁”的雅号。张炎的词及其关于词的理论著作对后世影响甚大。

③玉老田荒：出自南宋词人张炎的《祝英台近》。原文为：“（与周草窗话旧。）水痕深，花信足，寂寞汉南树。转首青阴，芳事顿如许。不知多少销魂，夜来风雨。犹梦到、断红流处。　　最无据。长年息影空山，愁入庾郎句。玉老田荒，心事已迟暮。几回听得啼鹃，不如归去。终不似、旧时鹦鹉。”

词牌解

《秋思》，乃吴文英自度曲，又名《秋思耗》《画屏秋色》等。

译文

吴文英的词，我可以选取他自己词中的一语进行评价，就是：“映梦窗零乱碧。”张炎的词，我同样可以选取他自己词中的一句话进行评价，那就是：“玉老田荒。”

赏析

“映梦窗零乱碧”也确实能够代表吴文英词中那种惝恍迷离的意境，似梦似真，凌乱无序。张炎词风清雅疏朗，入元后国破家亡，由公子沦落为无家可归的“可怜人”（《甘州》），词曲由高雅地摹写风月转为凄楚地尽写身世盛衰之感。“玉老田荒”也确实可以算作是其词作格调的写照了。

五一

原文

“明月照积雪”[1]“大江流日夜”[2]“中天悬明月”[3]“黄（当作‘长’）河落日圆”[4]，此种境界，可谓千古壮观。求之于词，唯纳兰容若[5]塞上之作，如《长相思》之“夜深千帐灯”[6]，《如梦令》之“万帐穹庐人醉，星影摇摇欲坠”[7]差近之。

注解

①明月照积雪：出自谢灵运的《岁暮》。原文为：“殷忧不能寐，苦此夜难颓。明月照积雪，朔风劲且哀。运往无淹物，年逝觉已催。”

②大江流日夜：出自南朝诗人谢朓的《暂使下都夜发新林至京邑赠西府同僚》。原文为：“大江流日夜，客心悲未央。徒念关山近，终知反路长。秋河曙耿耿，寒渚夜苍苍。引顾见京室，宫雉正相望。金波丽鳷鹊，玉绳低建章。驱车鼎门外，思见昭丘阳。驰晖不可接，何况隔两乡？风云有鸟路，江汉限无梁。常恐鹰隼击，时菊委严霜。寄言罻罗者，寥廓已高翔。”

③中天悬明月：出自杜甫《后出塞》第二首，见正编八注解③。

④长河落日圆：出自王维的《使至塞上》。原文为：“单车欲问边，属国过居延。征蓬出汉塞，归雁入胡天。大漠孤烟直，长河落日圆。萧关逢候骑，都护在燕然。”

⑤纳兰容若：纳兰性德（1655—1685年），原名成德，因避讳改名性德，字容若，满洲正黄旗人，太傅明珠的长子。康熙进士，官至一等侍卫，深受宠信。纳兰性德自幼聪敏，文武双全，为人任侠使气。其扈跸之时，雕弓书卷，错杂左右，日则狩猎，夜必读书。吴江文士吴兆骞因丁酉科场案遣戍黑龙江宁古塔，性德闻其才名，赎而还之。京师落魄之士，生馆死殡，皆仰性德供给。其词真挚自然，婉丽清新，善用白描，不事雕琢，运笔如行云流水，抒情如水银泻地。有“清代第一词人”之称。又与曹贞吉、顾贞观合称“京华三绝”。

⑥夜深千帐灯：出自纳兰性德的《长相思》。原文为：“山一程，水一程。身向榆关那畔行，夜深千帐灯。 风一更，雪一更。聒碎乡心梦不成，故园无此声。”

⑦“万帐”二句：出自纳兰性德的《如梦令》。原文为：“万帐穹庐人醉，星影摇摇欲坠。归梦隔狼河，又被河声搅碎。还睡，还睡。解道醒来无味。”

词牌解

《长相思》，古怨思二十五曲之一，本古诗“上言长相思，下言久别离”“著以长相思，缘以结不解”，以致缠绵之意。唐时有教坊曲。又名《吴山青》《相思令》《双红豆》等。

《如梦令》，后唐庄宗李存勖自度曲，其词云：“曾宴桃源深洞，一曲舞鸾歌凤。长忆别伊时，和泪出门相送。如梦、如梦，残月落花烟重。”乐府遂取“如梦”二字名曲。又一说，后唐庄宗修内苑，掘得断碑，上载此词，庄宗令乐工入律歌之，名为“忆仙姿”。后苏轼填词，嫌此名不雅，更为“如梦令”。又名《不见》《如意令》等。

译文

“明月照积雪”“大江流日夜”“中天悬明月”“长河落日圆”，这些诗句中的境界，可以说是千古壮观。要从词中寻找这样的境界，只有纳兰容若塞上之作，如《长相思》的“夜深千帐灯”，《如梦令》的“万帐穹庐人醉，星影摇摇欲坠”与它接近。

赏析

晋人风度与唐人气骨已非后人所能望其项背。纳兰性德之气势与才情可谓在同辈之上，但是与晋唐此类诗歌比较，仍然显得纤弱一些。塞上之作，倒是可以从辛弃疾的词中寻得匹敌之语句，如“楚天千里清秋，水随天去秋无际”“沙场秋点兵”“落日塞尘起，胡骑猎清秋”等，都是极为壮观阔达的画面。

五二

原文

纳兰容若以自然之眼观物，以自然之舌言情。此由初入中原，未染汉人风气，故能真切如此。北宋以来，一人而已。①

注解

①“北宋”二句：蒲菁曰：“容若，亦古之伤心人也！集中丁巳重阳前三日，梦亡妇淡妆素服，执手哽咽，语多不能复记，但临别有云：‘衔恨愿为天上月，年年犹得向郎圆。’妇素未工诗，不知何以得此也？此深伉俪之情也。顾贞观《弹指词》《金缕曲》（寄吴汉槎）自注：‘容若见之，泣曰：“河梁生别之诗，山阳死友之传，得此而三。此事三千六百日中，我当以身任之。”余曰：“人寿几何？公子乃以十年为期耶？请以五载！”公子许之。未几，汉槎生入玉门关矣。’此尚任侠之义也。故其为词，至性流露。清初以来，亦一人而已。”（据勒德峻笺证《人间词话》第六七—六八页）

译文

纳兰性德用自然的眼光来观察事物，用自然的笔法来抒写感情。这是因为他初入中原，还没有沾染汉人的风气，所以才能如此真切。北宋以来，一人而已。

赏析

纳兰性德的词清新婉丽，独具真情锐感，直指本心，风格清新隽秀，哀感顽艳，有南唐后主遗风。在他生前刻本出版后产生过“家家争唱”的轰动效应。在他身后，纳兰被誉为“清代第一词人”，清家词话和学者均对他评价甚高。他与南唐后主李煜有共通之处，就是纯真自然，而这正是王国维欣赏的地方。难怪王国维评价他说："北宋以来，一人而已。"

五三

原文

陆放翁跋《花间集》谓："唐宋（当作'季'）五代，诗愈卑，而倚声者辄简古可爱。能此不能彼，未可（当作'易'）以理推也。"《提要》驳之，谓："犹能举七十斤者，举百斤则蹶。举五十斤则运掉自如。"①其言甚辨。然谓词必易于诗，余未敢信。善乎陈

卧子[2]之言曰：“宋人不知诗而强作诗，故终宋之世无诗。然其欢愉愁苦（当作‘怨’）之致，动于中而不能抑者，类发于诗余，故其所造独工。”[3]五代词之所以独胜，亦以此也。

注解

①“犹能”三句：出自《四库提要》集部词曲类一《花间集》。“后有陆游二跋。……其二称：‘唐季五代，诗愈卑，而倚声者辄简古可爱。能此不能彼，未易以理推也。’不知文之体格有高卑，人之学力有强弱。学力不足副其体格，则举之不足；学力足以副其体格，则举之有余。律诗降于古诗，故中晚唐古诗多不工，而律诗则时有佳作。词又降于律诗，故五季人诗不及唐，词乃独胜。此犹能举七十斤者，举百斤则蹶。举五十斤则运掉自如，有何不可理推乎？”

②陈卧子：明末诗人陈子龙，字卧子，号大樽，松江华亭（今属上海）

人，著有《陈忠裕公词》等。

③“宋人”六句：陈子龙《王介人诗余·序》：“宋人不知诗而强作诗。其为诗也，言理而不言情，故终宋之世无诗焉。然宋人亦不免于有情也。故凡其欢愉愁怨之致，动于中而不能抑者，类发于诗余。故其所造独工，非后世可及。盖以沈至之思而出之必浅近，使读之者骤遇如在耳目之表，久诵而得沈永之趣，则用意难也。以儇利之词，而制之实工炼，使篇无累句，句无累字，圆润明密，言如贯珠，则铸词难也。其为体也纤弱，所谓明珠翠羽，尚嫌其重，何况龙鸾？必有鲜妍之姿，而不藉粉泽，则设色难也。其为境也婉媚，虽以警露取妍，实贵含蓄，有余不尽，时在低回唱叹之际，则命篇难也。惟宋人专力事之，篇什既多，触景皆会。天机所启，若出自然。虽高谈大雅，而亦觉其不可废。何则？物有独至，小道可观也。”

译文

陆游跋《花间集》说："唐季五代，诗愈卑，而倚声者辄简古可爱。能此不能彼，未易以理推也。"《提要》反驳道："犹能举七十斤者，举百斤则蹶。举五十斤则运掉自如。"这段话很有说服力。但是要说词格必卑于诗，我不能相信。陈子龙的一段话很有道理："宋人不知诗而强作诗，故终宋之世无诗。然其欢愉愁怨之致，动于中而不能抑者，类发于诗余，故其所造独工。"唐季五代之词之所以独胜，也是因为这个缘故。

赏析

在我国文学史上，统治阶级对唐以前的几种文学以儒家思想为依据做了封建正统的解释：起于民间的《诗经》被冠以"成人伦、美教化"的"先王之教"，屈原的楚辞被树为"温柔敦厚""怨而不怒"的典范，汉大赋的"讽一劝百"被认为大有利于世，唐代文，是"贯道之器也"。至此"诗言志""文以贯道"的儒家正统文学的道统形成，诗文也取得了正统地位。而宋词虽经过文人提炼润色，也经过东坡提高品位的努力，但它一直未成为正统。词在晚唐五代就成为歌舞宴前“助娇娆之态”“娱宾遣兴”的玩乐手段。花间词人的词无不镂金错彩、描红吐翠。在人们的心中，“词为艳科”，妖艳甚至被认为是词的本性，“不着些艳语，又不似词家体例”（沈义父《乐府指迷》）。因此“诗庄词媚”成为当时人们普遍的思维定式。这种思维定式也影响着宋代词坛。王国维为词正名，是站在一个现代批评家的立场上，是具有远见卓识的表现。

五四

原文

四言[①]敝而有《楚辞》，《楚辞》敝而有五言[②]，五言敝而有七言[③]，古诗[④]敝而有律绝，律绝敝而有词。盖文体通行既久，染指[⑤]遂多，自成习套。豪杰之士，亦难于其中自出新意，故遁而作他体，以自解脱。一切文体所以始盛终衰者，皆由于此。故谓文学后不如前，余未敢信。但就一体论，则此说固无以易也。

注解

①四言：四言诗，是近代诗体的一种，每句四个字，在上古歌谣及《周易》韵语已经出现，我国现存第一部诗歌总集《诗经》里虽也有三、五、七、八、九言句，但基本上都是四言体。

②五言：五言诗，也是近代诗体的一种，每句五个字。五言诗最早见于民间歌谣，在汉以后，五言诗慢慢取代了四言诗的正统地位，成为古典诗歌最主要的形式之一。

③七言：七言诗，是古代诗体的一种，每句七字，也有少量杂言句式。七言诗最早出现在先秦和汉代的民间歌谣里，是古代诗歌中最活泼、题材最多样的诗歌形式，在唐代得到了长足的发展。

④古诗：古体诗，是相对于近体诗（即格律诗）的一种诗歌文类，分为四言、五言、七言、杂言古诗等多种形态，而以四言、五言为主。古体诗在唐代以前就有，虽然唐代人对其进行了规范，但它依然在很大程度上保留了原来的诗体风格。

⑤染指：比喻插手以获取不应得的利益，这里指介入。

译文

四言诗敝而有《楚辞》，《楚辞》衰败而产生了五言诗，五言诗衰败而产生了七言诗，古诗衰败而产生了律绝，律绝衰败而产生了词。一旦一种文体流传的时间既久，人们创作的数量增多，自然会形成俗套。即使是豪杰之士，也很难从中自出新意，所以他们往往舍弃这种体裁而创作其他的体裁，以抒

发其思想感情。一切文体之所以会始盛终衰，都是由于这个原因。所以如果说文学今不如古，我不能认同。但是就一种文学体裁而论，那么这种说法实在是非常正确。

赏析

对于任何一种文学体裁的研究，都要有一个宏观的角度，纵观整个文学史发展的脉络，这样才能形成更清晰全面的认识。从这个角度来看，每一种文学体裁都有一个兴衰的过程。在兴盛之初，它是适应当时情感表达需要的；当这种体裁已经不够新鲜，各种抒情的技巧成为俗套，必然会被另一种新的形式所取代。由此看来，宋词自有它独特之处。而一种文学体裁从兴起繁盛走向衰落，也是势所必然。

五五

原文

诗之《三百篇》《十九首》[①]，词之五代、北宋，皆无题也。非无题也，诗词中之意，不能以题尽之也。自《花庵》[②]《草堂》[③]每调立题，并古人无题之词亦为之作题，如观一幅佳山水，而即曰此某山某河，可乎？诗有题而诗亡，词有题而词亡。然中材之士，鲜能知此而自振拔者矣。

注解

①诗之《三百篇》《十九首》:《三百篇》指《诗经》,《十九首》指《古诗十九首》。

②《花庵》:南宋词人黄升所编的一部词总集《花庵词选》。

③《草堂》:南宋何士信所编的一部词总集《草堂诗余》。

译文

《诗经》《古诗十九首》,以及五代、北宋时的词,都没有题目。这并不是说那些作品没有主题,而是诗词中的意义丰富,没法用题目概括。《花庵词选》《草堂诗余》两部词总集为每首词安排一个标题,甚至连本来没有题目的作品也要如此,如欣赏一幅绝佳的山水画,却要指出画的是哪一山哪一河,可以吗?诗有了题目诗就衰亡,词有了题目词就衰亡。然而,普通人很少明白这个道理,并让自己振奋起来。

赏析

诗歌题目通常是作为其内容的概括而存在的,并且往往可以充当线索,便于读者抓住诗歌中的意象和主要情绪。楚辞有题目,汉大赋有题目,唐诗有题目,明清小说、传奇皆有题目。若以王国维“诗有题而诗亡,词有题而词亡”之说判断,难道以上所举都是二流作品吗?单以宋词论,从无题到有题也是一个发展。苏轼之前的词，大多是应歌而作的代言体，词有调名表现其唱法即可，所以绝大多数词作并无题序。苏轼则把词变为缘事而发、因情而作的抒情言志之体。有了词题和词序，既便于交代词的写作时间地点和创作缘起，也可以丰富和深化词的审美内涵。而王国维强力反对“有题”，只是反对后人擅自加题的现象而已。

五六

原文

大家[1]之作，其言情也必沁人心脾；其写景也必豁人耳目；其词脱口而出，无矫揉妆束之态。以其所见者真，所知者深也。诗词皆然。持此以衡古今之作者，可无大误矣。

注解

①大家：这里指的是大作家，大名家。

译文

名家高手的作品，言情一定会沁人心脾；写景一定会让人耳目开阔、如临其境；其词脱口而出、真切自然，没有雕琢斧凿的痕迹。这是因为他们观察细致真切，理解透彻深刻。用这一标准衡量古今的作者，应当是妥帖正确的。

赏析

写景抒情都必须取法自然、发自肺腑，做到一个“真”字，真实、真切、真诚，这样写出的作品才会是好作品。如果只是为了写诗而写诗，感情苍白而空有技巧，这样的作品只能算是在玩弄文字游戏，永远不会是一流之作。

五七

原文

人能于诗词中不为美刺[①]投赠[②]之篇，不使隶事[③]之句，不用粉饰之字，则于此道已过半矣。

注解

①美刺：称美与讽恶。

②投赠：赠送。

③隶事：以故事相隶属，指引用典故。

译文

如果写诗填词时能够不写美刺、投赠、怀古、咏史等题材，不使用典故，不堆砌辞藻，那么对作诗之道的理解就过半了。

赏析

歌功颂德、讽谏劝诫、文人之间的相互投赠，往往都是敷衍之作，下笔为文往往并非心里所想，如此之作当然缺乏真情，也就不能打动人心。这种情况下，文字只是一种工具和游戏，失去了它的独立性。用典用词好比美人的配饰，可戴可不戴。若戴，则一定要做到自然、协调。如果乱用典故、堆砌辞藻，就好像乱戴首饰，虽一身珠光宝气，然极为俗气丑陋。初学写作者往往被典故辞藻技巧这些表面的东西吸引而犯这种毛病，是尤其要加以注意的。

五八

原文

以《长恨歌》之壮采，而所隶之事，只“小玉双成”四字[①]，才有余也。梅村歌行，则非隶事不办[②]。白、吴优劣，即于此见。不独作诗为然，填词家亦不可不知也。

注解

①“小玉双成”四字：白居易《长恨歌》有“转教小玉报双成”句。“小玉”：白居易曾在《霓裳羽衣舞歌》诗中自注为吴王夫差女。晋人干宝《搜神记》中记载：夫差小女紫玉，爱慕韩重，不得成婚，气结而死。韩重游学归来，于其墓哀吊。玉现形，赠之明珠，并作歌。韩重欲抱之，玉如烟而没。后代比喻少女去世遂有“紫玉成烟”之语。“双成”，董双成，传说中西王母的侍女。《汉武帝内传》中记载：双成炼丹宅中，丹成得道，自吹玉箫，驾鹤飞升。这里用“小玉”“双成”来指代太真（杨贵妃）侍女。

②“梅村”二句：梅村，吴伟业（1609—1672 年），字骏公，号梅村，

太仓（今属江苏）人。崇祯进士，明亡后被迫仕清，其以遗民身份转仕新朝的经历成为他人生的最大悲剧，他因此而遭世讥贬，终生抱愧，诗歌成为他的寄托，感慨兴亡和悲叹失节是他吟咏的主要内容。他的七言歌行体诗极为著名，被号为“梅村体”。他的名作《圆圆曲》《永和宫词》中用典很多，后人以堆砌病之。

译文

白居易的《长恨歌》气势悲壮，文采飞扬，而其中引用典故的地方，只有“小玉、双成”四个字，这说明其文才之富。而吴伟业的歌行，似乎没有典故就无法成文。白、吴的优劣，可以由此看出。这一点不仅作诗时需要注意，填词的人也应当引以为戒。

赏析

吴伟业用世之心不强，入清后也不再参加政治性活动。但出于保全家族的考虑，他不得不屈身仕清，任国子监祭酒。他感受到传统“名节”的沉重负担，自悔愧负平生之志，心情十分痛苦，时常自怨自艾，抑郁悲凄。死前遗命以僧装殓之，要求在墓碑上只题“诗人吴梅村之墓”。正是由于这样的遭遇，诗歌成了吴伟业的寄托，感慨兴亡和悲叹失节是他诗歌的两大主题。

围绕黍离之悲，吴伟业志在以诗存史。这类诗歌尤以七言歌行体的长篇最能代表他的艺术风格与成就，如《圆圆曲》《琵琶行》《临淮老妓行》《永和宫词》等，在形象地反映社会历史的真实上，取得了突出成就。

吴伟业的歌行体，在叙事方面受到白居易的深刻影响，但在用事和辞藻方面，则更接近李商隐。他把李商隐色泽浓丽的笔法和平白叙事诗善于铺排的特点结合起来，使其歌行沉郁苍凉，气势磅礴，语言华丽，律度严整。他还注意偶句和散句的运用，重视音调和色彩的调和匀称，故能做到开合自如、音色并妙，在创作上形成了自己的独特风格，世人称为“梅村体”。不足之处主要在于情绪低沉感伤，堆砌典故太多，有晦涩难懂之弊。

五九

原文

近体诗体制，以五七言绝句为最尊，律诗次之，排律[①]最下。盖此体于寄兴言情，两无所当，殆有韵之骈体文[②]耳。词中小令如绝句，长调似律诗，若长调之《百字令》《沁园春》[③]等，则近于排律矣。

注解

①排律：律诗超过八句的叫长律，又叫排律。排律一般都是五言诗，除首、尾两联外，中间各联均须对仗。

②骈体文：骈体文是受汉代辞赋的影响而逐渐形成的一种特殊文体，它讲究对仗、用典和藻饰，句式多用四字句和六字句。魏晋时期开始形成，南北朝时成为文章的正宗。唐代“古文”复兴，遂称其为“时文”，以与“古文”相对，因为其句式特点，在晚唐时又被称为“四六”或“四六文”，明代一直沿用这个名称，清代则称其为“骈体文”。

③《百字令》《沁园春》：均为词牌名。

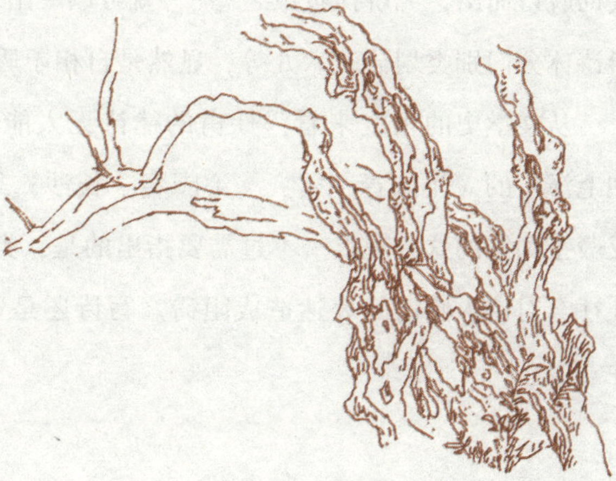

词牌解

《百字令》，词牌名，词共一百个字。又名《大江东去》《千秋岁》《酹江月》《杏花天》《赤壁谣》《壶中天》《大江西上曲》《念奴娇》等。

《沁园春》，又名《大圣乐》《东仙》《念离群》等。

译文

诗歌的体裁以五言古诗与五、七言绝句为最上，其次是七言古诗，再其次是五、七言律诗，最下的是五言排律。五言排律这种体裁，既不适合寄兴也不适合言情，几乎与骈体文相等。词中的小令如同诗中的五言古诗和绝句，长调如同五、七言律诗，至于长调的《百字令》《沁园春》等词，则接近于排律了。

赏析

王国维此前为给宋词正名，指出一切文体都是顺应时代需要而产生，所以无所谓谁好谁坏。只要做到“其言情也必沁人心脾，其写景也必豁人耳目，其词脱口而出，无矫揉妆束之态”，就可以写出好作品。而在这里，作者又想给诗体分门别类划分三六九等，显然是自相矛盾的。

从文学史的角度来看，杜甫的律诗无人能敌。但排律历代也不乏佳作，如毛泽东的《沁园春·雪》《沁园春·长沙》等长调家喻户晓，都可以用来反驳王国维的这一观点。不过需要指出的是，类似排律等诗体过分注重形式，往往会对诗人感情的表达造成阻碍。写诗还是要力求简洁凝练，这是尤其要注意的。

六十

原文

诗人对宇宙[①]人生，须入乎其内，又须出乎其外。入乎其内，故能写之。出乎其外，故能观之。入乎其内，故有生气。出乎其外，故有高致。美成能入而不出。白石以降，于此二事皆未梦见。

注解

①宇宙：原稿上为“自然”。

译文

诗人对于自然和人生，须入乎其内，又须出乎其外。入乎其内，才能把它表达出来。出乎其外，才能够观察它。入乎其内，因此才有生气。出乎其外，因此才有高致。周邦彦能入而不能出。姜夔以后的词人，对于这两种情况根本一无所知。

赏析

诗人对于宇宙和人生，要观察、体会、了解、领悟，便要“入乎其内”，到生活中去。人人都能观察，但是，常人之眼与诗人之眼不同，常人之眼有时看不到，看不透，或看到了说不出来，没有提炼的能力；诗人之眼则不同，他能静观，能突破自身狭隘的眼光，能出乎其外，站得更高，“超以象外，得其环中”。他能排斥私欲、功利等障碍，将客体的本性体察、领悟出来，这就是诗人天才的“内美”。诗人只有具有这种崇高的人格和素质，才能出，才能观。

六一

原文

诗人必有轻视外物之意，故能以奴仆命风月[①]。又必有重视外物之意，故能与花鸟共忧乐。

注解

①故能以奴仆命风月：此句初为“清风明月，役之如奴仆”，后由作者删去。

译文

诗人一定要有轻视外物之意，所以才能以奴仆命风月。又必须有重视外物之意，这样才能与花鸟同忧乐。

赏析

在王国维的词论中，蕴涵着儒家和道家关于传统理想人格的模式。但是他并不是完全将其分开论述，而是将这两大家的思想进行有机地加工，使其在文学创作中融为一体。作者将儒家的“入世”和道家的“出世”略作变化，成了文学创作中的“入乎其内”和“出乎其外”。“出乎其外”便可“轻视外物”，驾驭眼前之景，“以奴仆命风月”，信手拈来，自然天成。“入乎其内”就要“重视外物”，让外物与自己取得同等地位，如此才能身临其境，体味尤深。

六二

原文

“昔为倡家女，今为荡子妇。荡子行不归，空床难独守”①，“何不策高足，先据要路津？无为久贫（当作‘守穷’）贱，轗轲长苦

辛”[2]，可谓淫鄙之尤。然无视为淫词鄙词者，以其真也。五代、北宋之大词人亦然。然非无淫词，读之者但觉其亲切动人。非无鄙词，但觉其精力弥满。可知淫词与鄙词之病，非淫与鄙之病，而游词[3]之病也。“岂不尔思？室是远而。”而子曰：“未之思也，夫何远之有？”[4]恶其游也。

注解

①“昔为”四句：出自《古诗十九首》第二首。原文为：“青青河畔草，郁郁园中柳。盈盈楼上女，皎皎当窗牖。娥娥红粉妆，纤纤出素手。昔为倡家女，今为荡子妇。荡子行不归，空床难独守。”

②“何不”四句：出自《古诗十九首》第四首。原文为：“今日良宴会，欢乐难具陈。弹筝奋逸响，新声妙入神。令德唱高言，识曲听其真。齐心同所愿，含意俱未申：人生寄一世，奄忽若飙尘。何不策高足，先据要路津？无为守穷贱，轗轲长苦辛。”

③游词：浮而不实的话。金应珪《词选后序》：“规模物类，依托歌舞，哀乐不衷其性，虑叹无与乎情，连章累篇，义不出乎花鸟。感物指事，理不外乎酬应，虽既雅而不艳，斯有句而无章，是谓游词。”

④“未之”二句：出自《论语·子罕》。“唐棣之华，偏其反而。岂不尔思，室是远而。子曰：未之思也，夫何远之有？”

译文

“昔为倡家女，今为荡子妇。荡子行不归，空床难独守”“何不策高足，先据要路津？无为守穷贱，轗轲长苦辛”，这样的诗可以说极为淫鄙。但是它们历来并没有被视为淫词、鄙词，是因为它们真实。五代北宋的大词人也是这样。他们并非没有淫词，但是读起来只觉得亲切动人。他们并非没有鄙词，但是读起来只觉得精力弥满。由此可知，淫词与鄙词之病，并非是由淫与鄙造成的，而是由游词的毛病。“岂不尔思？室是远而。”而孔子说：“未之思也，夫何远之有？”可见孔子也厌恶它的虚伪。

赏析

文学的第一要义仍在于表达真情实感，这是王国维在《人间词话》中反复提及的。王国维在诗词境界中标举的“真景物”与“真感情”，在一定程度上受到了叔本华艺术真实论的影响。叔本华说：“应该承认在诗歌中比在历史中有更多真正的、地道的、内在的真实性。”（《作为意志和表象的世界》）王国维的“真景物”“真感情”在许多方面都包含这种因素。

六三

原文

“枯藤老树昏鸦。小桥流水人家。古道西风瘦马。夕阳西下，断肠人在天涯。”此元人马东篱[1]《天净沙》小令也。寥寥数语，深得唐人绝句妙境。有元一代词家，皆不能办此也。

注解

①马东篱：马致远（约1250—1324年），号东篱，大都（今北京）人。曾任江浙行省务官，晚年退隐山林，以诗酒自娱。马致远与关汉卿、郑光祖、白朴并称为元曲四大家。著有杂剧十五种，今存《汉宫秋》《荐福碑》等七种。他在当时大都的元贞书会中是一位杰出的作者，被推为“曲状元”。马致远的散曲带有浓厚的传统文人气息，是元散曲豪放派的代表。

译文

“枯藤老树昏鸦。小桥流水人家。古道西风瘦马。夕阳西下，断肠人在天涯。”这是元朝人马致远的《天净沙》小令。寥寥数语，深得唐人绝句妙境。元朝的其他作家，都无法达到他的境界。

赏析

马致远的《天净沙》通篇用语自然流畅，全无雕琢痕迹，读来声韵优美，铿锵顿挫，朗朗上口。句句言愁却不见一个愁字。景色凄凉却又十分安谧，小桥、流水、人家，平淡之中见深切，悲凉之感透彻骨髓，写景之妙尽于此也。

六四

原文

白仁甫[①]《秋夜梧桐雨》剧，沉雄悲壮，为元曲冠冕。然所作《天籁词》[②]，粗浅之甚，不足为稼轩奴隶。岂创者易工，而因者难

巧欤？抑人各有能有不能也？读者观欧、秦之诗远不如词，足透此中消息。

注解

①白仁甫：元曲名家白朴，字仁甫。《唐明皇秋夜梧桐雨》是其代表曲作，《天籁词》是其词集。

②《天籁词》：作者白朴，一共两卷，存词一百〇四首。白朴为词，师法苏轼与辛弃疾，所以大多是豪放旷达的作品。

译文

白朴的《秋夜梧桐雨》杂剧，沉雄悲壮，奇思壮采，为元曲冠冕。然而，他作的《天籁词》非常粗浅，不配做稼轩的奴隶。难道这是新创立的文体容易写得好，而旧文体却难以取得成功？还是每个作家都有不同的才能呢？读者认为欧阳修、秦观的诗远不及他们的词，足够透露出这里面的消息。

赏析

作者曾言："宋人不知诗而强作诗，故终宋之世无诗。"依此类推，元人不知词而强作词，故终元之世无词。每一个时代都有每一个时代的文学，如果一味地厚古薄今，附庸风雅，也就难免作态，因循守旧，这样是写不出好作品的。

删稿

一

原文

白石[1]之词，余所最爱者，亦仅二语，曰："淮南皓月冷千山，冥冥归去无人管。"[2]

注解

①白石：姜夔，字尧章，号白石道人。

②"淮南"二句：出自姜夔的《踏莎行》。原文为："（自沔东来。丁未元日至金陵，江上感梦而作。）燕燕轻盈，莺莺娇软，分明又向华胥见。夜长争得薄情知？春初早被相思染。　别后书辞，别时针线。离魂暗逐郎行远。

淮南皓月冷千山，冥冥归去无人管。”

译文

姜夔的词，我最喜欢的只有两句：“淮南皓月冷千山，冥冥归去无人管。”

赏析

王国维于《人间词话》中论及姜夔处，不下十处，其中亦不乏极高的评价，如王国维认为，词中得“韵趣高奇，词义晦远，嵯峨萧瑟，真不可言”之气象者唯白石（本编第三一则），如王国维称“古今词人格调之高，无如白石”（本编第四二则），由此可见姜夔词于王国维心中的地位。那么，白石之词，为王国维所爱者，想必也有许多。然则王国维为何要说“所最爱者，亦仅二语”呢？“最爱”，意谓姜夔词里也有很多可圈可点、耐人寻味的佳句，但都不如此二语。一个“最”字，乃王国维对姜夔“更上一层楼”的、挑剔有加的要求。

姜夔青年时曾旅居合肥十年，在那里，他曾有过一段刻骨铭心的爱情，

之后对这位恋人念念难忘，直至暮年仍不改其心之诚。据夏承焘先生考证，此阕《踏莎行》便是遥寄这位恋人的。开篇先写“燕燕轻盈，莺莺娇软”的温馨之梦，往事悠悠笑语频，然后“分明”二字陡然一折，原来仅是梦中见闻，梦里不知身是客，一晌贪欢。顿挫之后再来一折，不说自己思念对方，却写对方思念自己，梦里相寻，梦外何处，漫漫长夜不知晓。这是以此心换彼心，方知人恨深，遥想伊人之怨怅，此心久久无法释怀。叹离别容易，人去只有花无主，山盟唯余相思路，伊人梦魂追随，万水千山，却惶惶无所依、无所寻、无所凭，“淮南皓月冷千山，冥冥归去无人管”。全篇感梦而作，心有所系，以一地相思写两处牵挂，所以梦中有梦，心中有心。至于最末一句，万般深情都化作寂寥无边的遥远梦境，时空交错，影像重叠，沉痛无奈，哀婉凄绝，且用字朴实自然，从心底涌出，历历在目。如此方是“不隔”，方是“真”，遂自成境界，当然要为王国维所最爱了！

二

原文

双声叠韵之论[1]，盛于六朝，唐人犹多用之。至宋以后，则渐不讲，并不知二者为何物。乾嘉间，吾乡周松霭[2]先生著《杜诗双声叠韵谱括略》[3]，正千余年之误，可谓有功文苑者矣。其言曰：

"两字同母谓之双声，两字同韵谓之叠韵。"余按，用今日各国文法通用之语表之，则两字同一子音[④]者谓之双声。如《南史·羊元保传》[⑤]之"官家恨狭，更广八分"，"官、家、更、广"四字，皆从"k"得声。《洛阳伽蓝记》[⑥]之"狞奴慢骂"，"狞、奴"二字皆从"n"得声。"慢、骂"二字皆从"m"得声也。两字同一母音者，谓之叠韵。如梁武帝[⑦]"后牖有朽柳"[⑧]，"后、牖、有"三字，双声而兼叠韵。"有、朽、柳"三字，其母音皆为"u"。刘孝绰[⑨]之"梁皇长康强"，"梁、长、强"三字，其母音皆为"ian"[⑩]也。自李淑[⑪]《诗苑》伪造沈约[⑫]之说，以双声叠韵为诗中八病[⑬]之二，后世诗家多废而不讲，亦不复用之于词。余谓苟于词之荡漾[⑭]处多用叠韵，促节[⑮]处用双声，则其铿锵可诵，必有过于前人者。惜世之专讲音律者，尚未悟此也。

注解

①双声叠韵之论：双声，指两个汉字的声母相同，如现代汉语中的"珍珠"；叠韵，指两个汉字的韵母相同，如现代汉语中的"光芒"。为双声叠韵下定义始于清代，周春《杜诗双声叠韵谱话》谓："两字同母谓之双声，两字同韵谓之叠韵"；李汝珍在其《李氏音鉴》中说："双声者，两字同归一母；

叠韵者，两字同归一韵也。”但双声叠韵的实际运用早在南北朝时期便已开始，刘勰《文心雕龙·声律》云“双声隔字而每舛，叠韵杂句而必睽”，可见双声叠韵在那时已被认识到，一些人在生活中亦开始应用。

②周松霭：指周春，清代学者，字芚兮，号松霭，有著作数十种，音韵学方面有《十三经音略》十二卷、《杜诗双声叠韵谱话》六卷、《小学余论》二卷，合称《音学三书》。

③《杜诗双声叠韵谱括略》：《杜诗双声叠韵谱话》。

④子音：指声母。后文母音指韵母。若再细分，在有些民族的语言中，初声子音指声母，终声子音指韵尾。

⑤《南史·羊元保传》：《南史》是合南朝宋、齐、梁、陈四代历史为一编的纪传体史书，记事起自南朝宋武帝刘裕永初元年（公元420年），止于陈后主陈叔宝祯明三年（公元589年），记述南朝四代一百七十年的历史。《南史》与《北史》为姊妹篇，由李大师及其子李延寿两代人编撰完成。羊元保，南朝宋文帝时人。

⑥《洛阳伽蓝记》：北魏杨衒之编撰，记载了北魏首都洛阳城内外佛寺的兴衰，共五卷。伽蓝，梵语佛寺。

⑦梁武帝：指萧衍，字叔达，小字练儿，南朝梁开国君主，在位四十八

年，博学能文，长于音乐诗赋，早年信奉道家学说，晚年信奉佛教，曾三次舍身同泰寺。

⑧后牖有朽柳：南宋词人葛立方《韵语阳秋》卷四引陆龟蒙诗序："叠韵起自梁。武帝云：'后牖有朽柳。'当时侍从之臣皆倡和。刘孝绰云：'梁皇长康强。'沈休文云：'偏眠船舷边。'庾肩吾云：'载碓每碍埭。'自后用此体作为小诗者多矣。"

⑨刘孝绰：本名冉，字孝绰，小字阿士，能文善草隶。南北朝时期梁代文学家。

⑩ian：应当为iang。

⑪李淑：字献臣，北宋诗论家，著有文集百余卷，有《诗苑类格》（已佚）等。

⑫沈约：字休文，历南朝宋、齐、梁三朝，文学家、史学家，是当时公认的文坛领袖，创"八病"说，也是讲求声律的"永明体"的创始人之一。

⑬诗中八病：指"平头、上尾、蜂腰、鹤膝、大韵、小韵、旁纽、正纽"，传说为沈约提出。

⑭荡漾：这里指音节舒缓。

⑮促节：这里指音节急促。

译文

双声、叠韵的理论在六朝的时候很是兴盛，唐朝的人还经常使用。到宋朝以后就逐渐不再谈论它了，甚至连双声叠韵是什么都不知道。乾嘉期间，我的同乡周春先生写了一本《杜诗双声叠韵谱括略》，这本书澄清了历时千余年的错误，可以说对文坛做出了巨大的贡献。他在书中说："两个字声母相同叫作双声，两个字韵母相同叫作叠韵。"我认为，用现在通行的语法术语来

说，就是两个字同一子音者谓之双声。如《南史·羊元保传》之“官家恨狭，更广八分”，“官、家、更、广”四字，皆从“k”得声。《洛阳伽蓝记》之“狞奴慢骂”，“狞、奴”两字，皆从“n”得声。“慢、骂”两字，皆从“m”得声。两个字同一母音者，谓之叠韵。如梁武帝“后牖有朽柳”，“后、牖、有”三字，双声而兼叠韵。“有、朽、柳”三字，其母音皆为“u”。刘孝绰之“梁皇长康强”，“梁、长、强”三字，其母音皆为“ian”。自从李淑的《诗苑》伪造沈约的说法，以双声叠韵为诗中八病之二，后世的诗家便不再讲双声叠韵了，甚至不再用之于词。我认为如果能在词的音律悠扬之处使用叠韵，音律急促之处用双声，那么所写之词必然比前人的词音韵和谐、朗朗上口。可惜那些非常讲究音律的作者，还没有体会领悟到这一点。

赏析

王国维指出：“苟于词之荡漾处多用叠韵，促节处用双声，则其铿锵可诵，必有过于前人者。”这是看到了音韵对表达抒情的重要作用。其实双声叠韵的使用与否，应该全靠诗人自己来定夺，适合就用，不适合就不用，务要使诗作自然才好。推而广之，古人对韵律的讲究也是同样的情况。中国的古典诗歌中是很讲究平仄相对的，这样的好处是可以使诗歌读起来朗朗上口，

很适合表现诗人的情感；但是如果有好句，不讲究也是可以的，这就是所谓的“拗句”。韵律有时既可以成为诗歌表达的有力辅助，有时又可以成为诗歌的束缚，诗人作诗应当灵活处理。

三

原文

昔人但知双声之不拘四声，不知叠韵亦不拘平、上、去三声。凡字之同母音[①]者，虽平仄[②]有殊，皆叠韵也。

注解

①同母音：指母音相同，即韵母相同，叠韵。

②平仄：四声分为平仄两大类，平指平声，没有升降，仄是上、去、入三声。仄者，不平也。

译文

世人只知道双声这种情况可以不拘四声，不知道叠韵同样不拘平、上、去三声。两个字只要是韵母相同，即使平仄不同，也还是叠韵。

赏析

四声是从汉字的声调来说的。汉语是有声调的语言，声调在语言中有区别词义的作用。在入声消失以前，“四声”是汉语声调的基本系统，古今声调的变化都以此为基准，或合或分，有规律可循。古人把声调不同而韵母相同的韵，也看作不同的韵。如“东”韵，只能代表 ong 的平声韵；“董”韵，只能代表 ong 的上声韵；“送”韵，只能代表 ong 的去声韵。而双声叠韵是不受声调限制的，只要是声母相同的两字词就是双声词，例如“淋漓、匍匐、踌躇、犹豫、流利、慷慨、吩咐、崎岖”等；同样，只要是韵母相同的两字词就是叠韵词，例如“崔嵬、徘徊、荡漾、汹涌、咆哮、彷徨”等。另外，双声叠韵词不是按照意义关系结合而是按照读音关系结合的，所以理解起来要从整体上诠释词的意义，不能分开来看单个字的意义。

四

原文

诗至唐中叶以后，殆为羔雁[①]之具矣。故五代、北宋之诗，佳者绝少，而词则为其极盛时代。即诗词兼擅如永叔[②]、少游[③]者，词胜于诗远甚。以其写之于诗者，不若写之于词者之真也。至南宋以后，词亦为羔雁之具，而词亦替[④]矣。此亦文学升降[⑤]之一关键也。

注解

①羔雁：小羊和大雁，古代用为卿、大夫的贽礼，亦用作征召、婚聘、晋谒时的礼物，后泛指应酬礼物。这里指诗中的酬唱、投赠、应制之篇。

②永叔：欧阳修，字永叔。

③少游：秦观，字少游。

④替：指从整体上看，南宋之词稍衰于五代、北宋。

⑤升降：犹言“盛衰”。

译文

诗歌到了唐朝中叶以后，已经成为应酬之物。所以五代和北宋的好诗极少，而词却极为繁荣。即使像欧阳修、秦观这样既善于写诗又善于填词的作家，他们的词也远比他们的诗要好。因为他们所写的诗不如他们所写的词真实自然。到南宋以后，词也成为应酬之物，于是词也开始没落了。这同样也是文学盛衰的一个关键。

赏析

王国维认为，一种文体通行既久，则自成习套，诗至唐中叶以后，便失去其“真”，而作美刺投赠之篇，为隶事之句，用粉饰之字。至于五代、北宋，则难再于诗中别出新意、自出真意，故佳作绝少，因此另作他体，以求解脱，可谓诗敝而有词。若以人来比拟文体，则诗“阅世”已深而失去真性情，词“初生”而不失其赤子之心，所以佳作颇多。即便诗词兼擅者，因其写之于诗者不若写之于词者之“真”，其词亦远胜于诗。至于南宋以后，词亦流于习套，成羔雁之具，而真切自然之作渐少，故南宋之词亦终不若五代、北宋之词。随着一种文体所承载者之真性情的丧失与减少，这种文体由始之盛走向终之衰，此乃文学升降变迁的一大关键。

诗词之盛在乎“真”，当它被附加上本不属于它的文体功能时，便被迫“异化”，失却了区别于他物的本质特征，失却了其生命的根本魅力，而当这种情况有着时代社会的普遍性时，诗词便走向衰亡。

胡适于《词选》中也有具体的说明：“文学史上有一个逃不了的公式。文学的新方向都是处于民间的，久而久之文人学士受了民间文学的影响，采用这种新体裁来做他们的文艺作品，文人的参加，自有他们的好处，浅薄的内容变丰富了，幼稚的技术变高明了，平凡的意境变高超了。人把这种新体裁学到手之后，劣等的文人便来模仿，模仿的结果往往学得了形式上的技术，而丢掉了创作的精神。天才堕落而为匠手，创作堕落而为机械。生气剥丧了，只剩下一点小技巧，一堆烂书袋，一套烂调子，于是这种文学方式的命运便完结了。文学的生命又必须另向民间去寻新方向了。”此与王国维之论是相互辉映的。

五

原文

曾纯甫[1]中秋应制[2]，作《壶中天慢》词[3]，自注云：“是夜，西兴亦闻天乐。[4]”谓宫中乐声，闻于隔岸也。毛子晋谓：“天神亦不以人废言。[5]”近冯梦华复辨其诬[6]。不解“天乐”二字文义，殊笑人也！

注解

①曾纯甫：南宋词人曾觌，字纯甫。

②应制：奉皇帝的命令而写作诗词文，或奉命应和皇帝首唱之作。

③《壶中天慢》词：曾觌《壶中天慢》。原文为：(此进御月词也。上皇大喜曰：“从来月词不曾用‘金瓯’事，可谓新奇。”赐金束带、紫番罗、水

晶碗。上亦赐宝盏。至一更五点回宫。是夜，西兴亦闻天乐焉。）“素飙漾碧，看天衢稳送，一轮明月。翠水瀛壶人不到，比似世间秋别。玉手瑶笙，一时同色，小按《霓裳》叠。天津桥上，有人偷记新阕。　　当日谁幻银桥？阿瞒儿戏，一笑成痴绝。肯信群仙高宴处，移下水晶宫阙。云海尘清，山河影满，桂冷吹香雪。何劳玉斧，金瓯千古无缺。”

④“是夜”二句：出自曾觌《壶中天慢》注。“此进御月词也。上皇大喜曰：‘从来月词不曾用“金瓯”事，可谓新奇。’赐金束带、紫番罗、水晶碗。上亦赐宝盏。至一更五点回宫。是夜，西兴亦闻天乐焉。”

⑤天神亦不以人废言：毛子晋即明末清初藏书家、“汲古阁”主人毛晋，其《宋六十名家词》《海野词》跋中称，曾觌“不时赋词进御，赏赉甚渥。进月词，一夕西兴，共闻天乐，岂天神亦不以人废言耶？”

⑥近冯梦华复辨其诬：冯梦华即清末词人冯煦。冯煦《宋六十一家词选例言》：“曾纯甫赋进御月词，其自记云：‘是夜，西兴亦闻天乐。’子晋遂谓：‘天神亦不以人废言。’不知宋人每好自神其说。白石道人尚欲以巢湖风驶归功于《平调满江红》，于海野何讥焉？”

词牌解

《壶中天慢》，即《念奴娇》。

译文

曾觌中秋应制词《壶中天慢》的自序说：“今天夜里西兴也听到了天乐。”这句话是说宫中的音乐声在隔岸也能听到。毛晋以为是“天神亦不以人废言”。近人冯煦也指出了他的错误。毛晋不了解“天乐”二字文义，实在是可笑啊！

赏析

曾纯甫《壶中天慢》词自注之语，以“宫中乐声”为“天乐”，则此“天”是“天子”之“天”也。曾纯甫不时赋词进御，受赏赉颇丰，以词为羔雁之具，谋功计利，此已为王国维所鄙，加之曾纯甫自神其说，更为王国维所笑。

毛子晋误以曾纯甫自注之“天乐”为天籁，遂以为曾纯甫恃宠恣肆，无德却有言，是“天神亦不以人废言”也！

而为王国维所笑者，非但是毛子晋之“不解‘天乐’二字文义”，更是曾纯甫之“不解‘天乐’二字文义”。毛子晋知其真义而不知曾纯甫之义，曾纯甫不知其真义，而以“宫中乐声”为“天乐”，轻言此二字，是把高境做了俗用。

“天乐”者，此曲只应天上有，人间哪得几回闻，是一种与天地合一的至高文学艺术境界。情景交融，主客契合，言不到处意到，言尽处意不尽，至于绕梁三日，回味无穷，是谓“天乐”也。“天乐”中更有天赋与灵感的闪耀，仿佛佳句本天成，妙手偶得之，炉火纯青，不着痕迹。

故知此“天乐”绝非彼“天乐”。

六

原文

北宋名家以方回为最次，其词如历下[①]、新城[②]之诗，非不华赡[③]，惜少真味。

注解

①历下：李攀龙（1514—1570年），字于鳞，号沧溟，历城（今山东济南）人。明代文学家，“后七子”之一。

②新城：王士祯（1634—1711年），字贻上，号阮亭，别号渔洋山人，新城（今山东垣台）人，出身世家大族，少年时即以诗闻名，论诗主“神韵说”。为钱谦益之后的一代文宗。

③华赡：文学作品词藻富丽多彩。

译文

北宋名家以贺铸为最次，他的词如同李攀龙和王士祯的诗，虽然词语华赡，可惜缺少真味。

赏析

贺铸任侠好武，雄爽刚烈，喜谈当世事，但因尚气使酒，终生不得美官，郁郁不得志。他有一部分词能着力抒写个人经历和社会现实，这类词由于题材内容有所突破，所以风格也大不同于从五代到北宋末的柔婉之调，而显得豪放劲朗，慷慨悲壮。其中最富代表性的是那首直抒胸中政治感慨的《六州歌头》“不请长缨，系取天骄种，剑吼西风”，此外，《水调歌头》《诉衷情》《念良游》等，都可以看出他壮志未酬的悲哀。贺铸的这类作品，上承苏轼，下接辛弃疾。而王国维认为，“东坡之词旷，稼轩之词豪”，其“雅量高致”，“有伯夷、柳下惠之风”，故称苏、辛为“词中之狂”。若以此标准观之，则贺铸胸襟不足，且不免成为“东施之效捧心”了。

再者，贺铸有一些词虽写传统题材，却能有所突破。譬如他的《捣练子》五首，写征妇恩怨，虽是唐诗烂熟的题材，他却能别开生面，“斜月下，北风前，万杵千砧捣欲穿。不为捣衣勤不睡，破除今夜夜如年”，不仅写得情味哀痛凄凉，且反映了兵役之苦，具有一定的社会意义。此烂熟者，莫非即王国维之谓“少真味”者耶?

事实上，贺铸的词刚柔兼济，风格多样，所以张耒赞为“盛丽如游金、张之堂，而妖冶如揽嫱、施之袪；幽洁如屈、宋，悲壮如苏、李”（《〈东山词〉序》）。而其中以深婉丽密之作为最多。他不仅善于融中晚唐诗句及其技巧入词，风格上亦承温庭筠、李商隐等人，婉转多姿，饶有情致。《鹧鸪天·重过阊门万事非》悼念亡妻，字字悲切，如泣如诉，尤其“空床卧听南窗雨，谁复挑灯夜补衣”一句，饱含深情，哀婉凄绝，岂王国维所谓“少真味”者耶！其《青玉案·凌波不过横塘路》末尾“一川烟草，满城风絮，梅子黄时雨”连用三个巧妙的比喻，当时即以“语精意新，用心良苦”（南宋王灼《碧鸡漫志》卷二）、“兴中有比，意味更长”（南宋罗大经《鹤林玉露》卷七）而脍炙人口，若以王国维，或评其“隔”耶？

七

原文

散文易学而难工，骈文[①]难学而易工。近体诗[②]易学而难工，古体诗[③]难学而易工。小令易学而难工，长调难学而易工[④]。

注解

①骈文：与散文相对而言，讲究对仗、排比、声律，注重藻饰和用典，以四字六字相间，故又称“四六文”或“骈四俪六”，是魏晋以后产生的一种新文体。

②近体诗：亦称“今体诗”（“近”和“今”都是就唐代而言的），即唐以后律诗和绝句的通称，

字数、句数、平仄、用韵等都有一定的规律，又称“格律诗”。

③古体诗：亦称古诗、古风，不讲究平仄、对仗，对诗歌的句数、句式、押韵等也无严格要求。唐以前的诗称为古体诗，唐以后不合格律诗的也称为古体诗，古体诗有四言、五言、六言、七言等，包括汉五言、乐府等，其最著名者，如《人间词话》屡引的《古诗十九首》、陶渊明《饮酒》诗等。

④小令易学而难工，长调难学而易工：词分短、中、长调。一般称短调为“小令”，如《人间词》甲、乙稿之《蝶恋花》《浣溪沙》，双调分别为六十字、四十二字；长调如《水龙吟》《齐天乐》，皆双调一百二十字；中调介于二者之间，如《水调歌头》《双双燕》，双调分别为九十五字、九十八字。

译文

散文容易学但是很难写好，骈文难学却容易写好。近体诗容易学但是很难写好，古体诗难学却容易写好。小令容易学但是很难写好，长调难学却容易写好。

赏析

此当为王国维自身感受。

从形式规则和套路来看，骈文之形式难于散文之形式。骈文讲究裁对的均衡对称美、句式的整齐建筑美、隶事的典雅含蓄美、藻饰的华丽色彩美、声调的和谐音乐美，等等。此为骈文之难学。然而正因有这形式上的许多规范，故一经习熟便容易驾驭。散文在形式上显得更加不拘一格，在内容的把握上亦更加自由，从先秦诸子、历史散文，到西汉司马迁《史记》的传记散文，到唐宋八大家的文学散文，再到明清的抒情小品，经典之作，叹为观止。正因为散文在形式上相对不受拘束，其写法便繁多复杂，品评的标准亦较为灵活。此为散文之难工。

若如此说来，则应是“古体诗易学而难工，近体诗难学而易工”，但王国维所言却恰恰相反。“古体诗”“近体诗”虽不全是时间概念，但时间意味却很重，唐代之后，诗多为律绝，古体诗亦有律化倾向。相比较而言，古体诗仿佛未经雕琢的璞玉，朴实自然，浑厚感人，自有风骨，所以，要学古体诗，就必须学这种遥远的风骨和神髓，此为古体诗之难学；并且这种“神”多取决于诗人先天的性情以及人生阅历，无者难以学得，有者自然易工。近体诗格律并不繁复，容易学得，但如若符合体式，寡然无味的是诗，饶有兴味的亦是诗，而两者之别迥然矣，故谓近体诗难工。

王国维认为，近体诗体制中，五七言绝句最尊，律诗次之，排律最下，且排律如骈文；他又认为词中小令如绝句，长调似律诗，长调中之长者则近乎排律（正编第五九则）。如此看来，王国维似以短小精悍者为佳，以铺排冗长者为次。是以小令易学而难工，长调难学而易工。

总的看来，与其说“易学而难工”，不如说“似易而实难”，与其说“难学而易工”，不如说“似难而实易”。而事实上，没有什么难与不难、易与不易，视创作者自身情况而定，文非一体，鲜能备善。

八

原文

古诗云：“谁能思不歌？谁能饥不食？”[①]诗词者，物之不得其平而鸣者也[②]。故欢愉之辞难工，愁苦之言易巧[③]。

注解

①"谁能"二句：出自晋宋齐辞《子夜歌》。"谁能思不歌？谁能饥不食？日冥当户倚，惆怅底不忆？"

②物之不得其平而鸣者也：见韩愈《送孟东野序》。"大凡物不得其平则鸣！草木之无声，风挠之鸣。水之无声，风荡之鸣。其跃也，或激之；其趋也，或梗之；其沸也，或炙之。金石之无声，或击之鸣。人之于言也亦然，有不得已者而后言。其歌也有思，其哭也有怀，凡出乎口而为声者，其皆有弗平者乎！"

③"故欢"二句：见韩愈《荆潭唱和诗序》。"夫和平之音淡薄，而愁思之声要妙；欢愉之辞难工，而穷苦之言易好也。"王国维乃引述其意。

译文

古诗云："谁能思不歌？谁能饥不食？"作者写诗填词，就仿佛物不得其平而自鸣。所以说："欢愉之辞难工，愁苦之言易巧。"

赏析

这是创作的一种潜在心理动机。其较早的理论源头是西汉司马迁的“发愤著书”，他认为文学创作是“意有所郁结，不得通其道，故述往事，思来者”。后来又有北宋欧阳修的“穷而后工”，此“穷”乃“穷达”之“穷”。欧阳修认为“世所传诗者，多出于古穷人之辞”，以其“内有忧思感愤之郁积”，故能“写人情之难言”，因此“穷者而后工”，且“愈穷则愈工”。至唐代韩愈又有“不平则鸣”的思想。

这些与奥地利精神分析学家弗洛伊德将创作动机归为“本我”遭受压抑、日本文艺理论家厨川白村将创作动机归为生命力受到压抑而产生的苦闷，都有着异曲同工之妙。

这类理论有三重内涵。其一，“不平则要鸣”，胸中忧思感愤，有所郁积，则要出乎口而为声为言，如若抑而不发，一则会导向不健全不健康的人格，一则心中的苦闷之情得不到理性的反思，因为诉诸笔下本就要经过一个理性提炼的过程。其二，因“穷”而“作”，则作品更有审美价值，因为这样的作品中更多地融入了作者自己的感情。尤其是惨痛的生命经验以及对人生的思考，所以具有更强大的感染力和震撼力，从而引发读者更强烈的共鸣。其三，创作能帮助创作主体超越“穷”，因为创作是一种发泄、一种寄托，是一种思考、一种升华。

九

原文

社会上之习惯，杀许多之善人。文学上之习惯，杀许多之天才。

译文

社会上的习惯，会戕害许多善良纯洁的人。文学上的习惯，会毁掉许多天才。

赏析

大凡理想的，都是简单的。社会亦是如此，一个理想的社会，必是简单而美好的。现实中却恰恰相反，社会被“人”搞得不胜复杂。社会本是“人”组织起来而为“人”服务的，现在“人”却反而为社会所奴役，可谓社会和“人”都被异化了。王国维言“社会上之习惯，杀许多之善人”，正是指社会上种种之显规则、潜规则，使许多人因此而异化，丧失纯真善良的本性，成为社会之奴。所以，在王国维看来，“赤子之心”便显得弥足珍贵。恐怕只有如李后主，生于深宫之中，长于妇人之手，与世隔绝，才能不失其赤子之心。然而，宫闱倾轧斗争，宫中亦一社会。李后主身于其中而心超乎其外，可谓天性使然。故知“赤子之心”亦有天赋之意味。

王国维所言“文学上之习惯”，当指文学除本质特征之外而被附加上的一些属性和功能，譬如他所说的“羔雁之具”“美刺投赠之篇”“隶事之句”“粉饰之字”，尤其是过度地在这些附加之物上下功夫，

反会扼杀文学天才之天赋，或者说将有限之精力转移而耗尽在无用之物上。

这种“习惯”不仅扼杀许多天才，而且使一种文体从整体上、从根本上走向衰亡，“盖文体通行既久，染指遂多，自成习套”（本编第五十四则），“天才堕落而为匠手，创作堕落而为机械。生气剥丧了，只剩下一点小技巧，一堆烂书袋，一套烂调子”（胡适《词选》）。

十

原文

昔人论诗词，有景语①情语②之别，不知一切景语皆情语也。

注解

①景语：写景之语。

②情语：抒情之语。

译文

以前的人评论诗词，有写景之语和抒情之语的分别，他们不知道一切写景之语其实都是抒情之语。

赏析

词家多就景叙情、以景寓情，看似写景的白描，却蕴藏着深深的款曲。一片清冷宁谧的画面，或隐含着嗟叹无语的落寞，或突显出孤独寂寥的惆怅，更有以哀景写乐情，以乐景写哀情者，都是似写景而实抒情。因此，有专作情语而妙绝者，却无专作景语而妙绝者，事实上亦不可能专作景语。“无我之境”亦不是没有情感的抒发，而是隐蔽地表现情感，是将情完美地融合于景中。

故知，情景交融、主客赠答便是有境界。

也有“情境交融”的说法，这里只以“物境”作“境”，王国维便指出，“境非独谓景物也”，“境”不独指客观之景物，喜怒哀乐、主观情感也是人心中的一种境界。故知，“境”有“物境”“情境”之别，而一切“物境”皆“情境”也。情、景以“真”而交融，能写出真景物、真感情的，便是有境界。

十一

原文

词家多以景寓情。其专作情语而绝妙者，如牛峤[1]之“甘（当作‘须’）作一生拼，尽君今日欢”[2]，顾夐[3]之“换我心为你心，始知相忆深”[4]，欧阳修之“衣带渐宽终不悔，为伊消得人憔悴”[5]，美成[6]之“许多烦恼，只为当时，一晌留情”[7]。此等词，求之古今人词中，曾不[8]多见。

注解

①牛峤：字松卿，五代前蜀词人。

②“甘作”二句：出自牛峤的《菩萨蛮》。原文为：“玉炉冰簟鸳鸯锦，粉融香汗流山枕。帘外辘轳声，敛眉含笑惊。　柳阴烟漠漠，低鬓蝉钗落。须作一生拼，尽君今日欢。”

③顾夐：五代后蜀词人。

④“换我”二句：出自顾夐的《诉衷情》。原文为：“永夜抛人何处去？

绝来音。香阁掩，眉敛月将沉。　　争忍不相寻？怨孤衾。换我心为你心，始知相忆深。”

⑤“衣带”二句：出自柳永的《凤栖梧》。原文为：“伫倚危楼风细细，望极春愁，黯黯生天际。草色烟光残照里，无言谁会凭阑意。　　拟把疏狂图一醉，对酒当歌，强乐还无味。衣带渐宽终不悔，为伊消得人憔悴。”

此词又误入《欧阳文忠公近体乐府》及《醉翁琴趣外编》。《全宋词》则定为欧阳修《蝶恋花》，“无言谁会”作“无人会得”，“拟把疏狂”作“也拟疏狂”，“终不悔”作“都不悔”。王国维《文学小言》及《人间词话》手稿均自注“欧阳永叔《蝶恋花》”。

⑥美成：周邦彦，字美成。

⑦“许多”三句：出自周邦彦的《庆宫春》。原文为：“云接平冈，山围寒野，路回渐展孤城。衰柳啼鸦，惊风驱雁，动人一片秋声。倦途休驾，淡烟里，微茫见星。尘埃憔悴，生怕黄昏，离思牵萦。　　华堂旧日逢迎。花艳参差，香雾飘零。弦管当头，偏怜娇凤，夜深簧暖笙清。眼波传意，恨密约，匆匆未成。许多烦恼，只为当时，一晌留情。”

⑧曾不：竟不，一点都不。

词牌解

《诉衷情》，本调为温庭筠所创。取《离骚》中“众不可户说兮，孰云察余之中情”而曰“诉衷情”。五代词人多用于写相思之情。又名《桃花水》《一丝风》等。

《凤栖梧》，又名《蝶恋花》。

《庆宫春》，又名《庆春宫》。

译文

作词的人，经常在写景中寄托感情。其中也有直接写情的好词，如牛峤的“甘作一生拼，尽君今日欢”，顾夐的“换我心为你心，始知相忆深”，欧阳修（应为柳永）的“衣带渐宽终不悔，为伊消得人憔悴”，周邦彦的“许多烦恼，只为当时，一晌留情”。这些都是古今词人中不可多得的好词。

赏析

读此“词家多以景寓情”，便知为何“一切景语皆情语”也，足见王国维对写真情的重视。王国维所举四句“专作情语而妙绝者”，皆用情至真至深者。“甘作一生拼，尽君今日欢”，此句之流传，另有版本为“须作一生拼”，而王国维取“甘”字，则更有一种为情不惜一切的痴狂。“换我心为你心，始知相忆深”，这是情之所钟，忽发痴语，清代王士祯在《花草蒙拾》中便称此句“自是透骨情语”。“换心”似属无理，而发此痴想，却恰正见出其爱之真、其情之深，是谓“无理而有情”。“衣带渐宽终不悔，为伊消得人憔悴”，更为坦率真挚直白之语，至情至性。“许多烦恼，只为当时，一晌留情”，自是又爱又怨，唉声叹气，缭绕不散，质朴直露，抒以真情。元人沈伯时说其语“愈朴愈厚，愈厚愈雅，至真之情由性灵肺腑中流出，不妨说尽而愈无尽”。

以上所举之词，在当时被认为露骨冶艳，有失雅正之音，难登大雅之堂，而王国维却情有独钟，可见王国维是爱其“真性情”、爱其“自然”，写情如此方为不隔。

十二

原文

词之为体，要眇宜修①。能言诗之所不能言，而不能尽言诗之所能言。诗之景阔，词之言长。

注解

①“词之”二句：出自屈原《九歌·湘君》。“君不行兮夷犹，蹇谁留兮中洲，美要眇兮宜修。”

译文

词这种文学体裁，是窈窕优美的。它虽然能够表达诗难以表达的情感，却不能取代诗的表达。诗的意境宽阔，词的韵味悠长。

赏析

王逸在《楚辞章句》中说“要眇”是“好貌”之意，又说：“修，饰也。”那么，“要眇宜修”即形容女子窈窕优美而装扮得恰到好处。“宜”者，“淡妆浓抹总相宜”之“宜”也。洪兴祖在《楚辞补注》中说“要眇宜修”是形容一种“容德之美”，也就是一种由内而外、内外统一的美。《楚辞·远游》中还有“神要眇以淫放”一句，洪兴祖注“要眇”为“精微貌”。将此两处“要眇”

结合起来，可知“要眇宜修”的美，是一种最精致、最细腻、最优雅的美，是一种富有修饰性的、内外总相宜的美。王国维说“词之为体，要眇宜修”，就是说词有如此一种美。

诗与词是两种不同的文学体裁，各自承担着不同的功能，词能够表达诗难以表达的情感，但却不能取代诗的表达。也就是说，词能言诗之所不能言，诗亦能言词之所不能言。二者不同，也只是不同而已，无优劣之别。

词则句法参差，错落有致，音节流转荡漾，极尽抑扬，适宜于表达“幽约怨悱不能自言之情”（张惠言《词选序》）。诗则句法整齐，合乎格律，铿锵可诵，多从阔处着眼、大处落笔，适宜于表达疏广阔大、典雅庄重的景象意境。

但是，诗亦有含蓄蕴藉者，亦有低回婉转者，亦有言简意深、一唱三叹者。豪放之词也有包容阔大、意境深远者。所以诗或词，无论是表现社会性的情感还是私人性的情感，其佳者都有一种言有尽而意无穷的境界。

十三

原文

言气质[1]，言神韵[2]，不如言境界。有境界，本也；气质、神韵，末也。有境界而二者随之矣。

注解

①气质：指作者心灵所具的资质，即才分。古文论中所谓气质，已涉及创作个性问题。

②神韵：指作品的“韵外之旨”“味外之旨”，这是作品写成后所产生的艺术效果。

译文

追求气质，追求神韵，都不如追求境界。境界是本，气质、神韵是末。有境界自然也会有气质和神韵。

赏析

“境界”这个美学范畴，似乎无法对它做出明确的界定，而只能进行诗意的描述与形容。如果说“境界”本身已经是一种“不着一字，尽得风流”的状态，那么对“境界”的诗性表达亦是如此。

于王国维处，“境界”以一种本源的形式出现，他常说“有境界，本也”，“拈出‘境界’二字，为探其本也”，等等。正是在“本源”这层意义上，“境界”可以说是词之“道”。如同“道生万物”一般，“境界”可以生发出气质、神韵、兴趣甚至还有格调、风骨、气象等范畴，所以有境界则气质、神韵自然随之，有境界则自成高格、自有名句。“境界”于是成为判断词之“美”的根本标准。

与此同时，“境界”亦是一种终极意义的归宿。如同万物本源于“道”而最终回归于“道”一般，“境界”包容了能指向“美”的一切范畴的内涵，并有着更高层次的升华。所以王国维说“词以境界为最上”，“言气质，言神韵，不如言境界”。在这种“归宿”的意义上，“境界”成为词之“美”的终极追求。

十四

原文

"西（当作'秋'）风吹渭水，落日（当作'叶'）满长安。"[1]美成以之入词[2]，白仁甫[3]以之入曲[4]，此借古人之境界为我之境界者也。然非自有境界，古人亦不为我用。

注解

①"秋风"二句：出自唐代诗人贾岛的《忆江上吴处士》。原文为："闽国扬帆去，蟾蜍亏复圆。秋风吹渭水，落叶满长安。此夜聚会夕，当时雷雨寒。兰桡殊未返，消息海云端。"王国维将"秋风"误作"西风"，将"落叶"误作"落日"。

②美成以之入词：是说周邦彦将前面两句诗写进了自己词里。参见其《齐天乐·秋思》："绿芜凋尽台城路，殊乡又逢秋晚。暮雨生寒，鸣蛩劝织，深阁时闻裁剪。云窗静掩。叹重拂罗茵，顿疏花簟。尚有练囊，露萤清夜照书卷。　荆江留滞最久，故人相望处，离思何限？渭水西风，长安乱叶，

空忆诗情宛转。凭高眺远。正玉液新篘，蟹螯初荐。醉倒山翁，但愁斜照敛。”

③白仁甫：白朴（1226—1306年），字仁甫，一字太素，号兰谷。“元剧四大家”之一，其所作杂剧现存有《梧桐雨》《墙头马上》两部。

④以之入曲：是说白朴将前面两句诗写进自己的曲中。参见其《双调德胜乐》：“玉露冷，蛩吟砌。听落叶西风渭水。寒雁儿长空嘹唳。陶元亮醉在东篱。”

又见其《梧桐雨》杂句第二折：“恨无穷，愁无限。争奈仓卒之际，避不得蓦岭登山。銮驾迁。成都盼。更哪堪浐水西飞雁，一声声送上雕鞍。伤心故园。西风渭水，落日长安。”

译文

“秋风吹渭水，落叶满长安”，周邦彦把它化入词中，白朴把它化入曲中。这是借用古人的境界来创造自己的新境界。但是如果自己没有境界，那么这种化用前人境界的活动也不会成功。

赏析

北宋黄庭坚曰“自作语最难。老杜（杜甫）作诗，退之（韩愈）作文，无一字无来处，盖后人读书少，故谓韩、杜自作此语耳”，又云“古之能为文章者，真能陶冶万物，虽取古人之陈言入于翰墨，如灵丹一粒，点铁成金也”（《豫章黄先生文集·答洪驹父书》）。古人之境界是否能为“我”所用，在于“我”是否自有境界。自有境界，则能陶冶万物，控驭自如，则万物皆能为“我”所用，且不着痕迹。正如杜之作诗、韩之作文，虽字字都有来历，却如同己出，无迹可寻，后人皆以其自作语耳。当此之时，与其说“借”，毋宁说自取灵丹，成此妙化，游刃有余。非自有境界，则前人妙语亦挣扎不为所用，是古人不允其借，借而不得也。遂知，自有境界乃借鉴之资，所自有者须与所借者相宜。然此仍非最难者，而自作语最难，这是自作境界，自成古人，待他人来借。

十五

原文

长调自以周、柳[1]、苏、辛为最工。美成《浪淘沙慢》二词[2]，精壮顿挫，已开北曲[3]之先声。若屯田[4]之《八声甘州》[5]，东坡[6]之《水调歌头》[7]，则伫兴之作，格高千古，不能以常调论也。

注解

①柳：柳永（约987—1053年），初名三变。字景庄，后改名永，字耆卿，崇安（今福建武夷山）人。官至屯田员外郎，故世称“柳屯田”。柳永一生遭遇坎坷，据说早年应进士试，曾作《鹤冲天》词，中有句云：“忍把浮名，换了浅斟低唱。”宋仁宗看后极为不满，黜落之曰：“且去浅斟低唱，何要浮名?”柳永无奈之下，自号“奉旨填词”，流落勾栏瓦肆，混迹歌楼妓馆，放浪形骸，作词自遣。柳永之词，多用长调且大量运用日常俚语，采取铺叙白描的手法，反映下层平民的情感生活，抒发自己漂泊流落的切身感受。他的词坦率真挚，恣纵不羁，孤郁耿介，对宋词的开拓发展起到了极为重要的作用。苏轼和周邦彦就是在他的影响下各开一派，自成格局。柳永词的这些特点，使他不为公卿仕宦所接受，然而他在民间却获得了极大的声誉：“教坊乐工每得新腔，必求永为辞，始行于世，于是声传一时”，“凡有井水处，即能歌柳词”。妓者爱其词名，能移宫换羽，一经品题，声价十倍。妓者多以金物赠之。相传柳永死后，贫无以葬，群妓合金葬之，每春月上冢，谓之“吊柳七”。柳永一生偃蹇潦倒，郁郁不得志，却终因感人至深的词章为自己赢得了前所未有的爱戴，不知这到底是一种幸运还是一种更大的悲哀。

②美成《浪淘沙慢》二词：周邦彦的两首《浪淘沙慢》。原文为：“晓阴重，霜凋岸草，雾隐城堞。南陌脂车待发，东门帐饮乍阕。正拂面、垂杨堪揽结。掩红泪、玉手亲折。念汉浦离鸿去何许，经时信音绝。　　情切。望中地远天阔。向露冷风清无人处，耿耿寒漏咽。嗟万事难忘，唯是轻别。翠尊未竭。凭断云留取，西楼残月。罗带光销纹衾叠。连环解、旧香顿歇。怨歌永、琼壶敲尽缺。恨春去、不与人期，弄夜色，空余满地梨花雪。”

又一阕：“万叶战，秋声露结，雁度沙碛。细草和烟尚绿，遥山向晚更

碧。见隐隐、云边新月白。映落照、帘幕千家，听数声、何处倚楼笛。　　装点尽秋色。脉脉。旅情暗自消释。念珠玉、临水犹悲感，何况天涯客？忆少年歌酒，当时踪迹。岁华易老，衣带宽、懊恼心肠终窄。飞散后、风流人阻。蓝桥约、怅恨路隔。马蹄过、犹嘶旧巷陌。叹往事、一一堪伤，旷望极。凝思又把阑干拍。”

③北曲：原指宋元以来北方诸官调、散曲、戏曲所用的各种曲调。声调刚健朴实。元杂剧基本上用北曲。所以也用来专指元杂剧。

④屯田：见本篇注解①。

⑤《八声甘州》：“对潇潇暮雨洒江天，一番洗清秋。渐霜风凄紧，关河冷落，残照当楼。是处红衰翠减，苒苒物华休。惟有长江水，无语东流。　　不忍登高临远，望故乡渺邈，归思难收。叹年来踪迹，何事苦淹留？想佳人、妆楼颙望，误几回、天际识归舟。争知我、倚阑干处、正恁凝愁。”

⑥东坡：指苏轼。

⑦《水调歌头》：“（丙辰中秋，欢饮达旦，大醉。作此篇，兼怀子由。）

明月几时有？把酒问青天。不知天上宫阙，今夕是何年。我欲乘风归去，又恐琼楼玉宇，高处不胜寒。起舞弄清影，何似在人间。　　转朱阁，低绮户，照无眠。不应有恨，何事长向别时圆。人有悲欢离合，月有阴晴圆缺，此事古难全。但愿人长久，千里共婵娟。”

词牌解

《浪淘沙慢》，柳永、周邦彦依《浪淘沙》别创慢词，因调长拍缓，故称为《浪淘沙慢》。

《八声甘州》，唐乐曲名。元稹《琵琶诗》有“学语胡儿撼玉玲，甘州破里最星星”之句。此调前后段共八韵，故名“八声”。又名《潇潇雨》《甘州》等。

译文

长调之词里历来以周邦彦、柳永、苏轼、辛弃疾写得最好。周邦彦的两首《浪淘沙慢》，抒写精致，意境壮阔，声韵顿挫，已开北曲之先声。至于柳永的《八声甘州》和苏轼的《水调歌头》(中秋寄子由)，则一气呵成，格高千古，不能以一般的词的标准来衡量和评论。

赏析

长调中之长者，王国维以为是词体中之次者、下者。而周邦彦《浪淘沙慢》二词，于词之敝处化为妙境，遂绝处逢生，更接“曲”之新体。周邦彦精通音律，能自度曲，王国维称其“精壮顿挫”，则是化冗长拖沓为极尽高低抑扬之致，协律可歌。故谓“曲者，词之变”。

苏轼一贯对柳永无甚好感，对于柳永《八声甘州》中的佳句，却给出了极高的评价："世言柳耆卿曲俗，非也，如《八声甘州》之'渐霜风凄紧，关河冷落，残照当楼'，此语于诗句不减唐人高处。""不减唐人高处"，东坡是不轻易以此赞人的，如此盛赞，岂无故哉？唐人高处正是情景交融自成妙境。柳永这首《八声甘州》，上片写景，满目苍凉，尽得悲秋之致，令人含咀无尽；下片抒情，凭栏遥想佳人登楼远望，以一处凝愁写两地相思，却不仅止于此，而是不断以思念反射对方，思来复思去，数度来往，至于无穷，更体现出思念重重，交织纠缠，深切感人。

东坡《水调歌头》意境旷远，以时空的扩展与交织，铺开哲理的深度，更将中国人的"月"情结推向了极致，亲切而深远，宁静而睿智。

十六

原文

稼轩[1]《贺新郎》词《送茂嘉十二弟》[2]，章法绝妙。且语语有境界，此能品而几于神者。然非有意为之，故后人不能学也。

注解

①稼轩：辛弃疾，原字坦夫，改字幼安，别号稼轩居士。

②《贺新郎》词《送茂嘉十二弟》：《贺新郎·别茂嘉十二弟》。原文为："绿树听鹈鴂。更那堪、鹧鸪声住，杜鹃声切。啼到春归无寻处，苦恨芳菲都歇。算未抵、人间离别。马上琵琶关塞黑，更长门、翠辇辞金阙。看燕燕，送归妾。　　将军百战身名裂。向河梁、回头万里，故人长绝。易水萧萧西风冷，满座衣冠似雪。正壮士、悲歌未彻。啼鸟还知如许恨，料不啼清泪长啼血。谁共我，醉明月？"

译文

辛弃疾的《贺新郎·送茂嘉十二弟》，章法绝妙，并且语语有境界，这是对意境的理解已经达到出神入化的地步了。然而这首词并非有意结构修饰，乃是心有灵犀，自然流出，所以后人无法学习。

赏析

这首《贺新郎·别茂嘉十二弟》一向被称为稼轩词之冠。就章法而言，词以鸟啼声起兴，以花尽春归托意，更以“算未抵、人间离别”承转；中间不叙正位，却罗列古人许多离别：王昭君出塞和番、陈皇后辞别汉武帝黜居长门宫、卫庄公夫人庄

姜送戴妫归陈、李陵别苏武、易水送荆轲，不囿兄弟之情，兼涉家国之恨，五事不谓不贴切自然，曲意传情，自创一格；继之又以啼鸟束住，归结到别后的孤独。通篇文思跳荡，词意融贯，用典无堆垛割裂之弊，而离愁别恨全凭中间五事托出，令人拍案叫绝。

大量融典入词，是辛弃疾词的一大特色，刘熙载便褒美其曰：“稼轩词龙腾虎掷，任古书中理语、廋语，一经运用，便得风流，天姿是何复异！”辛弃疾词真正达到了一种无意不可语、无事不可言、合乎规范而又极尽自由的境

界。宋末刘辰翁曾高度评价稼轩词：“词至东坡，倾荡磊落，如诗如文，如天地奇观，岂与群儿雌声学语较工拙，然犹未至用经用史，牵雅颂入郑卫也。

自辛稼轩前，用一语如此者，必且掩口。及稼轩横竖烂漫，乃如禅宗棒喝，头头皆是。”（《辛稼轩词序》）经史散文中的语言，他信手拈来，皆如己出，用典不着痕迹、融化不涩，精妙有格，自饶新意。

这一方面是因为他才富辞壮，另一方面更是因为他不以用典为能，而是以抒发为本。辛弃疾性情自然真切，“悲歌慷慨，抑郁无聊之气，一寄之于其词”（徐钒《词苑丛谈》卷四），其意不在于作词，而是气之所充，蓄之所发，词自不能不如此也。故其词作真气完足，自成境界。后人有以用典矜奇炫博者，一味追求形式上的古雅，却一任内容疲敝薄弱，如此则所成之作仅是典故的罗列裁剪，而文学意味丧失殆尽。所谓“非其人，勿学步也”，实为金玉良言。

十七

原文

稼轩《贺新郎》词："柳暗凌波路。送春归、猛风暴雨，一番新绿。"[1]又，《定风波》词："从此酒酣明月夜。耳热。"[2]"绿""热"二字皆作上去[3]用。与韩玉《东浦词》《贺新郎》[4]以"玉""曲"叶[5]"注""女"，《卜算子》[6]以"夜""谢"叶"食""月"，已开北曲四声通押之祖。

注解

①"柳暗"四句：原文为："柳暗凌波路。送春归、猛风暴雨，一番新绿。千里潇湘葡萄涨，人解扁舟欲去。又樯燕、留人相语。艇子飞来生尘步，唾花寒、唱我新番句。波似箭，催鸣橹。　黄陵祠下山无数。听湘娥、泠泠曲罢，为谁情苦。行到东吴春已暮。正江阔、潮平稳渡。望金雀、觚棱翔舞。前度刘郎今重到，问玄都、千树花存否？愁为倩，么弦诉。"

②"从此"二句：出自《定风波》。原文为："金印累累佩陆离，河梁更

赋断肠诗。莫拥旌旗真个去。何处。玉堂元自要论思。　　且约风流三学士。同醉。春风看试几枪旗。从此酒酣明月夜。耳热。那边应是说侬时。”

③上去：指上去声。

④韩玉：字温甫，南宋词人，有《东浦词》一卷传世。

《贺新郎》：《贺新郎·咏水仙》。原文为：“绰约人如玉。试新妆娇黄半绿，汉宫匀注。倚傍小栏闲凝伫，翠带风前似舞。记洛浦当年俦侣。罗袜尘生香冉冉，料征鸿微步凌波女。惊梦断，楚江曲。　　春工若见应为主。忍教都闲亭邃馆，冷风凄雨。待把此花都折取，和泪连香寄与。须信道离情如许。烟水茫茫斜照里，是骚人《九辨》招魂处。千古恨，与谁语?”

⑤叶：同“协”，和谐之意，“叶韵”即“协韵”“谐韵”“押韵”，“叶韵”又称“叶句”“叶音”。

⑥《卜算子》：“杨柳绿成阴，初过寒食节。门掩金铺独自眠，那更逢寒夜。　　强起立东风，惨惨梨花谢。何事王孙不早归，寂寞秋千月。”

词牌解

《定风波》，唐教坊曲，又名《定风流》《定风波令》等。

《卜算子》，传说骆宾王诗喜用数字命名，人谓之为“卜算子”，词牌遂取以为名。又名《百尺楼》《楚天遥》等。

译文

辛弃疾的《贺新郎》词："柳暗凌波路。送春归、猛风暴雨，一番新绿。"又，《定风波》词："从此酒酣明月夜。耳热。""绿""热"二字都作上去声读。这种用法，韩玉也已使用。他词集中的《贺新郎》词以"玉""曲"与"注""女"叶韵，《卜算子》中以"夜""谢"与"食"（当为"节"）"月"叶韵，这已开北曲中四声通押一韵的先河。

赏析

宋代陈彭年等奉诏修了一部《广韵》，它的语音系统基本上根据《唐韵》，分四声，共二百〇六韵。比较繁琐，但作诗允许"同用"，相近的韵可以通押，所以实际上只有一百一十二韵。宋淳祐年间平水刘渊增修《壬子新刊礼部韵略》，索性把《广韵》中可以同用的韵部合并起来，成为一百〇七韵，这就是"平水韵"。元末阴时夫考订"平水韵"，著《韵府群玉》，又并为一百〇六韵。明清以来诗人作诗基本上是按这一百〇六韵。但"平水韵"保存着隋唐时代的语音，和当时的口语有距离，所以在元代另有一种"曲册"，是完全按照当时北方的语音系统编定的，以供写作北曲的需要。最著名的就是周德清的《中原音韵》，此书四声通押，共十九个韵部。现代北方曲艺按"十三辙"押韵，就是承袭《中原音韵》的。

在汉语的中古音中，"绿"和"热"都是入声字。在辛弃疾《贺新郎》这首词中，作者为押韵的需要，将其作为上声和去声字来使用。同样的，在韩玉的《贺新郎》中，读入声的"玉""曲"与非入声的"注""女"来押韵；《卜算子》中，读去声的“夜”“谢”与读入声的“节”“月”押韵。宋代押仄声韵的词中，虽然同韵部的上声和去声韵可以通押，但是入声是不能跟它们通押的。在北曲中，由于入声已经派入三声，而在曲韵中平上去三声是可以通押的，这就构成了四声通押的现象。这里所举的宋词中四声通押的例子，显然是后来汉语音韵发展对诗词创作影响的先兆；显示了入声消失，“平水韵”向“中原音韵”过渡的现象。

十八

原文

谭复堂[①]《箧中词选》[②]谓：“蒋鹿潭[③]《水云楼词》与成容若[④]、项莲生[⑤]，二百（原作‘三’，依《箧中词》卷五改）年间分鼎三足。”然《水云楼词》，小令颇有境界，长调惟存气格。《忆云词》精实有余，超逸不足，皆不足与容若比。然视皋文[⑥]、止庵[⑦]辈，则倜[⑧]乎远矣。

注解

①谭复堂：清代词人谭献（1832—1901年），号复堂，名其词为《复堂词》，其词论散见于文集、日记以及所纂《箧中词》、所评周济《词辨》，由其门人徐珂辑为《复堂词话》。其《箧中词选》即为选辑清人词而成。

②《箧中词选》："文字无大小，必有正变，必有家数。《水云楼词》固清商变徵之声，而流别甚正，家数颇大，与成容若、项莲生二百年中，分鼎三足。咸丰兵事，天挺此才，为倚声家杜老。而晚唐两宋一唱三叹之意，则已微矣。"

③蒋鹿潭：清代词人蒋春霖，字鹿潭，著有《水云楼词》二卷。

④成容若：清初词人纳兰性德，原名成德，字容若，满洲正黄旗人，著有《饮水词》三卷。

⑤项莲生：清代词人项鸿祚，原名继章，又名廷纪，字莲生，著有《忆云词》四卷，即《忆云词甲乙丙丁稿》。

⑥皋文：清代词人张惠言，字皋文，"常州词派"创始人。

⑦止庵：清代词人周济，字保绪，一字介存，号未斋，晚号止庵。

⑧倜：疏远、远离的样子。

译文

谭献在《箧中词选》中说：蒋春霖的《水云楼词》与纳兰性德和项廷纪的词在清代分鼎三足。但是蒋氏《水云楼词》小令很有境界，长调却只有气格。项廷纪的《忆云词》也精实有余，超逸不足，都不能与纳兰性德相比。但是他们比起张惠言、周济等人，则高明多了。

赏析

纳兰容若虽然只有短短三十一年生命，却是清代享有盛名的大词家之一，身后被誉为“清代第一词人”，况周颐亦称其为“国初第一词手”。他的词在当时产生过“家家争唱”的轰动效应，独步三百年。纳兰容若是极为性真之人，落拓无羁，超逸脱俗，戚戚于富贵而以贫贱为可安，身在高门广厦却常有山泽鱼鸟之思。对求之而不得长久的爱情、对心与境合的自然和谐状态，他流连向往，加之天赋异禀，才华出众，因而他的词作尽出佳品，词风清新隽秀，哀感婉丽，直指本心，颇近南唐后主。他本人也十分欣赏李煜，曾说“花间之词如古玉器，贵重而不适用；宋词适用而少贵重，李后主兼而有其美，更饶烟水迷离之致”，而二人阅世之浅、性情之真，则更为相似。故王国维称其“真切如此”“北宋以来，一人而已”。

纳兰词虽自非蒋氏、项氏可比，然而蒋、项二人词哀思郁结、情真意切，又比当时词家高一筹。张惠言词失于空枵，周济词失于苦涩，然二家毕竟词坛巨擘，自有佳篇传世，如张惠言之《水调歌头》《木兰花慢·杨花》以及周济的《渡江云·杨花》等。

十九

原文

词家时代之说，盛于国初[①]。竹垞[②]谓：词至北宋而大，至南宋而深[③]。后此词人，群奉其说。然其中亦非无具眼者。周保绪[④]（德舆）曰："南宋下不犯北宋拙率之病，高不到北宋浑涵之诣。"又曰："北宋词多就景叙情，故珠圆玉润，四照玲珑。至稼轩、白石，一变而为即事叙景，故深者反浅，曲者反直。"潘四农[⑤]（德舆）曰："词滥觞于唐，畅于五代，而意格之闳深曲挚，则莫盛于北宋。词之有北宋，犹诗之有盛唐。至南宋则稍衰矣。"刘融斋[⑥]（熙载）曰："北宋词用密亦疏，用隐亦亮，用沉亦快，用细亦阔，用精亦浑。南宋只是掉转过来。"可知此事自有公论。虽止庵[⑦]词颇浅薄，潘、刘尤甚。然甚推尊北宋，则与明季[⑧]云间诸公[⑨]同一卓识也。

注解

①国初：指清朝初年、清朝前期。

②竹垞：清初学者、词家朱彝尊，字锡鬯，号竹垞，又号金风亭长，晚号小长芦钓鱼师，浙西词派创始人，辑唐、宋、金、元四朝五百余家词为《词综》。

③“词至”二句，参见朱彝尊《词综发凡》：“世人言词，必称北宋。然词至南宋始极其工，至宋季而始极其变。”

④周保绪：指周济，见删稿十八注解⑦。

⑤潘四农：清代词人、诗人，潘德舆，字彦辅，号四农，著有《养一斋集》。

⑥刘融斋：清代文艺理论家刘熙载，字伯简，号融斋，晚号寤崖子。

⑦止庵：见删稿十八注解⑦。

⑧季：指一个朝代或一个时期的末了。明季，明末。

⑨云间诸公：旧称江苏松江（今属上海市）为“云间”，以西晋诗人陆云自称“云间陆士龙”而得名，“云间诸公”指明末词人陈子龙、宋征舆、李雯，三人均为松江华亭人，故名“云间三子”。

译文

论词诸家关于词的时代特征的评论，盛于清初。朱彝尊说：词到了北宋而境界阔大，到了南宋则转为精深。后来的词人，大都尊奉这一说法。然而其中也并非没有独具慧眼的人。周济就说：“南宋之词下不犯北宋拙率之病，高不到北宋浑涵之诣。”又说：“北宋词多就景叙情，故珠圆玉润，四照玲珑。

至稼轩、白石，一变而为即事叙景，使深者反浅，曲者反直。”潘德舆说：“词体创始于唐朝，发展于五代，而意境、格调达到闳深曲挚的造诣则在北宋。词之有北宋，就如同诗之有盛唐一样。词到南宋就开始走下坡路了。”刘熙载说：“北宋的词即使意象密集也显得气韵疏朗，即使词语隐晦也显得明快敞亮，即使情绪沉郁也显得清爽昂扬，即使境界深婉也显得开阔空旷，即使运语雕琢也显得浑融妥帖。而到南宋则倒转过来了。”由此可知，对于词的评价自有公论。虽然周济本人的词很浅薄，潘德舆、刘熙载的词更差，但是推崇北宋词的观点，则与明末“云间诸公”一样具有远见。

赏析

王国维于《人间词话》中大体把词体的演变分为三个时期：唐末五代、北宋、南宋，又对每一个时期以及三者的高下都做出了评论，譬如他认为“唐五代之词，有句而无篇。南宋名家之词，有篇而无句。有篇有句，唯李后主降宋后之作，及永叔、子瞻、少游、美成、稼轩数人而已”（本编第四十则），可见王国维向来极其推崇北宋词。唐末五代是词的草创时期，“二百年的词都是无题的，内容都很简单，不是相思，便是离别，不是绮语便是醉歌”（胡适《词选》）。北宋词为王国维、胡适极端推崇，“这些作者都是有天才的诗人，他们不管能歌不能歌，也不管协律不协律，他们只是用词体作新诗”（胡适《词选》）。

南宋词被二人不遗余力地排斥，“第一，是重音律而不重内容。……这种单有音律而没有意境与情感的词，全没有文学上的价值。第二，这个时代的词侧重咏物又多用古典——这种等于文中的八股，诗中的试帖，这是一般词匠的笨把戏，算不得文学”（胡适《词选》）。

很显然，王国维对这三期词的高下评价符合他对文学史上文体演变的论断，“盖文体通行既久，染指遂多，自成习套”，故他认为就词一体而论，后不如前。

二十

原文

唐五代北宋之词，可谓“生香真色”[①]。若云间诸公，则彩花耳。湘真[②]且然，况其次也者乎。

注解

①“生香真色”：语出王士祯《花草蒙拾》。“‘生香真色人难学’，为‘丹青女易描，真色人难学’所从出。千古诗文，尽此七字。”徐士俊《古今词统》评“丹青女易描，真色

人难学”句曰：“人美汤若士（汤显祖）‘丹青女易描，真色人难学’之句，不知为子野（北宋词人张先）所创。”

②湘真：陈子龙（1608—1647年），字卧子，号大樽，南直隶松江华亭（今上海松江）人。清兵攻破南京后，曾组织抗清活动，后被捕，投水而死。陈子龙是明末复社和几社文人中的重要代表。他的创作以诗见长。湘真指他的词集《湘真阁存稿》。

译文

唐五代北宋之词，可以说是“生香真色”。而像明末云间诸人的作品，则如同彩花。陈子龙的词尚且如此，更何况那些还不如他的人呢？

赏析

“生香真色”，亦作“活色生香”。此中有视觉与嗅觉的通感，非神似之化境无以为之，自是栩栩如生，水灵如动，宛若流香。王士祯将此由丹青画笔移至千古诗文，乃指一种真切自然、“不隔”而似在眼前、最得其神韵之至的境界。此确为诗文之诀，不易之论。“彩花”，虽色彩斑斓，然无香气、无肉骨，犹言今日之“假花”。宋以后之词，大多遗神取形、遗韵取貌，没有意境与真情，寡然无味。丹青绘花之佳作，妙笔写花之佳篇，生香真色，远胜“假花”，推而广之，亦然。

此番王国维未有以南宋之词与五代、北宋之词比，而以云间诸公之词与之做比，则于云间诸公之词，是既褒又贬也。而云间三子之中，王国维又以陈子龙为最上。

二一

原文

《衍波词》[1]之佳者，颇似贺方回[2]。虽不及容若[3]，要在浙中诸子[4]之上。

注解

①《衍波词》：清初王士祯词集。

②贺方回：北宋词人贺铸，字方回。

③容若：清初词人纳兰性德，字容若。

④浙中诸子：指清代词人朱彝尊、陈维崧诸人。

译文

王士祯《衍波词》中的佳作，和贺铸的词很相似。虽然不如纳兰性德，但总的看来，还在朱彝尊和陈维崧之上。

赏析

王国维说过，北宋名家，以贺方回为最次，王士祯之词与其颇似，非不华赡，惜少真味。那么，于王国维处，王士祯词与北宋词相比，无论在时间上还是在境界上，都可谓差之远矣。

事实上，王士祯长于诗，其诗清新蕴藉，刻画工整。他被誉为清初诗坛领袖、一代诗宗。王士祯论诗主“神韵”，这渊源于唐司空图的“自然”“含蓄”之说和宋严羽的“妙悟”“兴趣”之说。他推崇清幽淡远、含蓄深蕴、言有尽而意无穷，并主张以“不着一字，尽得风流”“羚羊挂角，无迹可求”为作诗要诀。

于词，王士祯长于小令，用绝句笔法入词，然含蓄之味多，沉厚之旨少。其词学著作《花草蒙拾》，是他读《花间集》《草堂诗余》所做的札记，与前代词论著作特别是张炎的《词源》有着密切的关系。

于王士祯处，诗和词并非是泾渭分明的，他在表述其神韵说时亦并未将诗词完全分开，而往往是诗词并举。所以，王士祯的诗论和词论应该是相互独立而又相互影响的，二者共同推动其神韵说的丰富和深化。然而，文非一体，鲜能备善，同主“神韵”之旨，而诗长于词，亦属不可强求之事。

朱彝尊与王士祯并为清初诗坛南北二宗，与陈维崧合称“朱陈”，共执词坛牛耳。朱彝尊推尊词体，崇尚醇雅，宗法南宋，开创了浙西词派，拓展了清词的新格局。其词音律和谐、蕴藉空灵、清醇高雅，又顺应太平盛世之音，故而其词流传康、雍、乾三世而不衰。陈维崧学识渊博，性情豪迈，才情卓越。其词风导源于苏辛，善于以豪情抒悲愤，使豪放词在清初重新大放异彩；他继承《诗经》和白居易“新乐府”的精神，赋予词以沉重的历史使命感，乃至有“词史”之谓。他的词睥睨跋扈，悲慨健举，为阳羡词派的一代词宗。

由此看去，则王氏之词未必在朱、陈二人之上。三公之词孰高孰低，见仁见智。

二二

原文

近人词，如复堂词[1]之深婉，彊村词[2]之隐秀，皆在半塘老人[3]上。彊村学梦窗[4]，而情味较梦窗反胜。盖有临川[5]、庐陵[6]之高华，而济[7]以白石[8]之疏越者。学人之词，斯为极则。然古人自然神妙处，尚未见及。

注解

①复堂词：晚清谭献词集。见删稿十八注解①。

②彊村词：近代词人朱孝臧，一名祖谋，字藿生，一字古微，号沤尹，又号彊村、上彊村民，有《彊村词》，又辑唐、宋、金、元一百六十三家词，名《彊村丛书》，为学界推重。

③半塘老人：晚清词人王鹏运，字幼遐，号半塘老人，晚号鹜翁，有词集《半塘定稿》等，又校勘南唐以来诸家词为《四印斋所刻词》和《四印斋汇刻宋元三十一家词》。

④梦窗：见正编三四注解②，梦窗有《梦窗词集》甲乙丙丁四稿。

⑤临川：王安石，字介甫，晚号半山，临川（今江西抚州）人，故名。

⑥庐陵：欧阳修，字永叔，号醉翁，晚号六一居士，庐陵（今江西吉安）人，故名。

⑦济：对……有益，成。

⑧白石：见正编三一注解⑦。

评文

近人的词，如谭献词的深切委婉，朱孝臧词的含蓄清秀，都在王鹏运的词之上。朱孝臧学习吴文英而情味反比其高，大体上已有王安石、欧阳修的高妙华美，而又济之以姜夔的疏朗清越。学前人的词，能达到这种地步，可以说已是最高的水平了。但是古人自然神妙之处，还是无法达到。

赏析

朱孝臧早岁工诗，风格近孟郊、黄庭坚，近人陈衍称其为“诗中之梦窗（吴文英）”。光绪二十二年（1896年），王鹏运于京师立词社，邀其入社，方专力于词。其词取径吴文英，上窥周邦彦，旁及宋词各大家，打破浙派、常州派的偏见，勤探孤造，抗古迈绝，自成一家。又精通格律，讲究审音，有“律博士”之称。所以被时人尊为“宗匠”，乃至被视为唐宋到近代数百年来万千词家之“殿军”。

近人张尔田称其词“跨常迈浙，凌厉跞朱”“拟之有宋，声与政通，如范、如苏、如欧阳，深文而隐蔚，远旨而近言，三熏三沐，尤近觉翁”。正是“学人之词，斯为极则”。

那么，何为“学人之词”？“学人”有二解，一者做动宾结构，“学”为动词，意为模仿；一者整体做一个名词，盖以其身份为“学者”或“有学问”之故。清人谭献将清词创作分成“才人之词”“词人之词”和“学人之词”，当然，若仍以创作者的身份而论，还可分出“诗人之词”“哲人之词”“文家之词”“史家之词”“杂流之词”等。王国维于此当兼有“学人”二意。

一部分文人采用民间的新文学体裁来创作自己的文学作品之后，大量文人包括劣等者便来模仿，正是在这个意义上，“学人”兼有两重内涵。王国维将词体演变划分为唐末五代、北宋、南宋三个时期，胡适对应地做出了“歌者之词”“诗人之词”“词匠之词”的分期，任访秋将其归纳为：平民（文体的创造者）、文人（文体的完全者）、文匠（文体的模拟者）。若将“南宋”的时间段放大为“北宋以后”，则模拟古人的文匠们，皆未得其自然神妙者，虽然不乏学得极像者。

二三

原文

宋直方[①]（原作“尚木”，误。案“徵舆”字“直方”，“尚木”乃“徵璧”字，因据改。）《蝶恋花》：“新样罗衣浑弃却，犹寻旧日春衫著。”[②]谭复堂[③]《蝶恋花》：“连理枝头侬与汝，千花百草从渠许。”[④]可谓寄兴深微。

注解

①宋直方：清初词人宋徵舆，字直方，松江华亭人。

②“新样”二句：出自宋徵舆的《蝶恋花》。原文为：“宝枕轻风秋梦薄。红敛双娥，颠倒垂金雀。新样罗衣浑弃却，犹寻旧日春衫著。　偏是断肠花不落。人苦伤心，镜里颜非昨。曾误当初青女约，只今霜夜思量着。”

③谭复堂：见删稿十八注解①。

④“连理”二句：出自谭复堂的《蝶恋花》。原文为：“帐里迷离香似雾。不烬炉灰，酒醒闻馀语。连理枝头侬与汝，千花百草从渠许。　莲子青青心独苦。一唱将离，日日风兼雨。豆蔻香残杨柳暮，当时人面无寻处。”

译文

宋徵舆的《蝶恋花》中有句云："新样罗衣浑弃却，犹寻旧日春衫著。"谭献的《蝶恋花》中也有句云："连理枝头侬与汝，千花百草从渠许。"这两首词可谓寄兴深微。

赏析

宋徵舆为诸生时，与陈子龙、李雯等倡几社，以古学相砥砺，三人合称"云间三子"，所作以博赡见长，其才气睥睨一世。谭献的词，内容多抒写士大夫文人的情趣。由于强调"寄托"，风格过于含蓄隐曲。但文词隽秀，琅琅可诵，尤以小令为长。二人的词作虽隐晦，但还是可以看出情思所在。如"新样罗衣浑弃却，犹寻旧日春衫著"两句，明显表达的是怀旧的情绪。如果联系宋徵舆的生平，我们就会知道这种怀旧可能不只是单纯怀念旧时的恋人。经历过改朝换代的文人，尤其是在满人夺取中原政权的情况下，总少不了对前朝的怀念。以"清朝遗老"自居的王国维读到这种诗，自然会有很多触动，而感慨"寄兴深微"，可谓别有深思矣。

二四

原文

《半塘定稿》[①]中，和冯正中《鹊踏枝》十阕[②]，乃《鹜翁词》[③]之最精者。“望远愁多休纵目”[④]等阕，郁伊惝怳，令人不能为怀。定稿只存六阕[⑤]，殊未为允也。

注解

①《半塘定稿》：王鹏运词集《半塘词稿》未删之前的《鹜翁集》卷。另参见删稿二二注解③。

②冯正中《鹊踏枝》十阕：“（冯正中《鹊踏枝》十四阕，郁伊惝怳，义兼比兴，蒙耆诵焉。春日端居，依次属和。就韵成词，无关寄托，而章句尤为凌杂。忆云生云：‘不为无益之事，何以遣有涯之生？’三复前言，我怀如揭矣。时光绪丙申三月二十八日。录十。）落蕊残阳红片片。懊恨比邻，尽日流莺转。似雪杨花吹又散，东风无力将春限。　慵把香罗裁便面。换到轻衫，欢意垂垂浅。襟上泪痕犹隐见，笛声催按《梁州遍》。”（其一）

"斜日危阑凝伫久。问讯花枝，可是年时旧？浓睡朝朝如中酒，谁怜梦里人消瘦。　　香阁帘栊烟阁柳。片霎氤氲，不信寻常有。休遣歌筵回舞袖，好怀珍重春三后。"（其二）

"谱到阳关声欲裂。亭短亭长，杨柳那堪折。挑菜湔裙春事歇，带罗羞指同心结。　　千里孤光同皓月。画角吹残。风外还呜咽。有限坠欢争忍说，伤生第一生离别。"（其三）

"风荡春云罗样薄。难得轻阴，芳事休闲却。几日啼鹃花又落，绿笺莫忘深深约。　　老去吟情浑寂寞。细雨檐花，空忆灯前酌。隔院玉箫声乍作。眼前何物供哀乐。"（其四）

"漫说目成心便许。无据杨花，风里频来去。怅望朱楼难寄语，伤春谁念司勋误。　　枉把游丝牵弱缕。几片闲云，迷却相思路。锦帐珠帘歌舞处，旧欢新恨思量否？"（其五）

"昼日恹恹惊夜短。片霎欢娱，那惜千金换。燕睨莺颦春不管，敢辞弦索为君断。　　隐隐轻雷闻隔岸。暮雨朝霞，咫尺迷银汉。独对舞衣思旧伴。龙山极目烟尘满。"（其六）

"望远愁多休纵目。步绕珍丛，看笋将成竹。晓露暗垂珠簏簌，芳林一带如新浴。　　檐外春山森碧玉。梦里骖鸾，记过清湘曲。自定新弦移雁足，弦声未抵归心促。"（其七）

"谁遣春韶随水去？醉倒芳尊，忘却朝和暮。换尽大堤芳草路，倡条都是相思树。　　蜡烛有心灯解语。泪尽唇焦，此恨消沉否？坐对东风怜弱絮，萍飘后日知何处！"（其八）

"对酒肯教欢意尽。醉醒恹恹，无那忺春困。锦字双行笺别恨，泪珠界破

残妆粉。　轻燕受风飞远近，消息谁传？盼断乌衣信。曲几无憀闲自隐。镜奁心事孤鸾鬓。”（其九）

“几见花飞能上树？难系流光，枉费垂杨缕。筝雁斜飞排锦柱，只伊不解将春去。　漫诩心情黏地絮，容易飘飏，那不惊风雨？倚遍阑干谁与语？思量有恨无人处。”（其十）

③《鹜翁词》：王国维以此称王鹏运所作之词，所涉范围应相当于未删之前的《半塘词稿》。

④望远愁多休纵目：出自王鹏运《和冯正中（鹊踏枝）》十阕中的第七阕，原词见本篇注解②。

⑤定稿只存六阕：《半塘定稿》即未删之前《半塘词稿》《鹜翁集》卷中，原有十阕《鹊踏枝》，王鹏运晚年自删的《半塘定稿》《鹜翁集》卷中，存《鹊踏枝》六阕，计删第三、第六、第七、第九共四阕。

译文

王鹏运《半塘定稿》中和冯延巳《鹊踏枝》的十首词，是《鹜翁词》中最为精善的作品。“望远愁多休纵目”等阕，抑郁惆怅，令人感慨良多。但是在他亲自删定的《半塘定稿》只保存了其中的六首，这实在是不够恰当。

赏析

王鹏运与郑文焯、朱孝臧、况周颐称为“晚清四大家”。由于他大力倡导词学，且能奖掖后辈，著名词人文廷式、朱孝臧、况周颐等均曾受其教益。王鹏运的成就突出，在词坛声望很高，被尊为“晚清四大家”之冠。

王鹏运力尊词体，尚体格，提倡“重、拙、大”等，使常州词派的理论得以发扬光大，并直接影响当世词苑。况周颐的《蕙风词话》许多重要观点，即根源于王氏。晚清词学的兴盛，王氏起了重要作用。朱孝臧评王鹏运的词作，“导源碧山（王沂孙），复历稼轩（辛弃疾）、梦窗（吴文英），以还清真（周邦彦）之浑化”（《半塘定稿序》），大体是符合实际的。王国维慧眼识珠，自然懂得欣赏王鹏运的词作。王鹏运在编辑自己词集的定稿时删掉了冯正中《鹊踏枝》十首中的三首，难免会令王国维感到可惜。

二五

原文

固哉，皋文[1]之为词也！飞卿[2]《菩萨蛮》[3]、永叔[4]《蝶恋花》[5]、子瞻[6]《卜算子》[7]，皆兴到之作，有何命意？皆被皋文深文

罗织。阮亭⑧《花草蒙拾》⑨谓："坡公命宫磨蝎⑩，生前为王珪、舒亶辈所苦⑪，身后又硬受此差排⑫。"由今观之，受差排者，独一坡公已耶？

注解

①皋文：张惠言，清代词人、散文家，原名一鸣，字皋文。张惠言与其弟张琦（字翰风）选辑唐、五代、宋词四十四家共一百一十六首为《词选》，一扫"靡曼之浮音，接九骚之真脉"，震动当时词坛，但《词选》对前人词作索隐过甚，且多有所谓"微言大义"的评注，亦实为其弊，故王国维叹其"固哉""深文罗织"。

②飞卿：温庭筠，字飞卿。

③《菩萨蛮》：温庭筠的《菩萨蛮》原文为："小山重叠金明灭，鬓云欲度香腮雪。懒起画娥眉，弄妆梳洗迟。　照花前后镜，花面交相映。新贴绣罗襦，双双金鹧鸪。"

张惠言《词选》评："此感士不遇也。篇法仿佛《长门赋》。……'照花'四句，《离骚》初服之意。"

④永叔：欧阳修，字永叔。

⑤《蝶恋花》：见正编三注解①。

张惠言《词选》评："'庭院深深'，闺中既以邃远也。'楼高不见'，哲王又不寤也。'章台游冶'，小人之径。'雨横风狂'，政令暴急也。'乱红飞去'，斥逐者非一人而已，殆为韩、范作乎？"

⑥子瞻：苏轼，字子瞻。

⑦《卜算子》：苏轼的《卜算子》。原文为："缺月挂疏桐，漏断人初静。谁见幽人独往来？缥缈孤鸿影。　惊起却回头，有恨无人省。拣尽寒枝不

肯栖，寂寞沙洲冷。”

张惠言《词选》评：“此东坡在黄州作。鲖阳居士云：‘缺月’，刺明微也。‘漏断’，暗时也。‘幽人’，不得志也。‘独往来’，无助也。‘惊鸿’，贤人不安也。‘回头’，爱君不忘也。‘无人省’，君不察也。‘拣尽寒枝不肯栖’，不偷安于高位也。‘寂寞沙洲冷’，非所安也。此词与《考槃》诗极相似。”

⑧阮亭：王士祯，一名王士稹，号阮亭。参见删稿第六则注解②。

⑨《花草蒙拾》：“仆尝戏谓：坡公命宫磨蝎。湖州诗案，生前为王珪、舒亶辈所苦，身后又硬受此差排耶？”

⑩命宫磨蝎：命途多舛，倍遭磨难。

⑪生前为王珪、舒亶辈所苦：指湖州诗案，宋神宗元丰二年，苏轼在湖州任内，他到任不久，谏官李定、舒亶、何正廷、宰相王珪等人从他平日诗文和《到湖州任谢上表》中摭拾片言只语，陷他于诽谤皇帝之罪。这个“诽谤罪”的根据当然是无聊可笑的。

⑫差排：原义为调遣、安排，这里指误解，曲解。

译文

张惠言对词的解释，实在是迂腐。温庭筠的《菩萨蛮》，欧阳修的《蝶恋花》，苏轼的《卜算子》，都是即兴而作，哪里有什么命意？却都被张惠言深文罗织。王士祯在《花草蒙拾》中说：“苏轼真是命途多舛，倍遭磨难，他生前被王珪、舒亶等人断章取义、罗织罪名，谁料身后却又被张惠言曲解臆度。”现在看起来，被歪曲误解的，又何止苏轼一个人呢？

赏析

张惠言有感于浙派词的题材狭窄，内容枯寂，在《词选》序中提出了“比兴寄托”的主张，强调词作应该重视内容，“意内而言外”，“意在笔先”，“缘情造端，兴于微言，以相感动”，“低回要眇，以喻其致”。

从清词的发展情况来看，张惠言的词论有超越前人之处。张惠言在《词选》序中，批判当时以词为“小技”，专写征歌逐醉无聊应酬之作的颓风。他推崇词体，强调词要有比兴寄托，言志咏怀。他主张“意内言外”，以深美宏约为准则，奠定了常州词派的理论基础。但他强调的“比兴寄托”在应用上也有片面性，如论说温庭筠、韦庄和欧阳修的一些艳词都有政治寄托，即失之于偏。

二六

原文

贺黄公[①]谓：“姜论史词[②]，不称其‘软语商量’，而赏（原作‘称’，依《词筌》改）其‘柳昏花暝’[③]，固知不免项羽学兵法之

恨[④]。”然“柳昏花暝”，自是欧秦[⑤]辈句法，前后有画工化工之殊。吾从白石，不能附和黄公矣。

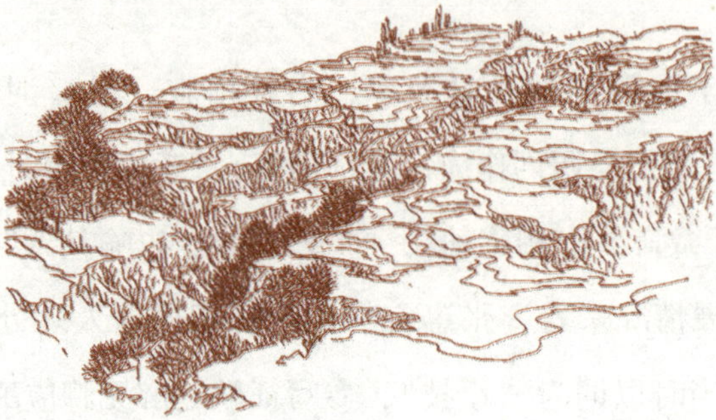

注解

①贺黄公：贺裳，字黄公，清代词人。

②姜论史词：见《中兴以来绝妙词选》卷七所引。

③柳昏花暝：出自史达祖的《双双燕·咏燕》。原文为：“过春社了，度帘幕中间，去年尘冷。差池欲住，试入旧巢相并。还相雕梁藻井，又软语商量不定。飘然快拂花梢，翠尾分开红影。　芳径，芹泥雨润。爱贴地争飞，竞夸轻俊。红楼归晚，看足柳昏花暝，应自栖香正稳。便忘了天涯芳信。愁损翠黛双蛾，日日画栏独凭。”

④项羽学兵法之恨：见《史记·项羽世家》。“籍（项羽）少时学书，不成，去；学剑，又不

成。项梁怒之。籍曰：‘书，足以记名姓而已！剑，一人敌，不足学。学万人敌！’于是项梁乃教籍兵法，籍大喜；略知其意，又不肯竟学。”“项羽学兵法之恨”本指“略知其意，又不肯竟学”，贺裳用以特指姜夔不称其上者而赏其次者（这里的“上”“次”都是指贺裳所认为的），亦是“不肯竟学”。

⑤欧秦：指欧阳修和秦观。

词牌解

《双双燕》，史达祖自度曲。

译文

贺裳说：姜夔评论史达祖的词，不称赏其“软语商量”，而称赞其“柳昏花暝”，这就像项羽学兵法难以领会其中奥妙一样，姜夔的看法实在是令人遗憾。然而“柳昏花暝”仿佛是欧阳修、秦观诸人的手笔，实比前句为佳，我同意姜夔的看法，不能附和贺裳的观点。

赏析

“柳昏花暝”颇有北宋词清新健朗的风格，而“软语商量”委婉细腻，则更有南宋词的韵致。两宋词中，王国维尤其偏爱北宋，由此不赞同贺裳之说也是理所当然的。古人读诗品词极尽细腻，一词一语均细细咀嚼；今人读诗往往囫囵吞枣不求甚解——此例多有镜鉴之功用。

二七

原文

“池塘春草谢家春[1]，万古千秋五字新。传语闭门陈正字[2]，可怜无补费精神。”此遗山[3]论诗绝句[4]也。梦窗、玉田[5]辈，当不乐闻此语。

注解

①池塘春草谢家春：指的是谢灵运的《登池上楼》。原文为："潜虬媚幽姿，飞鸿响远音。薄霄愧云浮，栖川怍渊沉。进德智所拙，退耕力不任。徇禄反穷海，卧疴对空林。衾枕昧节候，褰开暂窥临。倾耳聆波澜，举目眺岖嵚。初景革绪风，新阳改故阴。池塘生春草，园柳变鸣禽。祁祁伤豳歌，萋萋感楚吟。索居易永久，离群难处心。持操岂独古，无闷征在今。"

②传语闭门陈正字：指的是黄庭坚的《病起荆江亭即事》中的第八首。原文为："闭门觅句陈无己，对客挥毫秦少游。正字不知温饱未，西风吹泪古秦州。"

陈正字，陈师道（1052—1101年），字履常、无己，号后山居士，彭城（今江苏徐州）人。陈师道家境贫寒，性格狷介。因不满王安石新学而不应科举，三十五岁时经苏轼荐举任州学教授，他视苏轼为师长，曾不顾朝廷禁令私自离境为出守杭州的苏轼送行。四十八岁时任秘书省正字，故后人称为"陈正字"。次年冬天，因不肯穿妻子从品行不端的亲戚处借来的棉衣，冻病而死。陈师道以"闭门觅句"的苦吟方式作诗，马端临《文献通考》中记载："世言陈无己每登临得句，即急归，卧一榻，以被蒙首，谓之'吟榻'。家人知之，即猫犬皆逐去，婴儿稚子，亦皆抱持寄邻家。"陈师道的诗简洁精炼，真挚朴拙，意味深长。但相对题材较狭窄，有时追求朴拙过甚，缺乏情韵。陈师道作为江西诗派一祖三宗的三宗

之一，对后世诗歌影响深远。

③遗山：元好问（1190—1257 年），字裕之，号遗山，太原秀容（今山西忻县）人。祖先出于北魏鲜卑拓跋氏。元好问诗词兼擅，是金代杰出的文学家、诗论家。

④论诗绝句：指元好问的《论诗绝句》三十首，前语为其三十首之二九。

⑤玉田：张炎，字叔夏，号玉田，晚号乐笑翁。

译文

“池塘春草谢家春，万古千秋五字新。传语闭门陈正字，可怜无补费精神。”这是元好问《论诗绝句》中的一则。吴文英、张炎等人肯定不喜欢听这样的话。

赏析

陈师道作诗的方式是“闭门觅句”式的苦吟，与苏轼挥洒自如的方式迥然不同。他写诗并不学苏轼，而以同样重视推敲的黄庭坚为师。他不像苏轼那样才气过人，也没有黄庭坚那样精深的学力，但他在诗歌艺术上颇有自成一家的气概，有自己的风格追求。

陈师道认为作诗应该“宁拙毋巧，宁朴毋华”，他在创作中也贯彻了这种美学追求，从而创作出以“朴拙”为主要特征的艺术风格。陈师道的诗用字遣词很有功力，洗净风华绮丽。缺点是过于追求言简意赅，有时把诗句压缩过甚，以至于语义破碎。此外，有一些作品质木无文而缺乏情韵，显然，陈师道诗歌的缺点也是刻意求新造成的。不同的诗人有不同的气质与才情，吴文英跟张炎各有各的特点，其词风皆与陈师道相去甚远，诗坛百花齐放，没有必要强求统一。

二八

原文

朱子[①]《清邃阁论诗》谓：“古人诗中（原无‘诗中’两字，依《朱子大全》增）有句，今人诗更无句，只是一直说将去。这般诗（原无‘诗’字）一日作百首也得。”余谓北宋之词有句，南宋以后便无句。如玉田、草窗[②]之词，所谓“一日作百首也得”者也。

注解

①朱子：朱熹（1130—1200年），字元晦，号晦庵，别号紫阳，徽州婺源（今江西婺源）人。南宋最重要的理学家、文献学家。宋代理学到他这里得到发扬光大，成为后世的统治思想。朱熹论文主张道为本、文为末，又强调文道一体，他在承认文学价值的同时也异化了文学的意义。但是朱熹为人通达，往往对文学作品有比较精辟切实的论断。

②草窗：周密，字公谨，号草窗，又号萧斋、泗水潜夫、弁阳啸翁等，南宋词人、文学家。

译文

朱熹在《清邃阁论诗》一书中说："古人诗中有句，今人诗更无句，只是一直说将去。这般诗一日作百首也得。"我认为北宋的词有句，南宋以后的词无句。像张炎、周密之词，就是所谓"一日作百首也得"者。

赏析

作诗须言之有物、抒发真情，这是诗歌的根本。倘若缺少了这个，诗歌就成了一个空壳子。那种只是炫耀技巧而无感情的诗歌是没有多少写作难度的。

宋诗与以前诗歌的一大不同，是它更善于议论，正如朱熹指出的“一直说将去”，这也算是宋诗的一大特点。而由此断言“古人诗中有句，今人诗更无句”，未免偏激了。而王国维说“北宋之词有句，南宋以后便无句”，也是他的一贯偏见使然。

二九

原文

朱子谓梅圣俞[①]诗：“不是平淡，乃是枯槁。”[②]余谓草窗、玉田[③]之词亦然。

注解

①梅圣俞：见正编二二注解①。

②“不是”二句：出自朱熹《清邃阁论诗》。

③草窗、玉田：见删稿二八注解②、删稿二七注解⑤。

译文

朱熹说梅尧臣的诗：“不是平淡，乃是枯槁。”我看周密、张炎的词也是这样。

赏析

梅尧臣诗歌的题材开始导向日常生活琐事，这体现了宋代诗人的开拓精神。自六朝以至盛唐，诗人们对生活中凡俗的内容不屑一顾；从中晚唐开始，虽然诗歌不再回避平凡、琐屑的生活细节，但尚未形成风气。梅尧臣从日程生活中取材，把琐屑小事写得饶有趣味，实现了题材的开拓。

在艺术风格上，梅尧臣以追求“平淡”为终极目标。这种“平淡”，不是指陶渊明、韦应物的诗风，而是一种炉火纯青的艺术境界，一种超越雕润绮丽的老成风格。梅尧臣诗风的演变是以偏离唐诗风神情韵的风格为方向的，虽说这种形式有时给梅诗带来词句苦涩、缺乏韵味的特点，但它最终导致了新诗风的形成。梅诗的题材走向和风格倾向都具有开宋诗风气之先的意义。

三十

原文

“自怜诗酒瘦，难应接、许多春色。”[①] “能几番游？看花又是明年。”[②]此等语亦算警句耶？乃值如许笔力！

注解

①“自怜”三句：出自史达祖的《喜迁莺》。原文为：“月波疑滴，望玉壶天近，了无尘隔。翠眼圈花，冰丝织练，黄道宝光相直。自怜诗酒瘦，难应接，许多春色。最无赖，是随香趁烛，曾伴狂客。　　踪迹。漫记忆。老了杜郎，忍听东风笛。柳院灯疏，梅厅雪在，谁与细倾春碧。旧情拘未定，犹自学、当年游历。怕万一，误玉人、夜寒帘隙。”

②“能几”二句：出自张炎的《高阳台·西湖春感》。原文为：“接叶巢莺，平波卷絮，断桥斜日归船。能几番游？看花又是明年。东风且伴蔷薇住，到蔷薇、春已堪怜。更凄然。万绿西泠，一抹荒烟。 当年，燕子知何处？但苔深韦曲，草暗斜川。见说新愁，如今也到鸥边。无心再续笙歌梦，掩重门、浅醉闲眠。莫开帘，怕见飞花，怕听啼鹃。”

词牌解

《喜迁莺》，此调起自唐人。又名《鹤冲天》《万年枝》。

《高阳台》，又名《庆春泽》。

译文

“自怜诗酒瘦，难应接、许多春色。”“能几番游？看花又是明年。”这样的句子也能算是警句吗？哪值得花费如此的气力呀！

赏析

这两句词的确显得生硬陈旧，没有新意，以“境界”而论，算是下品了。

三一

原文

文文山[1]词，风骨甚高，亦有境界。远在圣与[2]、叔夏[3]、公谨[4]诸公之上。亦如明初诚意伯[5]词，非季迪[6]、孟载[7]诸人所敢望也。

注解

①文文山：文天祥（1236—1283年），初名云孙，字天祥，以字行，改字宋端、履善，号文山，吉水（今江西吉安）人。曾官至宰相，封信国公。元兵南侵，他在家乡召集义军勤王，后被俘，不屈而死。其诗词文章字字血泪，辞情哀苦又意气激昂，其视死如归的英雄气概和民族豪情贯彻于中，为两宋文坛增添了最后一道辉煌。

②圣与：王沂孙，字圣与，号碧山，会稽（今浙江绍兴）人。宋亡后，隐居不仕。其词兼有豪放词的清奇流畅和婉约词的含蓄蕴藉，既有坚贞凄凉

的遗民哀思，又有清新轻快的生活情趣，在宋末词坛别开一面，对清初的阳羡词派颇有影响。

③叔夏：张炎，字叔夏，号玉田，晚号乐笑翁。

④公谨：周密，字公谨，号草窗。

⑤诚意伯：刘基（1311—1375年），字伯温，青田（今属浙江）人。为明朝的开国功臣，封诚意伯。他诗文兼长，散文“气昌而奇”，以揭露性的寓言故事和杂文较有影响，诗风质朴雄健，“沉郁顿挫，自成一家”。

⑥季迪：高启（1336—1374年），字季迪，号槎轩，又号青丘子，长州（今江苏苏州）人。明初，朱元璋召他修《元史》，授翰林院编修。后又要他出任户部右侍郎之职，高启固辞不赴，退隐青丘，因遭忌恨。后朱元璋怀疑他作诗谤讪，借苏州知府一案，将他腰斩于南京。高启在明初被称为“海内诗宗”，其诗雄健有力，富有才情。其中述志感怀之作，风格雄劲奔放，近于李白；反映现实之作，则质朴真切，充满生活气息。

⑦孟载：杨基（1326—?），字孟载，号眉庵，先世为蜀嘉州（今四川乐山）人，生于吴中（今江苏苏州）。杨基少有诗名，在明初诗坛颇有影响。与高启、张羽、徐贲并称为“吴中四杰”。

译文

文天祥的词风骨极高，也有境界。远在王沂孙、张炎、周密等人之上。就如同明初刘基的词，绝非高启、杨基等人可比一样。

赏析

文天祥是宋末民族英雄的代表，他的早期诗作比较平庸，艰苦的战斗和苦难的命运升华了他的创作。从出使元营被拘逃脱直到从容就义，这一切人生经历和心路历程都反映到他的诗词创作中。他的很多作品充满了悲怆和激愤，显得大义凛然，往往具有一种震撼人心的力量。

在明初文坛上，刘基占有重要地位。他具有比较系统的文学思想。首先，从儒家“诗教”思想出发，强调作品的教化作用，认为应当“美刺风戒，莫不有裨于世教”（《照玄上人诗集序》）。这种教化作用，既可以对下移风易俗，也可以对上讽喻劝谏。他贬斥元代以来的纤丽文风，提倡“师古”，力主恢复汉唐时期的文学传统。刘基的文学创作，以诗歌最为突出。诗歌之中，又以乐府、古体诗为优。他在诗歌写作中，贯彻自己的文学思想，写了相当数量的讽喻诗。这些诗描绘元末明初的社会动乱，在一定程度上反映了人民的疾苦。刘基诗歌的艺术风格比较多样，或求雄浑，或求婉约，或求奇崛，或求天然，兼容并括，卓然成家。与诗相比，他填的词大多内容空泛，情绪低沉，少有佳作。

三二

原文

和凝[1]《长命女》词："天欲晓。宫漏穿花声缭绕，窗里星光少。冷霞寒侵帐额，残月光沉树杪。梦断锦闱空悄悄。强起愁眉小。"此词前半，不减夏英公[2]《喜迁莺》[3]也。

注解

①和凝：字成绩，郓州须昌（今山东东平）人。和凝历仕北朝梁、唐、晋、汉、周五代，晋初曾为翰林学士承旨，因称"和学士"，后拜相。和凝平生为文，长于短歌艳曲。少时即好曲子，流播汴洛，人称"曲子相公"

②夏英公：北宋词人夏竦（985—1051年），字子乔，封为英国公，故称英公夏竦居士。

③《喜迁莺》："霞散绮，月垂钩，帘卷未央楼。夜凉银汉截天流，宫阙锁清秋。　瑶台树，金茎露，凤髓香盘烟雾。三千珠翠拥宸游，水殿按凉州。"

词牌解

《长命女》，唐教坊曲。相传唐时有士人韦青，官至金吾将军，纳流浪歌女张红红为姬，其女颖悟绝伦。韦青府中乐工尝自撰一曲，即古曲《长命西河女》，乐工加减其节奏，颇有新声，未进闻，先印可于韦青。韦青让张红红于屏风后听之。红红乃以小豆数合记其拍节。乐工歌罢，青因入问红红如何。云已得矣。青出，给云："某有女弟子，久曾歌此，非新曲也。"即令红红隔屏风歌之，一声不失。乐工大为惊异，遂请相见，叹服不已。并且说："此曲先有一声不稳，今已正矣。"此曲随后进达上听。第二天，皇上召见张红红，恩宠有加，宫中号为"记曲娘子"，张红红也破封为才人。红红所歌即唐时《长命女》也。又名《薄命女》。

译文

和凝《长命女》词："天欲晓。宫漏穿花声缭绕，窗里星光少。冷霞寒侵帐额，残月光沉树杪。梦断锦闱空悄悄。强起愁眉小。"这首词的前半，不减夏英公《喜迁莺》。

赏析

对于夏竦的《喜迁莺》，历来评价不一，很多人认为这是一首应制词，歌舞升平，谄词媚上，但是也有很多反对的意见。如果我们按照周汝昌等学者的说法，抛开对作者的评价，那么这首词还是能算得上是一首上乘作品的。“曲子相公”和凝所作《长命女》愁肠百结、缠绵悱恻，具有很大的感染力，也是词中上品。

三三

原文

宋《李希声[1]诗话》曰：“唐（当作‘古’）人作诗，正以风调高古为主。虽意远语疏，皆为佳作。后人有切近的当，气格凡下者，终使人可憎。”[2]余谓北宋词亦不妨疏远。若梅溪[3]以降，正所谓“切近的当，气格凡下”者也。

注解

①李希声：李錞，字希声，北宋诗人。

②“唐人”七句：语见南宋魏庆之《诗人玉屑》卷十引。切近的当：一谓恰切得当，一谓意浅语实。

③梅溪：史达祖，字邦卿，号梅溪。

译文

宋《李希声诗话》云：“唐人作诗，正以风调高古为主。虽意远语疏，皆为佳作。后人有切近得当，气格凡下者，终使人可憎。”我看北宋的词也可称疏远。至于史达祖以后的词人，正所谓“切近的当，气格凡下”者也。

赏析

这一段论述，又是厚古薄今，褒北宋而贬南宋，未免太笼统，有失公允。宋朝由于商业的发展，市民阶层的扩大，表现在文学上就是诗歌内容的世俗化，这是宋代诗词对题材的扩展，也是对中国传统诗歌的贡献。正是由于世俗化的影响，导致这一时期

的很多作品格调虽然不高，但是也有它们的可爱之处。正如史达祖和他以下的词人也都有自己的开拓之处，他们对文学的贡献是绝不能简单化地去认识的。

三四

原文

自竹垞[1]痛贬[2]《草堂诗余》[3]，而推《绝妙好词》[4]，后人群附和之。不知《草堂》虽有亵诨[5]之作，然佳词恒得十之六七。《绝妙好词》则除张、范、辛、刘[6]诸家外，十之八九皆极无聊赖之词。古人云：小好小惭，大好大惭[7]，洵[8]非虚语。

注解

①竹垞：见删稿十九注解②。

②朱彝尊《书〈绝妙好词〉后》：“词人之作，自《草堂诗余》盛行。屏去《激楚》《阳阿》，而《巴人》之唱齐进矣。周公谨《绝妙好词》选本，虽未尽醇，然中多俊语，方诸《草堂》所录，雅俗殊分。”

③《草堂诗余》：词集，题南宋何士信编集，原编二卷，今传本前后二集，各二卷。其中词作以宋词为主，兼收一小部分唐、五代词。

④《绝妙好词》：南宋周密所编的南宋词选集，约成书于元初，选词始自张孝祥终于仇远，凡一百三十二家，收词三百八十五首，作八卷，今残本七卷。

⑤亵诨：轻慢戏谑。

⑥张、范、辛、刘：南宋词人张孝祥、范成大、辛弃疾、刘过。

⑦小好小惭，大好大惭：出自韩愈《与冯宿论文书》。"时时应事作俗下文字，下笔令人惭。及示人则以为好。小惭者亦蒙谓之小好，大惭者则必以为大好矣。"

⑧洵：诚然，确实。

译文

自从朱彝尊极力贬低《草堂诗余》而推崇《绝妙好词》，后人都附和他的说法。不知道《草堂诗余》虽有庸俗之作，但是十之六七都是好词。而《绝妙好词》则除张孝祥、范成大、辛弃疾、刘过等人外，十之八九，都是极无聊的作品。古人说：小好小惭，大好大惭。确实是这样。

赏析

《绝妙好词》的选录标准偏重于格律形式，所以只录清丽婉约、优美精巧的词作；编排上以词家为经、以时代先后为顺序，体例严整。书中选录了许多不见史传的宋末词人作品，赖此以传，从中可见当时词坛不同风格作品的流行情况，为研究宋词风格、流派的演变发展提供了参考资料。《绝妙好词》以姜夔为宗，“醇雅清空”，其选词也以此为最高境界，注重词本身的音节词藻之美，不注重词对现实的反映，也因此受后人诟病。

三五

原文

梅溪、梦窗、玉田、草窗、西麓诸家①，词虽不同，然同失之肤浅。虽时代使然，亦其才分有限也。近人弃周鼎而宝康瓠②，实难索解。

注解

①梅溪、梦窗、玉田、草窗、西麓诸家：梅溪指史达祖，梦窗指吴文英，玉田指张炎，草窗指周密，西麓指陈允平，此五人皆南宋词人。

②近人弃周鼎而宝康瓠：在周代，鼎为国之重器，周鼎多用于比喻不可

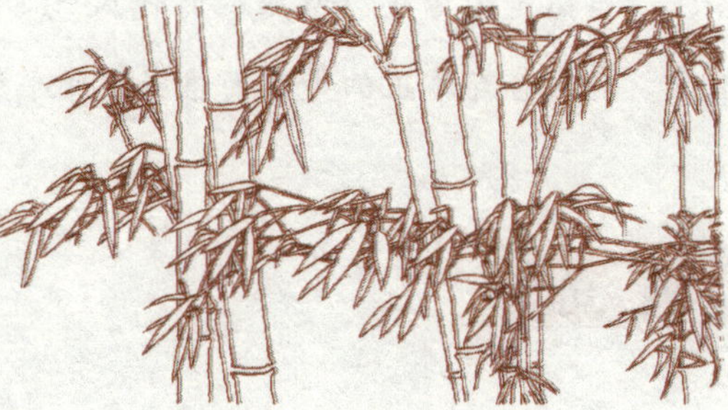

多得的良才。

“瓠”，指一种瓜，又可以作酒器或剖开为瓢以盛水，“瓠壶”即指一种盛液体的大腹容器。“康”意为“空”，“康瓠”即“空壶”。多用以比喻虚有其表、腹中空空的庸才。

出自贾谊的《吊屈原赋》：“鸾凤伏窜兮，鸱枭翱翔。阘茸尊显兮，谗谀得志；贤圣逆曳兮，方正倒植。世谓随、夷为溷兮，谓跖、蹻为廉；莫邪为钝兮，铅刀为铦。吁嗟默默，生之无故兮；斡弃周鼎，宝康瓠兮。”指颠倒黑白，混淆是非，不分贤愚。王国维在这里指近人品词颠倒优劣、上下。

词牌解

《水调歌头》，隋炀帝凿汴河，制“水调歌”，唐用其名为乐。传说唐玄宗遭安禄山之变，欲幸蜀时，犹听唱《水调》，至“唯有年年孤雁飞”，潸然叹曰：峤真才子。（此《水调》为李峤所作）不待曲终而去。《水调》曲颇长，因玄宗只听了第一段便离去，故称此为“水调歌头”。《水调》属唐大曲，裁剪其歌头另倚新声，便成为宋时的《水调歌头》。又名《花犯念奴》《水调歌》等。

译文

史达祖、吴文英、张炎、周密、陈允平等人，词虽不同，但是同样失之肤浅。虽然是因为他们所处的时代风气如此，但是也要看到他们的文才确实有限。近人舍弃真正的大家而推崇这些平庸之才，实在是令人费解。

赏析

每一个时代都有每一个时代的文学。一个朝代进入它的没落阶段，往往文学也随之进入衰亡时期。南宋末年词的创作已经进入了一个收缩的阶段，这一时期的词人已经很难在前人的基础上有所突破。但是这并不代表这些创作就没有任何可取之处。在亡国的大背景下，虽然有不少词作失之肤浅，但是词中所传达的那种黍离之悲、切肤之痛，表现得幽咽悲愤，寄托深远，往往是前人所不及的。

三六

原文

余友沈昕伯[1]（纮）自巴黎寄余《蝶恋花》一阕云："帘外东风随燕到。春色东来，循我来时道。一霎围场生绿草，归迟却怨春来早。　锦绣一城春水绕。庭院笙歌，行乐多年少。著意来开孤

客抱，不知名字闲花鸟。”此词当在晏氏父子[2]间，南宋人不能道也。

注解

①沈昕伯：沈纮，字昕伯，是王国维在上海东文学社的同窗好友。

②晏氏父子：北宋词人晏殊及其子晏几道。晏殊，字叔同，谥号元献，世称晏元献，原有词集，已散佚，仅存《珠玉词》及清人所辑《宴元献遗文》。晏几道，字叔原，号小山，晏殊第七子，有《小山词》。

译文

我的朋友沈昕伯从巴黎寄给我一首《蝶恋花》：“帘外东风随燕到。春色东来，循我来时道。一霎围场生绿草，归迟却怨春来早。　锦绣一城春水绕。庭院笙歌，行乐多年少。著意来开孤客抱，不知名字闲花鸟。”这首词的水平应当在晏殊父子之间，是南宋人所写不出的。

赏析

沈昕伯《蝶恋花》一词，不管是用语还是造境，都显得十分平庸。王国维赞赏其在晏氏父子之间，未免夸大其词。

三七

原文

“君王枉把平陈业，换得雷塘数亩田。”[1]政治家之言也。“长陵亦是闲丘陇，异日谁知与仲多？”[2]诗人之言也。政治家之眼，域于一人一事；诗人之眼，则通古今而观之。词人观物，须用诗人之眼，不可用政治家之眼。故感事、怀古等作，当与寿词[3]同为词家所禁也。

注解

①“君王”二句：出自唐代诗人罗隐的《炀帝陵》。原文为：“入郭登桥出郭船，红楼日日柳年年。君王忍把平陈业，只博雷塘数亩田。”

“平成”出自《尚书》，“平成业”指“地平天成”的政治功业，罗隐诗中的“平陈业”当亦此意，指隋文帝灭陈统一后的天下。雷塘，隋炀帝陵位于今江苏省扬州市北郊邗江区槐泗镇雷塘北侧。

②“长陵”二句：出自唐代诗人唐彦谦的《仲山·高祖兄仲山隐居之所》。原文为：“千载遗踪寄薜萝，沛中乡里汉山河。长陵亦是闲丘陇，异日谁知与仲多？”

仲山，位于陕西泾县西北，相传为汉高祖刘邦之兄刘仲所居，故名。薜萝，多用于比喻隐士所着之衣。沛，汉高祖刘邦的故乡，指秦朝泗水郡沛县(今江苏沛县)。长陵，汉高祖刘邦墓。

③寿词：祝寿的吉祥语、诗词。

译文

“君王枉把平陈业，换得雷塘数亩田，”政治家之言也。“长陵亦是闲丘陇，异日谁知与仲多？”诗人之言也。政治家的眼界，域于一人一事；诗人的眼界，则通古今而观之。词人观物，应该用诗人的眼界，而不可用政治家的眼界。所以感事、怀古等作，应当与寿词同为词家所不应该涉猎的题材。

赏析

罗隐的诗作警快通俗，他写过很多政治讽刺诗，嬉笑怒骂，涉笔成趣，不拘一格，但常因此失之浅薄。然而仅此一例，还不能妄断“感事、怀古等作，当与寿词同为词家所禁”。文学创作的题材可以尝试多元化，不应当有固定的标准。诗圣杜甫、词圣稼轩即有大量感世怀古之作，多为古今诗作的上品；祝寿应制之作中也多有好诗。罗隐的“君王忍把平陈业，只博雷塘数亩田”当与杜牧“一骑红尘妃子笑，无人知是荔枝来”“霓裳一曲千峰上，舞破中原始下来”，同为千古讽谏名句，其诗情给人的震撼力量丝毫不逊色于其他题材的作品。

三八

原文

宋人小说[①]，多不足信。如《雪舟脞语》谓[②]：台州知府唐仲友[③]眷官妓严蕊[④]奴，朱晦庵[⑤]系治之。及晦庵移去，提刑岳霖[⑥]行

部至台，蕊乞自便。岳问曰："去将安归?" 蕊赋《卜算子》[7]词云："住也如何住" 云云。案：此词系仲友戚高宣教作，使蕊歌以侑觞[8]者，见朱子《纠唐仲友奏牍》[9]。则《齐东野语》所纪朱唐公案[10]，恐亦未可信也。

注解

①小说：指记述传说、轶闻之类的笔记，并非指文学体裁的"小说"。

②陶宗仪《说郛》卷五十七引《雪舟脞语》："唐悦斋仲友，字与正，知台州。朱晦庵为浙东提举。数不相得，至于互申。寿皇问宰执二人曲直。对曰：秀才争闲气耳。悦斋眷官妓严蕊奴，晦庵捕送图圄。提刑岳商卿霖行部疏决，蕊奴乞自便。宪使问去将安归？蕊奴赋《卜算子》，末云：'住也如何住，去又终须去。若得山花插满头，莫问奴归处。'宪笑而释之。"

③唐仲友：字与政，号说斋。

④严蕊：字幼芳，南宋台州营妓，能诗词，有《如梦令》《鹊桥仙》《卜算子》等词传世。

⑤朱晦庵：朱熹，字元晦，号晦庵。

⑥岳霖：岳飞第三子，号商卿。

⑦《卜算子》：严蕊的《卜算子》。原文为："不是爱风尘，似被前缘误。花落花开自有时，总赖东君主。　去也终须去，住也如何住！若得山花插满头，莫问奴归处。"

⑧侑觞：劝酒佐助饮兴。

⑨朱子《纠唐仲友奏牍》：朱熹《朱子大全》卷十九《按唐仲友第四状》："五月十六日筵会，仲友亲戚高宣教撰曲一首，名《卜算子》。后一段云：'去又如何去，住又如何住。但得山花插满头，休问奴归处。'"

⑩周密《齐东野语》书中考证古义颇多，记南宋旧事尤多。《齐东野语》卷十七《朱唐交奏本末》："朱晦庵按唐仲友事，或云吕伯恭尝与仲友同书，会有隙，朱主吕，故抑唐，是不然也。盖唐平时恃才轻晦庵，而陈同父颇为朱所进，与唐每不相下。同父游台，尝狎籍妓，嘱唐为脱籍，许之。偶郡集，唐语妓云：'汝果欲从陈官人耶？'妓谢。唐云：'汝须能忍饥受冻乃可。'妓闻大恚。自是陈至妓家，无复前之奉承矣。陈知为唐所卖，亟往见朱。朱问：'近日小唐云何？'答曰：'唐谓公尚不识字，如何作监司？'朱衔之，遂以部内有冤狱，乞再巡按。既至台，适唐出迎少稽，朱益以陈言为信。立索郡印，付以次官。乃摭唐罪具奏，而唐亦作奏驰上。时唐乡相王淮当轴。既进呈，上问王，王奏：'此秀才争闲气耳。'遂两平其事。详见周平园、王季海日记。而朱门诸贤所著《年谱道统录》，乃以季海右唐而并斥之，非公论也。其说闻之陈伯玉式卿，盖亲得之婺之诸吕云。"

译文

宋人笔记，多不足信。如《雪舟脞语》谓：台州知府唐仲友与官妓严蕊奴交好，朱熹将严蕊逮捕入狱治罪。等到朱熹调往别处，提刑岳霖到台州巡查，严蕊乞求平反。岳霖问她要去哪里，严蕊赋《卜算子》词云："住也如何住"云云。案：这首词系仲友的亲戚高宣教作，使蕊歌之以劝酒助兴，见朱子《纠唐仲友奏牍》。《齐东野语》所记朱、唐公案，恐怕也不可信。

赏析

宋人记事笔记，多为稗官野史，助兴悦情而已，不求真实。读者读过一笑了之即可，不必十分探求。

三九

原文

《沧浪》[①]《凤兮》[②]二歌，已开《楚辞》[③]体格。然《楚辞》之最工者，推屈原[④]、宋玉[⑤]，而后此之王褒[⑥]、刘向[⑦]之词不与焉。五古[⑧]之最工者，实推阮嗣宗[⑨]、左太冲[⑩]、郭景纯[⑪]、陶渊明[⑫]，而前此曹[⑬]、刘[⑭]，后此陈子昂[⑮]、李太白不与焉。词之最工者，实推后主[⑯]、正中、永叔、少游、美成，而后此南宋诸公不与焉。

注解

①《孟子·离娄上》有《孺子歌》曰："沧浪之水清兮，可以濯我缨。沧浪之水浊兮，可以濯我足。"后亦出现于屈原的《渔父》中。

②《论语·微子》："楚狂接舆，歌而过孔子曰：'凤兮凤兮，何德之衰？往者不可谏，来者犹可追。已而已而，今之从政者殆而！'"

③《楚辞》：一指战国时期产生于南方楚国不同于《诗经》的新型诗体，一指屈原、宋玉的作品，一特指西汉刘向所辑的十六卷本《楚辞》，原本已佚，但东汉王逸的《楚辞章句》收录，得以流传。王国维所指当是诗体层面的"楚辞"，又称"楚词"。

④屈原：芈姓屈氏，名平，字原，又自云名正则，字灵均。

⑤宋玉：屈原以后的楚辞作家。《史记·屈原贾生列传》云："屈原既死之后，楚有宋玉、唐勒、景差之徒者，皆好辞而以赋见称。然皆祖屈原之从容辞令，终莫敢直谏。"

⑥王褒：字子渊，西汉初以辞赋见称，《楚辞》录其《九怀》，《文选》选其《圣主得贤臣颂》《洞箫赋》。

⑦刘向：本名更生，后改名向，字子政，西汉学者，著述甚丰，传世者有《新序》《说苑》《列女传》，又有赋三十三篇，《楚辞》录其《九叹》。

⑧五古：五言古体诗的简称。每句五字，句数不限，偶句押韵，首句可

押可不押，可以换韵，不似五言律诗那样讲究平仄对仗。

⑨阮嗣宗：阮籍，字嗣宗，三国魏人，“竹林七贤”之一，魏晋玄学重要代表人物。有《咏怀》八十二首、《大人先生传》《达生论》等。

⑩左太冲：左思，字太冲，西晋人，所著《左思集》今已散佚，存赋三篇、诗十四首，其中以《咏史》八首和令“洛阳纸贵”的《三都赋》最为著名。

⑪郭景纯：郭璞，字景纯，晋代人，其游仙诗今存十九首，中有九首为残篇，有《江赋》《南郊赋》，注《尔雅》《山海经》《方言》《穆天子传》《楚辞》等。

⑫陶渊明：字元亮，别号五柳先生，晚年更名潜，私谥靖节，东晋与南朝宋交际时人，作品今存诗一百二十多首，散文六篇，辞赋三篇，还有《读史述九章》《扇上画赞》两篇接近四言诗的韵文，《祭程氏妹文》《祭从弟敬远文》《自祭文》三篇祭文等。

⑬曹：曹植，字子建，封陈王，谥思，故世称陈思王，汉魏间人，曹操第三子，有《曹子建集》十卷。

⑭刘：刘桢，字公干，汉魏间诗人，“建安七子”之一，今存诗十五首，文赋数十篇，明代张溥辑有《刘公干集》。

⑮陈子昂：初唐诗人，字伯玉，曾任右拾遗，故后世称“陈拾遗”。

⑯后主：南唐后主李煜，南唐中主李璟第六子。初名从嘉，字重光，号钟隐，世称“李后主”。

译文

《沧浪》《凤兮》二歌，已经开创了《楚辞》的体制。但是最为工整精巧的《楚辞》，还是体现在屈原、宋玉身上，而后来的王褒、刘向的作品很难与之媲美。最工巧的五言古诗，体现在阮籍、左思、郭璞、陶渊明等人身上，而前代的曹植、刘桢，后来的陈子昂、李白都难与之比肩。最工巧的词，体现在李煜、冯延巳、欧阳修、秦观、周邦彦身上，他们以后南宋的作者都不能与他们相比。

赏析

历史上每一种文体都会经过一个兴起、全盛到衰落的过程。从最早的辞赋，到后来的古体诗、近体诗，再到后来的词曲，无一不是如此。然而这也只是一般的情况，不能据此认为后必不如前。对待具体的诗人和作品还要做具体的分析，这样才能不空。陈子昂与李白的五古未必不如前人，南宋词未必不如北宋词工整，这些都是值得考虑的。一个学者，不唯有宏观的知识轮廓，亦必有细节处的独到体察。

四十

原文

唐五代之词，有句而无篇。南宋名家之词，有篇而无句。有篇有句，唯李后主降宋[①]后之作[②]，及永叔、子瞻、少游、美成、稼轩数人而已。

注解

①李后主降宋：宋建隆二年（公元 961 年）六月，南唐中主李璟去世，李煜在金陵登基即位；公元 971 年宋军灭南汉，李煜为表示不抗宋，对宋称臣，将自己的称呼改为江南国主；公元 973 年，宋太祖命令李煜至开封，李煜托病不去，宋太祖即派曹彬领军攻打南唐；公元 974 年 12 月，曹彬攻克金陵；公元 975 年，李煜被俘后，在开封被封为违命侯，拜左千牛卫将军。至此，李煜在位共十五年。

②李煜的词现存三四十首，以宋太祖开宝八年（公元975年）降宋为界线，可分作两期：第一期为降宋前所作，多反映宫廷生活和男女爱情；第二期为降宋后之作，追怀故国、往事，作品成就远远超过前期。

译文

唐和五代的词，有句而无篇。南宋名家的词，有篇而无句。有篇有句，只有李煜降宋后的作品，以及欧阳修、苏轼、秦观、周邦彦、辛弃疾数人而已。

赏析

名言警句、神来之笔，与篇章结构、浑融意境，可以作为衡量词作的标准。好的词作，应该既有好篇，又有好句。唐、五代词未必无篇，如李白、冯延巳等人的词作；南宋词也未必无句，李清照、姜夔等人的词中往往佳句迭出。作者的议论未免偏狭。

四一

原文

唐五代北宋之词家，倡优①也。南宋后之词家，俗子也。二者其失相等。但词人之词，宁失之倡优而不失之俗子。以俗子之可厌，较倡优为甚故也。

注解

①倡优：古代称以音乐、歌舞或杂技娱人的艺人，或作为倡伎和优伶的合称，后兼称娼妓。

译文

唐五代北宋的词家，就好像倡优。南宋后的词家，就如同俗子。二者的失误之处是相等的。但词人的词，宁愿是倡伎、优伶的词，也不能成为庸俗无聊的作品。因为庸俗无聊比倡优更让人讨厌。

赏析

作词最避讳的就是一个“俗”字，宁可失之娇妖作态，不能用俗字俗语。这里说的俗是指被前人用多了的字词，并不是生活琐事，诗歌应该不避讳走向日常生活。南宋词人在前代词家的基础上有很大突破与发展，取得了可以与北宋扛鼎的成绩。王国维说“南宋后之词家，俗子也”是他对南宋词所抱的一贯偏见。

四二

原文

《蝶恋花》“独倚危楼”一阕[①]，见《六一词》[②]，亦见《乐章集》[③]。余谓屯田[④]轻薄子，只能道“奶奶兰心蕙性”[⑤]耳。“衣带渐宽终不悔，为伊消得人憔悴。”此等语固非欧公不能道也。

注解

①《蝶恋花》“独倚危楼”一阕：见删稿十一注解⑤。

②《六一词》：欧阳修《六一词》，一卷。欧阳修原号醉翁，晚年更号六一居士，据《六一居士传》序文所言，“吾家藏书一万卷，集录三代以来金石遗文一千卷，有琴一张，有棋一局，而常置酒一壶”，“以吾一翁，老于此五者之间”，是谓“六一”。

③《乐章集》：柳永词集《乐章集》。柳永深谙音律，能自度曲，《乐章集》依宫调、词牌序列，所收词约有一百九十首。

④屯田：柳永，因官至屯田员外郎，故又世称柳屯田。

⑤奶奶兰心蕙性：出自柳永的《玉女摇仙佩》。全文为：“飞琼伴侣，偶别珠宫，未返神仙行缀。取次梳妆，寻常言语，有得几多姝丽。拟把名花比。恐旁人笑我，谈何容易。细思算，奇葩艳卉，惟是深红浅白而已。争如这多情，占得人间，千娇百媚。　须信画堂绣阁，皓月清风，忍把光阴轻弃。自古及今，佳人才子。少得当年双美。且恁相偎倚。未消得，怜我多才多艺。愿奶奶兰心蕙性，枕前言下，表余深意。为盟誓。今生断不孤鸳被。”

词牌解

《玉女摇仙佩》，又名《玉女摇仙辈》。

译文

《蝶恋花》（独倚危楼）这首词，载于《六一词》，也载于《乐章集》。我看柳永乃轻薄之人，只能说出“奶奶兰心蕙性”这样的话。而“衣带渐宽终不悔，为伊消得人憔悴”，这样的佳句非欧阳修不能道也。

赏析

柳永对词的贡献主要体现在对内容的拓展、雅俗结合风格的建立、慢词体制的创建三个方面。而雅俗结合的风格最能休现柳永继承与革新相结合的精神。他擅长白描手法，铺叙刻画，情景交融，以俚语入词，多吸收生活中的语言。因此多数论者只盯住柳词之俗，只要谈到柳永词便认为全是俗的，其实柳永词并非一俗到底。

宋之后的词人，由于歌舞宴饮、浅斟低唱的享乐世风滋蔓，形成了尚艳、尚柔而趋俗的局面。在这种人文环境中，受世俗文化的市井风情熏染，柳永词张扬出鲜明的“俗”的创作个性。其俗词的兴起，代表了当时追逐流俗的审美取向和创作趋势。他的词“为情所役”，多用俚曲慢调、鄙俗之语，恣意抒写世俗的男女情爱，上承晚唐五代花间词，却更具有浓厚的市井艳俗味。

柳永词与晏、欧词虽有雅俗之分，一为市民俗词，一为贵族雅词，但晏、欧词的富贵气与柳永词的市井态，本质上都是一种俗。柳永词的“以俗为美”，往往遭人訾议，但是从柳永到周邦彦的百余年间，大凡北宋重要词家，或扬或弃多染指其间。

四三

原文

读《会真记》[①]者，恶张生之薄幸，而恕其奸非。读《水浒传》者，恕宋江之横暴，而责其深险。此人人之所同也。故艳词可作，唯万不可作儇薄[②]语。龚定庵[③]诗云：“偶赋凌云偶倦飞，偶然闲慕遂初衣。偶逢锦瑟佳人问，便说寻春为汝归。”[④]其人之凉薄无行，跃然纸墨间。余辈读耆卿[⑤]、伯可[⑥]词，亦有此感。视永叔、希文[⑦]小词何如耶？

注解

①《会真记》：唐代传奇《莺莺传》，元稹所作，《西厢记》殆本于此。

元稹原题《传奇》，《异闻集》载此篇，还保存原题。《太平广记》收录时改作《莺莺传》，沿用至今。又，元稹有《会真诗》三十韵，而《莺莺传》中张生亦赋《会真诗》三十韵，故《莺莺传》因录了元稹的《会真诗》又称《会真记》。

②儇薄：轻薄浮滑。

③龚定庵：龚自珍（1792—1841 年），字璱人，更名易简，字伯定；又更名巩祚，号定庵，仁和（今浙江杭州）人。龚自珍出身仕宦，其父为清代著名学者段玉裁的女婿。龚自珍自幼即通经学、文学，二十七岁中举，三十八岁进士及第，然而终其一生只担任过地位卑微的小京官。道光十九年，因忤其长官辞官南归，两年后，暴卒于丹阳。龚自珍为人恃才傲物，狂放不羁，他崇尚今文经学，密切关注现实，鼓吹变革，其思想极富叛逆性，对于现实政治的批评往往肆无忌惮，人视为“狂怪”，其诗文凌厉剽悍，风格瑰奇，识见深刻，“以霸气行之”。龚自珍是近代中国历史转折时期一位杰出的思想家和文学家。

④“偶赋”四句：此为龚自珍《己亥杂诗》三百一十五首之一百三十五首。

⑤耆卿：柳永，字耆卿。

⑥伯可：南宋词人康与之，字伯可，号顺庵，绍兴年间依附秦桧。

⑦希文：范仲淹，字希文，谥号文正，故后世称范文正公。

译文

读《会真记》的人，都会厌恶张生的薄幸而宽恕他的虚伪。读《水浒传》的人，会宽恕宋江的横暴而责备他的阴险。这些，人人的看法都是相同的。因此艳词可作，只是千万不可作轻薄浮华之语。龚自珍的诗云："偶赋凌云偶倦飞，偶然闲慕遂初衣。偶逢锦瑟佳人问，便说寻春为汝归。"此人的凉薄无行，跃然纸墨间。我们读柳永、康与之的词，也会有这种感觉。他们的作品比起欧阳修、范仲淹的作品怎样呢？

赏析

龚自珍恃才傲物，狂放不羁，他冲出考据学的樊篱，不为家学和时代学风所囿。在农民起义的启发下，他以特有的敏锐眼光，观察现实，研究现实。他崇尚今文经学，鼓吹变革，其思想极富叛逆性，对于现实政治的批判往往肆无忌惮，被人视为“狂怪”。他的诗文凌厉剽悍，风格瑰奇，见识深刻，“以霸气行之”。“落红不是无情物，化作春泥更护花”，“我劝天公重抖擞，不拘一格降人才”等诗作即是此类代表。王国维，守旧派代表，自然对龚自珍这样的人颇有微词，说他“凉薄无行”也就不足为怪了。

四四

原文

词人之忠实，不独对人事宜然。即对一草一木，亦须有忠实之意，否则所谓游词也。

译文

词人的忠实，不只是对人、对事如此。即使是对一草一木，也同样要有忠实之意，否则他写出来的作品只能算是游词。

赏析

金应珪《词选·后序》云："规模物类，依托歌舞。哀乐不衷其性，虑叹无与乎情。连章累篇，义不出乎花鸟。感物指事，理不外乎酬应。虽既雅而不艳，斯有句而无章。是谓游词。"诗人唯有忠实，才能抓住眼前景物，才能表现真实性情，一旦虚浮，就容易"隔"，也即"游词"也。

四五

原文

读《花间》[1]《尊前集》[2]，令人回想徐陵[3]《玉台新咏》[4]。读《草堂诗余》[5]，令人回想韦縠[6]《才调集》[7]。读朱竹垞[8]《词综》[9]，张皋文[10]、董子远[11]（原误作“晋卿”）《词选》[12]，令人回想沈德潜[13]《三朝诗别裁集》。

注解

①《花间》：《花间集》，后蜀赵崇祚编，选录自晚唐开成元年（公元 836 年）至五代后晋天福五年（公元 940 年）共五百首词，包括温庭筠、韦庄、皇甫松等十八家，凡十卷。作品内容多写上层贵妇美人日常生活和装饰容貌，又因为素以花比女人，故词集称“花间”。花间词派便因《花间集》而得名。

②《尊前集》：编者佚名，辑唐、五代共三十六家词二百六十首，凡一卷，宋人提及此书，多称《唐尊前集》，故此书当成于北宋以前，为唐末人所编；但书中李煜词皆题“李王”，考李煜于宋太平兴国三年（公元978年）卒后被追封吴王，可知当为北宋人所编。故此集并非成于一时亦非成于一人之手。

③徐陵：南朝梁、陈间文人，字孝穆，其诗歌和骈文轻靡绮艳，为当时宫体诗重要作者之一，原有集，已散佚，后人辑有《徐孝穆集》，另编有《玉台新咏》。

④《玉台新咏》：徐陵所编诗歌总集，共十卷，成于南朝梁代，据《玉台新咏序》，此书的宗旨是“选录艳歌”，故保存了许多艳诗丽咏。诗集中代表性的篇目有《孔雀东南飞》（原题《古诗为焦仲卿妻作》）等。

⑤《草堂诗余》：见删稿三四注解③。

⑥韦縠：五代后蜀政治家、文学家，曾担任后蜀监察御史，迁上书，编有《才调集》十卷。

⑦《才调集》：唐诗选集，收唐代各时期诗作，共十卷一千首，是今存唐人选唐诗中选诗最多最广的一种，所选署名诗人一百八十多人，自初唐沈佺期至唐末五代的罗隐等，广涉僧人、妇女及无名氏。编者自序其选取标准为“才调”，故谓《才调集》。

⑧竹垞：见删稿十九注解②。

⑨《词综》：词总集，共三十六卷，前二十六卷为清代朱彝尊编选，后十卷由同时人汪森增补。共辑录唐、五代、宋、金、元诸家词三十卷，补入三卷，补词三卷，共三十六卷，共收录词人六百五十多家，词作二千二百五十多首。

⑩张皋文：见正编十一注解①。

⑪董子远：清代词人董毅，字子远，常州词派创始人。

⑫《词选》：张惠言所编的《词选》，选录唐、五代、宋词凡四十四家、一百一十六首。董毅继张惠言的《词选》，编成《续词选》。

⑬沈德潜：清代诗人、诗论家，字确士，号归愚，谥号文悫，著有《说诗晬语》，编选有《古诗源》《唐诗别裁》《明诗别裁》《国朝诗别裁集》（后名《清诗别裁》）。后三者即为下文所指《三朝诗别裁集》。

译文

读《花间》和《尊前集》，令人回想起徐陵的《玉台新咏》。读《草堂诗余》，令人回想起韦縠的《才调集》。读朱彝尊的《词综》，张惠言、董毅的《词选》，令人回想沈德潜的《三朝诗别裁集》。

赏析

词选编者的审美情趣与文学主张各不相同，所以其编辑的词选也很不同。《花间》《尊前集》与《玉台新咏》《才调集》的相似之处都是崇尚艳情，偏重男女情爱，风格浓艳。《词综》和《词选》的编者却推衍“淳雅”的词学主张。沈德潜以儒家诗教为本，倡导“格调说”，宣扬“温柔敦厚”，《三朝诗别裁集》正是这一主张的体现。以上的词选都对后世影响很大，不同的词论和主张往往衍生出不同的流派，可见编者的审美导向是很重要的。

四六

原文

明季国初诸老[①]之论词，大似袁简斋[②]之论诗，其失也纤小而轻薄。竹垞以降之论词者[③]，大似沈归愚[④]，其失也枯槁而庸陋。

注解

①明季国初诸老：指陈子龙、李雯、朱彝尊、汪森、宋征舆等。明季国初：明末清初。

②袁简斋：袁枚，清代诗人、诗论家。字子才，号简斋，三十三岁父亡，辞官养母，在江宁（南京）购置隋氏废园，改名“随园”，筑室定居，故世称随园先生、随园主人、随园老人，晚年自号仓山居士，有《小仓山房文集》《随园诗话》十六卷及《补遗》十卷等。

③竹垞以降之论词者：指张惠言、周济、谭献、冯煦等。

④沈归愚：沈德潜，号归愚，见删稿四五注解⑬。

译文

明末清初的人论词，很像袁枚论诗，他们的失误之处在于纤小而轻薄。朱彝尊以后的论词者，很像沈德潜，他们的失误之处在于枯槁而庸陋。

赏析

袁枚倡导“性灵说”。主张写诗要写出自己的个性，认为“自三百篇至今日，凡诗之传者，都是性灵，不关堆垛”。主张直抒胸臆，写出个人的“性情遭际”。主张“性灵”和“学识”结合起来，以性情、天分和学识作为创作基本，以“真、新、活”为创作追求，这样才能将先天条件和后天努力相结合，创作出佳品。他认为“诗文之作意用笔，如美人之发肤巧笑，先天也；诗文之征文用典，如美人之衣裳首饰，后天也”。他主张文学应该进化，应有时代特色，反对宗唐宗宋。他讥讽神韵派是“贫贱骄人”，格调派是“木偶演戏”，肌理派是“开骨董店”，宗宋派是“乞儿搬家”。他也反对沈德潜的“温柔敦厚”说，认为“孔子论诗可信者，‘兴观群怨’也；不可信者，‘温柔敦厚’也”。

袁枚的文学思想有发展的观点，对封建正统文学观点及形式主义思潮有冲击作用。他的诗多叙写身边琐事，技巧较高，选材别致，表现新颖，格律严整妥帖，风格清新流利，但多风花雪月的吟哦，缺少社会内容，有些诗趋向艳俗，不免浅薄甚至浮华。沈德潜主张诗歌“去淫滥以归于雅正”，鼓吹“温柔敦厚”，提倡“一切归于中正和平”。同时他还主张诗歌应该有“理趣”而不应该有“理语”。他的诗论有利于纠正浮华游荡的诗风，总结并发展了传统的审美准则，然而他的“诗教”等理论又过于保守陈腐。他的诗歌很多是为统治者歌功颂德之作，常常带有封建统治阶级的说教内容，缺乏鲜明生动的气息。袁枚和沈德潜的诗论都对中国传统的审美理论产生过很大影响，但二者同时也走向了两个相反的极端，倘若二者相互中和借鉴，那么二人之创作大概可以扬长避短了。

四七

原文

东坡之旷在神，白石之旷在貌。白石如王衍①，口不言阿堵物②，而暗中为营三窟③之计，此其所以可鄙也。

注解

①王衍：字夷甫，西晋清谈家、官员，善于清谈，精通玄理。

②阿堵物："阿堵"，本义是这、这个，"阿堵物"，本义即"这个东西"，相当于说"关键处"。南朝刘义庆《世说新语·规箴》载："王夷甫雅尚玄远，常嫉其妇贪浊，口未尝言钱事。妇欲试之，令婢以钱绕床不得行。夷甫晨起，见钱阂行，呼婢曰：'与却阿堵物！'"由于王衍的这个故事，"阿堵物"从此成了"钱"的别名，又因其"口不言钱"，故"阿堵物"带有轻蔑意味。

③营三窟：典出《战国策·齐策四》。冯谖对孟尝君说：“狡兔有三窟，仅得免其死耳；今君有一窟，未得高枕而卧也。请为君复凿二窟”，“三窟已就，君姑高枕为乐矣”。后有“狡兔三窟”的成语，比喻事先安排多个避祸求安的藏身之所。这里指王衍虽“口未尝言钱事”，但终不以国家大局为重，考虑的只是自己日后的保全之计，他任人唯亲，以弟弟王澄为荆州刺史，以族弟王敦为青州刺史，而他自己则留守京师，以此为“狡兔三窟”。

译文

苏轼的旷达体现了他的精神面貌，姜夔的旷达仅在表面上。姜夔如王衍一样，虽然口头上不说阿堵物，却偷偷经营着三窟之计，因此令人鄙夷。

赏析

姜夔虽是浪迹江湖、寄食诸侯的游士，但他耿介清高，曾拒绝贵族张鉴为他买官爵。他一生清贫自守，以文艺创作自娱，诗词散文，书法音乐，无不精通，是苏轼之后又一难得的艺术全才。当世名流如辛弃疾、杨万里、范成大、朱熹和萧德藻等人对他都极为推崇，他虽终生布衣，名声却震耀一世。王国维说他“口不言阿堵物，而暗中为营三窟之计，此其所以可鄙”有点言过其实了。

四八

原文

“纷吾既有此内美兮，又重之以修能。”[1]文学之事，于此二者，不能缺一。然词乃抒情之作，故尤重内美。无内美而但有修能，则白石耳。

注解

①“纷吾”二句：出自屈原《离骚》。内美：指高尚的人格。修能：指卓越的才能。

译文

“纷吾既有此内美兮，又重之以修能。”文学之事，内美和修能不可缺一。但词是抒情的文学体裁，所以尤其注重内美。如果没有内美而只有修能，就只能达到姜夔那样的水平。

赏析

姜夔多才多艺，精通音律，能自度曲，其词格律严密。他的很多自度曲都是先作词后谱曲，不受固定格律的限制，可以舒卷自如地抒发情感。他的词作思维方式和表现手法也别出心裁，善于运用通感将不同的生理感受连缀在一起，表现出某种特定的心理感受。又善于侧面刻画，虚处传神。其作品清幽悲凉，素以空灵含蓄著称。可以说不独有“修能”，亦有“内美”。

四九

原文

诗人视一切外物，皆游戏之材料也。然其游戏，则以热心为之。故诙谐与严重[①]二性质，亦不可缺一也。

注解

①严重：此指严肃、庄重。

译文

诗人把一切外物都看作是游戏的材料。然而游戏，却是以满腔热情进行的。所以诙谐与庄重，二者缺一不可。

赏析

文学一旦失掉它的严肃性，就会沦为游戏；然而如果写作时一味板着面孔说教，则会流于枯槁，没有鲜活的生命力，也就不能打动人心。所以好的文学作品既要有游戏的情趣，可以使人获得一种愉快人心的力量，又必须保持它的严肃性，给人震撼的力量。这是创作者必须注意的。

补 遗

一

原文

（皇甫松[①]）词，黄叔旸称其《摘得新》二首[②]，为有达观之见[③]。余谓不若《忆江南》二阕[④]，情味深长，在乐天[⑤]、梦得[⑥]上也。

注解

①皇甫松：字子奇，自号檀栾子，晚唐词人，所作诗词见于《全唐诗》《花间集》。

②《摘得新》二首：原文如下。“酌一卮。须教玉笛吹。锦筵红蜡烛，莫

来迟。繁红一夜经风雨，是空枝。”（其一）

“摘得新。枝枝叶叶春。管弦兼美酒，最关人。平生都得几十度，展香茵。”（其二）（据观堂自辑本《檀栾子词》）

③黄昇语，见《历代诗馀》卷一百十三引。

④《忆江南》二阕：“兰烬落，屏上暗红蕉。闲梦江南梅熟日，夜船吹笛雨潇潇。人语驿边桥。”（其一）

“楼上寝，残月下帘旌。梦见秣陵惆怅事，桃花柳絮满江城。双髻坐吹笙。”（其二）（据《檀栾子词》）

⑤乐天：指唐代诗人白居易，他有《忆江南》词三首。全文为：“江南好，风景旧曾谙。日出江花红胜火，春来江水绿如蓝。能不忆江南。”（其一）

“江南忆，最忆是杭州。山寺月中寻桂子，郡亭枕上看潮头。何日更重游。”（其二）

“江南忆，其次忆吴宫。吴酒一杯春竹叶，吴娃双舞醉芙蓉。早晚得相逢。”（其三）

⑥梦得：指唐代诗人刘禹锡，他有《忆江南》一首。全文为：“春去也，多谢洛阳人。弱柳从风疑举袂，丛兰裛露似沾巾。独坐亦含颦。”

译文

对于皇甫松的词，黄叔旸说他的《摘得新》两首写得好，认为这两首词表现得非常达观。我却认为这两首不如《忆江南》两首，那两首词情味深长，超过了白居易和刘禹锡的作品。

赏析

皇甫松擅长作词，最出名的作品要数两首《梦江南》。白居易的主要成就是诗，也有词传世，他的三首《忆江南》尤为脍炙人口。王国维认为皇甫松的《梦江南》要比白居易的《忆江南》好，其实传颂最广的要数白居易的《忆江南》，两者难分伯仲。

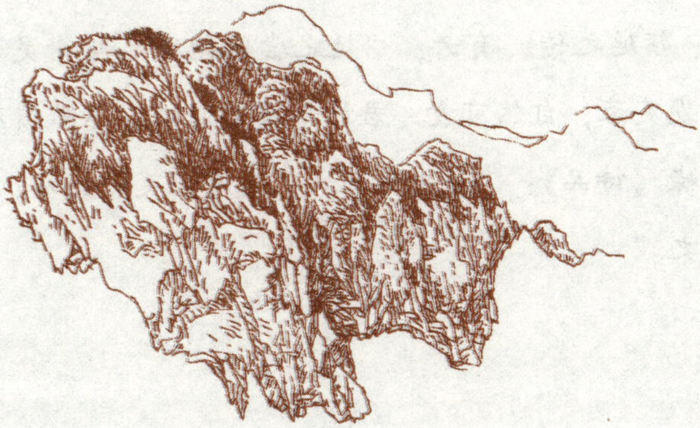

二

原文

端己词情深语秀，虽规模不及后主、正中，要在飞卿之上。观昔人颜、谢优劣论[①]可知矣。

注解

①《南史·颜延之传》有云："延之尝问鲍照己与谢灵运优劣，照曰：'谢五言诗如初发芙蓉，自然可爱。君诗如铺锦列绣，亦雕缋满眼。'延年终身病之。"又钟嵘《诗品》："汤惠休曰：'谢诗如芙蓉出水，颜诗如错采镂金。'颜终身病之。"

译文

韦端己的词感情真挚、语言秀美，虽然没有李后主和冯中正的作品那样扩大，但在温飞卿之上。只要看看前人对颜延之和谢灵运的评论，就可以知道孰高孰低。

赏析

王国维以“情深语秀”评价韦庄，这应该是一个比较高的评价，但是又说他的词不及李后主和冯中正，是因为李后主的词“神秀”，冯中正的词“堂庑特大”，不管是在情感格局上，还是在情感深度上，韦庄都无法与他们两人并肩。

三

原文

（毛文锡）词比牛[1]、薛[2]诸人殊为不及。叶梦得[3]谓：“文锡词以质直为情致，殊不知流于率露。诸人评庸陋词者，必曰：此仿毛文锡之《赞成功》[4]而不及者。”其言是也。

注解

①牛：指牛峤（850—920年），字松卿，一字延峰，五代时期的词人。

②薛：指薛昭蕴，唐末五代词人。

③叶梦得：字少蕴，宋代词人。

④毛文锡之《赞成功》："海棠未坼，万点深红。香包缄结一重重。似含羞态，邀勒春风。蜂来蝶去，任绕芳丛。　昨夜微雨，飘洒庭中。忽闻声滴井边桐。美人惊起，坐听晨钟。快教折取，戴玉珑璁。"（据观堂自辑本《毛司徒词》）

译文

毛文锡的词，和牛峤、薛昭蕴相比，相差甚远。叶梦得说："毛文锡的词因为质朴直爽而有一种情趣韵致，却不知道这样的作品过于粗疏浅薄。所有评论庸俗浅薄的词作的人，都会说，这篇作品模仿的是毛文锡的《赞成功》，却没有达到毛文锡的水平。"这样的话说得对啊。

赏析

王国维认为毛文锡的词比不上牛峤、薛昭蕴等人，只是一个二三流的词人。他之所以对毛文锡的作品感到不满，主要是因为他的词太过质朴率直，而且粗疏浅露。但王国维却认为毛文锡的《更漏子》写得很好，尤其是里面的“红纱一点灯”五字，最为传神。可见不能一概而论。

四

原文

（魏承班[1]）词逊于薛昭蕴、牛峤而高于毛文锡，然皆不如王衍。五代词以帝王为最工，岂不以无意于求工欤？

注解

①魏承班：五代前蜀词人，词风近于温庭筠，以艳丽著称。

译文

魏承班的词虽然比不上薛昭蕴、牛峤，却比毛文锡的词好，但是他们都逊于王衍。五代时期的词，帝王的词写得最好，这岂不是没有追求工巧，作品却变得工巧吗？

赏析

王国维认为魏承班的词逊于薛昭蕴、牛峤，优于毛文锡，但是他们四人都逊于王衍。最后王国维定论，“五代词以帝王为最工”，这里的帝王指的是李璟和李煜，他们父子在词上的成就是众所共知的。

五

原文

(顾)夐词在牛给事、毛司徒间。《浣溪沙》(春色迷人)[1]一阕，亦见《阳春录》。与《河传》[2]《诉衷情》数阕，当为夐最佳之作矣。

注解

①《浣溪沙》（春色迷人）："春色迷人恨正赊，可堪荡子不还家。细风轻露著梨花。　帘外有情双燕飏，槛前无力绿杨斜。小屏狂梦极天涯。"

②《河传》："燕飏。晴景。小窗屏暖，鸳鸯交颈。菱花掩却翠鬟欹，慵整。海棠帘外影。　绣帏香断金鸂鶒，无消息，心事空相忆。倚东风，春正浓。愁红，泪痕衣上重。"（其一）

"曲槛，春晚。碧流纹细，绿杨丝软。露花鲜□杏枝繁，莺啭，野芜平似翦。　直是人间到天上，堪游赏，醉眼疑屏障。对池塘，惜韶光，断肠，为花须尽狂。"（其二）

"棹举，舟去。波光渺渺，不知何处。岸花汀草共依依，雨微，鹧鸪相逐飞。　天涯离恨江声咽，啼猿切，此意向谁说。舣兰桡，独无憀，魂销，小炉香欲焦。"（其三）

译文

顾敻词介于牛峤、毛文锡之间。《浣溪沙》（春色迷人）这首词，也可以在《阳春录》中看到。这首词以及《河传》《诉衷情》等应该是顾敻词最好的作品。

赏析

王国维认为，顾敻的词仅高于毛文锡，然而他却非常欣赏顾敻的《浣溪沙》(春色迷人)、《河传》《诉衷情》几首词。其中的《河传》三首，曾经被评论家誉为“绝唱”，可见他的诗词确实有过人之处，足以传颂千古。

六

原文

(毛熙震) 周密《齐东野语》称其词新警而不为儇薄[1]。余尤爱其《后庭花》[2]，不独意胜，即以调论，亦有隽上清越之致，视文锡蔑如也。

注解

①“周密”句：参见《历代词话》。“蜀人毛熙震集止二十余调，中多新

警，而不为儇薄。”

②《后庭花》：指毛熙震《后庭花》。原文为：“莺啼燕语芳菲节，瑞庭花发。昔时欢宴歌声揭，管弦清越。　　自从陵谷追游歇，画梁尘腕。伤心一片如珪月，闲锁宫阙。”（其一）

“轻盈舞伎含芳艳，竞妆新脸。步摇珠翠修蛾敛，腻鬟云染。　　歌声慢发开檀点，绣衫斜掩。时将纤手匀红脸，笑拈金靥。”（其二）

“越罗小袖新香茜，薄笼金钏。倚栏无语摇金扇，半遮匀面。　　春残日暖莺娇懒，满庭花片。争不教人长相见，画堂深院。”（其三）（据观堂自辑本《毛秘书词》）

译文

周密在《齐东野语》中称赞毛熙震的词，认为其清新警策又不轻佻浅薄。我尤其喜欢那首《后庭花》，它不是只以意取胜，就算是从情调来说，也有一种清越的韵致，与毛文锡相比，毛氏则显得愈加不如。

赏析

毛熙震的作品中有不少艳词，被陈廷焯评论为“风流蕴藉，妖而不妖”。王国维非常欣赏他的三首《后庭花》，说这三首词不是只以意取胜，就算是从情调来说，也有一种清越的韵致。但是他《后庭花》第二首写的是舞伎，栩庄认为这首词“堆缀丽字，羌无情致”。可见每个人对词作的看法都是不一样的。

七

原文

（阎选）词唯《临江仙》第二首[①]有轩翥[②]之意，馀尚未足与于作者也。

注解

①《临江仙》第二首：阎选《临江仙》第二首。原文为："十二高峰天外寒。竹梢轻拂仙坛。宝衣行雨在云端。画帘深殿，香雾冷风残。　欲问楚王何处去？翠屏犹掩金鸾。猿啼明月照空滩。孤舟行客，惊梦亦艰难。"（据观堂自辑本（《阎处士词》）

②轩翥：又作骞翥，飞举貌。

译文

阎选的词里只有《临江仙》第二首姿态飞动，其他作品甚至达不到普通作者的水平。

赏析

这是对阎选的评价，王国维认为他的作品大多都不是非常成熟，只有《临江仙》第二首比较好。他之所以会有这样的评价，可能是不喜欢他的艳词。

八

原文

昔沈文悫[①]深赏（张）泌“绿杨花扑一溪烟”[②]为晚唐名句。然其词如“露浓香泛小庭花”[③]，较前语似更幽艳也。

注解

①沈文悫：沈德潜，其语见《唐诗别裁》卷十六，张蠙《夏日题老将林亭》一诗后评语。

②绿杨花扑一溪烟：这句出自张泌的《洞庭阻风》。原文为："空江浩荡景萧然，尽日菰蒲泊钓船。青草浪高三月渡，绿杨花扑一溪烟。情多莫举伤春目，愁极兼无买酒钱。犹有渔人数家住，不成村落夕阳边。"（据《全唐诗》卷二十七）

③露浓香泛小庭花：这句出自张泌的《浣溪沙》。原文为："独立寒阶望月华，露浓香泛小庭花。绣屏愁背一灯斜。　云雨自从分散后，人间无路到仙家。但凭魂梦访天涯。"（据观堂自辑本《张舍人词》）

译文

当初沈文悫非常赞赏张泌的"绿杨花扑一溪烟"，认为这是晚唐名句。然而张泌词中的"露浓香泛小庭花"一句，比前一句要更加优美艳丽。

赏析

这是王国维在论五代词中的佳句。沈德潜认为张泌的"绿杨花扑一溪烟"是"晚唐名句"，而王国维认为张泌的"露浓香泛小庭花"写得更好，后者更值得赏玩、品味。

九

原文

（孙光宪词）昔黄玉林[①]赏其“一庭花（当作‘疏’）雨湿春愁”[②]为古今佳句。余以为不若“片帆烟际闪孤光”[③]尤有境界也。

注解

①黄玉林：黄昇，字叔旸，号玉林，编有《花庵词选》。

②一庭疏雨湿春愁：出自孙光宪的《浣溪沙》。原文为：“揽镜无言泪欲流，凝情半日懒梳头。一庭疏雨湿春愁。　　杨柳只知伤怨别，杏花应信损娇羞。泪沾魂断轸离忧。”（据观堂自辑本《孙中丞词》）

③片帆烟际闪孤光：出自孙光宪的《浣溪沙》。原文为：“蓼岸风多橘柚香，江边一望楚天长。片帆烟际闪孤光。　　目送征鸿飞杳杳，思随流水去茫茫。兰红波碧忆潇湘。”（据《孙中丞词》）

译文

黄玉林称赞孙光宪的词说，“一庭疏雨湿春愁”是古今佳句。我认为这句词比不上“片帆烟际闪孤光”，它更有境界。

赏析

在“花间”作者中，孙光宪的作品视野比较开阔。他的作品不仅有普通的艳词，还有很多咏史以及书写南方风景的佳作，让人读来耳目一新。黄玉林称赞的“一庭疏雨湿春愁”是孙光宪《浣溪沙》第四首中的词句，描写的是美人与爱人分别后无心梳妆的情景，其境界显然不如“片帆烟际闪孤光”宽广。

十

原文

先生（周清真）于诗文无所不工，然尚未尽脱古人蹊径。平生著述，自以乐府为第一。词人甲乙，宋人早有定论[①]。惟张叔夏病其意趣不高远[②]。然北宋人如欧、苏、秦、黄，高则高矣，至精工博大，殊不逮先生。故以宋词比唐诗，则东坡似太白，欧、秦似摩诘[③]，耆卿似乐天，方回、叔原则大历十子之流。南宋惟一稼轩可比昌黎。而词中老杜则非先生不可。昔人以耆卿比少陵[④]，犹为未当也。

注解

①“词人”两句：陈振孙《直斋书录解题》集部歌词类《清真词》二卷《续集》一卷下云：“周美成邦彦撰，多用唐人诗语，檃栝入律，浑然天成。长调尤善铺叙，富艳精工，词人之甲乙也。”

②惟张叔夏病其意趣不高远：张炎在《词源》卷下说道：“美成词只当看他浑成处，于软媚中有气魄。采唐诗融化如自己者，乃其所长。惜乎意趣却不高远。”

③摩诘：指唐代诗人王维，字摩诘，其作品有“诗中有画，画中有诗”的美誉。

④昔人以耆卿比少陵：张端义在《贵耳集》卷上说道：“项平斋训：‘学诗当学杜诗，学词当学柳词。’杜诗、柳词，皆无表德，只是实说。”

译文

周清真先生非常善于诗文创作，但他没有完全脱离古人的套路。他毕生的作品中，最好的当属乐府。词作中的甲、乙，即前两名，宋代的人早就做了定论。只有张叔夏觉得他的作品意趣不够高大、深远。然而欧阳永叔、苏东坡、秦少游、黄山谷等北宋词人的作品虽然足够高大深远，但是在细密、工整、博大、精深上面，就远远落后于周清真了。因此，如果拿宋词和唐诗进行比较的话，就会得到一个这样的结论：苏东坡像李太白，欧阳永叔、秦少游像王摩诘，柳耆卿像白乐天，贺方回、晏叔原像大历十才子之类的诗人。南宋能够和韩昌黎并肩的只有辛稼轩。而词中的杜少陵，只有周清真可以比拟。古人用柳耆卿和杜少陵相比，确实不合适。

赏析

王国维在这里认为杜少陵是唐代诗歌中的第一人，而又认为唯一能与其相比的词人当属周邦彦。其实，固然寄情于声色的柳永不能与杜少陵相比，但专为荒淫无道的宋徽宗制礼作乐的周邦彦，又怎能与感叹民间疾苦的杜少陵相提并论？王国维之所以将周邦彦誉为第一流作者，主要是着眼于艺术上的“穷极工巧”。

十一

原文

先生（清真）之词，陈直斋谓其多用唐人诗句隐栝入律，浑然天成。张玉田谓其善于融化诗句，然此不过一端。不如强焕云：“模写物态，曲尽其妙。”①为知言也。

注解

①“模写”二句：出自南宋强焕的《题周美成词》。原文为：“余慕公子之才名者有年……抑又思公之词，其模写物态，曲尽其妙。”

译文

陈直斋说清真先生将很多唐朝人的诗句檃栝到自己的词里来，浑然天成。张玉田说他善于把诗融到自己的词里，他们说的只是一个方面而已。不如强焕说的："模写物态，曲尽其妙。"这方是知人之言。

赏析

王国维在这里肯定了周邦彦描写物态之妙，如他的"叶上初阳干宿雨。水面清圆，一一风荷举"。确实称得上是荷花之神理。

十二

原文

山谷[1]云："天下清景，不择贤愚而与之，然吾特疑端为我辈设。"[2]诚哉是言！抑岂独清景而已，一切境界，无不为诗人设。世

无诗人，即无此种境界。夫境界之呈于吾心而见于外物者，皆须臾之物，惟诗人能以此须臾之物，镌诸不朽之文字，使读者自得之。遂觉诗人之言，字字为我心中所欲言，而又非我之所能自言，此大诗人之秘妙也。境界有二：有诗人之境界，有常人之境界。诗人之境界，惟诗人能感之而能写之，故读其诗者亦高举远慕，有遗世之意。而亦有得有不得，且得之者亦各有深浅焉。若夫悲欢离合、羁旅行役之感，常人皆能感之，而惟诗人能写之。故其入于人者至深，而行于世也尤广。先生（清真）之词，属于第二种为多。故宋时别本之多，他无与匹[3]。又和者三家[4]，注者二家[5]（强焕本亦有注，见毛跋）。自士大夫以至妇人女子，莫不知有清真，而种种无稽之言，亦由此以起[6]。然非入人之深，乌能如是耶？

注解

①山谷：指黄庭坚（1045—1105年）北宋文学家。

②此数语见释惠洪《冷斋夜话》卷三。

③观堂先生《清真先生遗事·著述二》：“案先生词集，其古本则见于《景定严州续志》《花庵词选》者曰《清真诗余》；见于《词源》者曰《圈法美成词》；见于《直斋书录》者曰《清真词》，曰《曹杓注清真词》。又与方千里、杨泽民《和清真词》合刻者曰《三英集》（见毛晋《方千里〈和清真词〉跋》）。子晋所藏《清真集》，其源亦出宋本，加以溧水本。是宋时已有七本。别本之多，为古今词家所未有。”

④和者三家：宋人之和清真全词者有方千里《和清真词》（汲古阁刻《宋六十名家词》本）、杨泽民《和清真词》（江标刻《宋元名家词》本）及陈允平《西麓继周集》（朱祖谋刻《彊村丛书》本）三家。

⑤注者二家：宋人注《清真词》者，有曹杓、陈元龙两家。曹注已佚，陈注即《彊村丛书》本《片玉集》。

⑥宋人笔记之记清真轶事者甚多。若张端义《贵耳集》、周密《浩然斋雅谈》、王明清《挥麈余话》、王灼《碧鸡漫志》等书均有，类多无稽之言。观堂先生于《清真先生遗事·事迹一》中一一辨之，斥为好事者为之也。

译文

黄山谷说："天底下的所有清景，对于所有人，不管是聪明的还是愚蠢的，都是平等的，但我却很怀疑，这样的清景是不是专门为我们这样的人准备的。"这句话说得很坦诚！然而，我认为不光是清景，所有境界都是专门为诗人准备的。我觉得，这个世界上，如果没有诗人，也就不会有这样的境界。境界是一种感受在心里却以外物的形式体现出来的事物，都是转眼间的事物；只有诗人才能用文字把这转眼间的境象表现出来，并让读者感受到。所以，我认为诗人的语言，每个字、每个句子都是我想说的，又不是我可以说出来的，大诗人的奥秘就在这里。境界有两种：诗人的境界和普通人的境界。诗人的境界只有诗人可以感受到又可以写出来，因此，读诗的人也会和诗人一起想象，有一种遗世独立的情趣。然而并不是每个人都可以达到这个程度，有的人会有收获，有的人却不会有收获，而且收获的程度也会不一样。就说悲欢离合和羁旅行役的情思吧，所有人都可以感受到，而写出来的却只有诗人。因此，所有可以深入人心的诗篇，都会在世间流传得非常深远。清真先生的作品，大多都是这样的。所以宋代的清真词有很多版本，这是别人都比不上的。除此之外，还有三家和清真词和两家注清真词。从士大夫到普通的女子，无一不知道清真先生的，而种类繁多的传说，也就从此引发。但是，假如他的词不是那么深入人心的话，又怎么会达到这样的地步？

赏析

王国维认为境界会平等地奉献给所有人，只是有的人能感知到，有的人无法感知到而已，这样的想法与现在的“接受美学”非常相似，在今天依然具有参考价值。

十三

原文

楼忠简[①]谓先生（清真）妙解音律[②]。惟王晦叔[③]《碧鸡漫志》谓：“江南某氏者，解音律，时时度曲。周美成与有瓜葛。每得一解，即为制词。故周集中多新声。”[④]则集中新曲，非尽自度。然“顾曲名堂，不能自已”，固非不知音者。故先生之词，文字之外，须兼味其音律。惟词中所注宫调，不出教坊十八调之外。则其音非大晟乐府之新声，而为隋唐以来之燕乐，固可知也。今其声虽亡，读其词者，犹觉拗怒之中，自饶和婉；曼声促节，繁会相宣；清浊抑扬，辘轳交往。两宋之间，一人而已。

注解

①楼忠简：楼钥（1137—1213年），字大防，南宋学者。

②妙解音律：楼钥《清真先生文集序》中有言：“（周邦彦）风流自命，又性好音律，如古之妙解，顾曲名堂，不能自已。”

③王晦叔：王灼。

④“江南”七句：出自《碧鸡漫志》卷第二。

译文

楼忠简说清真先生擅长音律。只有王晦叔在《碧鸡漫志》中说：“江南有一位擅长音律的歌者，他经常自己度曲。周美成和他有一些关系。歌者每作完一支曲子，周美成就会给他填词，因此周氏集中有不少新声歌曲。”如果这么说，周氏集中的新声歌曲，就不是完全由他本人作的。然而周美成选择用“顾曲”做堂名，高兴得难以自已，可见他是懂音律的人。读先生的作品，不仅可以欣赏语言和文字，还要欣赏里面的音律。只是周词里的宫调，都在教坊十八调的范围之内。所以，他选择的不是大晟乐府的“新声”，而是隋唐以来流行的那种俗乐俗曲，就不难理解了。现在，我们已经看不到周词中的乐谱，但是读词的时候，会感觉富有曲折变化，好像有些拗口，却又极为和谐婉转；曼声与促节进行配合，纷繁的颜色相互映照；清浊抑扬，就像辘轳转似的，有规则地此起彼伏。在两宋词人之间，只有清真这一个人罢了。

赏析

这段说的是周邦彦有很高的音乐修养。王国维通过楼钥和王灼的言论来证明自己的观点，认为周邦彦是“两宋之间，一人而已”。

十四

原文

(《云谣集杂曲子》)《天仙子》词[①]，特深峭隐秀，堪与飞卿、端己抗行。

注解

①《天仙子》词：《云谣集杂曲子》中有《天仙子》二首，但观堂先生写此文时，仅见第一首，现将两首全录下，原文为：“燕语啼时三月半，烟蘸柳条金线乱。五陵原上有仙娥，携歌扇。香烂漫，留住九华云一片。　犀玉满头花满面，负妾一双偷泪眼。泪珠若得似珍珠，拈不散。知何限？串向红丝应百万。”（其一）

“燕语莺啼惊觉梦，羞见鸾台双舞凤。天仙别后信难通，无人问，花满洞。休把同心千遍弄。　　叵耐不知何处去，正是花开谁是主？满楼明月应三更，无人语，泪如雨。便是思君肠断处。”（其二）

译文

（《云谣集杂曲子》）《天仙子》词，非常深刻峻峭、含蓄秀美，足以与飞卿、端己媲美。

赏析

《云谣集杂曲子》是唐朝民间杂言歌辞总集，一共三十三首，里面的《天仙子》共三首，有一首是双叠之调，王国维对此颇为推崇，认为其深刻峻峭、含蓄秀美，可以与飞卿、端己相比。

十五

原文

（王）以宁词句法精壮，如和虞彦恭寄钱逊升（当作“叔”）《蓦山溪》[①]一阕、重午登霞楼《满庭芳》[②]一阕、舣舟洪江步下《浣

溪沙》③一阕，绝无南宋浮艳虚薄之习。其他作亦多类是也。

注解

①和虞彦恭寄钱逊叔《蓦山溪》："平山堂上，侧盏歌南浦。醉望五州山，渺千里银涛东注。钱郎英远，满腹贮精神。窥素壁，墨栖鸦，历历题诗处。风裘雪帽，踏遍荆湘路。回首古扬州，沁天外残霞一缕。德星光次，何日照长沙。《渔夫曲》《竹枝词》，万古歌来暮。"（据《彊村丛书》本《王周士词》）

②重午登霞楼《满庭芳》："千古黄州，雪堂奇胜，名与赤壁齐高。竹楼千字，笔势压江涛。笑问江头皓月，应曾照、今古英豪。菖蒲酒，窳尊无恙，聊共访临皋。　　陶陶。谁晤对，粲花吐论，宫锦纫袍。借银涛雪浪，一洗尘劳。好在江山如画，人易老、双鬓难茠。升平代，凭高望远，当赋《反离骚》。"（据《王周士词》）

③舣舟洪江步下《浣溪沙》："起看船头蜀锦张，沙汀红叶舞斜阳。杖挐惊起睡鸳鸯。　　木落群山雕玉□，霜和冷月浸澄江。疏篷今夜梦潇湘。"（据《王周士词》）

译文

王以宁的词，句法精警雄壮，如《蓦山溪》（和虞彦恭寄钱逊叔）、《满庭芳》（重午登霞楼）、《浣溪沙》（舣舟洪江步下），都没有南宋人那种轻浮、艳丽、空虚、浅薄的习气。他的其他作品和这三首词非常像。

赏析

王国维评词，尤其注重境界、韵味，所以他赞赏王以宁词的精警雄壮。

十六

原文

有明一代，乐府道衰。《写情》①《扣舷》②，尚有宋元遗响。仁宣以后，兹事几绝。独文愍（夏言）以魁硕之才，起而振之。豪壮典丽，与于湖、剑南为近。

注解

①《写情》：指《写情集》，刘基词集。

②《扣舷》：指《扣舷集》，高启词集。

译文

明代的词业衰微。依然保留着宋元时代作风的只有《写情集》和《扣舷集》。仁宗、宣宗以后，词几乎停止发展。只有夏文愍凭借自己政界魁首的才华，让词得到了复兴。夏文愍的词豪迈、雄壮、典雅、华丽，词风与于湖、剑南相似。

赏析

在明朝，尤其是仁宗、宣宗以后，词道几乎已经停止发展，是夏文愍让词得以复兴。虽然以现在的眼光看，王国维对夏文愍的评论有些高，但就那个时代来说，夏文愍确实有相当大的影响。

人间词话补录

一

原文

余填词不喜作长调，尤不喜用人韵。偶尔游戏，作《水龙吟》[1]咏杨花用质夫、东坡倡和韵，作《齐天乐》[2]咏蟋蟀用白石韵，皆有与晋代兴[3]之意。余之所长殊不在是，世之君子宁以他词称我。

注解

①《水龙吟》：指王国维用章质夫、苏子瞻唱和韵作的《水龙吟》。原文为："开时不与人看，如何一霎濛濛坠。日长无绪，回廊小立，迷离情思。细雨池塘，斜阳院落，重门深闭。正参差欲住，轻衫掠处，又特地，因风起。

花事阑珊到汝，更休寻、满枝琼缀。算人只合，人间哀乐，者般零碎。

一样飘零，宁为尘土，勿随流水。怕盈盈、一片春江，都贮得，离人泪。”

②《齐天乐》：指王国维用姜夔原韵作的《齐天乐·蟋蟀》。原文为：“天涯已自愁秋极，何须更闻虫语。乍响瑶阶，旋穿绣闼，更入画屏深处。喁喁似诉。有几许哀丝，佐伊机杼。一夜东堂，暗抽离恨万千绪。　空庭相和秋雨。又南城罢柝，西院停杵。试问王孙，苍茫岁晚，那有闲愁无数。宵深谩与。怕梦稳春酣，万家儿女。不识孤吟，劳人床下苦。”

③与晋代兴：出自《国语·郑语》。“（桓）公曰：‘若周衰，诸姬其孰兴？’对曰：‘……武王之子，应韩不在，其在晋乎！’……及平王之末，而秦、晋、齐、楚代兴。”王国维的意思是，自己的和韵词可以与古人媲美。

译文

我填词，不喜欢用长调，尤其不喜欢用别人的韵。偶尔的游戏之作，我用章质夫和苏东坡的唱和韵填了一首咏杨花的《水龙吟》，还用姜夔的韵填了一首咏蟋蟀的《齐天乐》，都有与原作者一比高低的意思。而我擅长的并不是这些，希望世上的有识之士能以我的其他词作来评价我。

赏析

王国维的《人间词话》中只有几首长调，其余多为小令，正如他说的那样，他不喜欢长调。王国维一直非常喜欢五代和北宋时期的词。其中一个原因就是这两个时期的词有境界，当然这也与王国维喜欢的文体密切相关。王国维一直喜欢小令，而五代和北宋的词恰恰是以小令为主；王国维不喜欢长调，而南宋时期的词大多都是长调。这也是王国维不喜欢南宋词的主要原因之一。

王国维不仅讨厌长调，而且讨厌和韵。因为和韵的词作大多都会受到原作的影响，从而缺少一分个人的魅力，大大限制了诗词创作，不能真实地流露出自己的真情实感，这与王国维所追求的“真”字背道而驰。

然而，在王国维的作品中，也有几首和韵词，但这是为了和原作一较高低而作的。但是，他并未对自己这几首词做过多的评价，毕竟在咏物方面，苏轼作的《水龙吟》和史达祖作的《双双燕》早已达到了登峰造极的境界，后人也只能模仿，而不能超越。

二

原文

樊抗夫[1]谓余词如《浣溪沙》之“天末同云”[2]，《蝶恋花》之“昨夜梦中”“百尺朱楼”“春到临春”等阕[3]，凿空而道，开词家未有之境。余自谓才不若古人，但于力争第一义[4]处，古人亦不如我用意耳。

注解

①樊抗夫：樊炳清（1877—1929年），清末著名文学家，字抗夫，号志厚。“东文学社三杰”之一，编有《哲学丛书》《科学丛书》《教育丛书》《农学丛书》等著作。

②《浣溪沙》之“天末同云”：作者是王国维。原文为：“天末同云黯四垂，失行孤雁逆风飞。江湖寥落尔安归。　陌上金丸看落羽，闺中素手试调醯（灯）。今宵欢宴胜平时。”

③《蝶恋花》之“昨夜梦中”“百尺朱楼”“春到临春”等阕：王国维《蝶恋花》词甚多，这里只提到三首。原文分别为：

“昨夜梦中多少恨。细马香车，两两行相近。对面似怜人瘦损。众中不惜搴帷问。　陌上轻雷听隐辚。梦里难从，觉后那堪讯。蜡泪窗前堆一寸。人间只有相思分。”（《蝶恋花·昨夜梦中多少恨》）

“百尺朱楼临大道。楼外轻雷，不间昏和晓。独倚阑干人窈窕，闲中数尽行人小。　一霎车尘生树杪。陌上楼头，都向尘中老。薄晚西风吹雨到，明朝又是伤流潦。”（《蝶恋花·百尺朱楼临大道》）

“春到临春花正妩。迟日阑干，蜂蝶飞无数。谁遣一春抛却去。马蹄日日章台路。　几度寻春春不遇。不见春来，那识春归处。斜日晚风杨柳渚。马头何处无飞絮。”（《蝶恋花·春到临春花正妩》）

④第一义：佛教用语，指在艺术上的最高追求。《沧浪诗话·诗辨》有云：“禅家者流，乘有小大，宗有南北，道有邪正；学者须从最上乘，具正法眼，悟第一义。”郭绍虞注云：“《传灯录》（卷九）：‘心即是法，法即是心，不可将心更求于心，历千万劫终无得日，不如当下无心，便是本法。……故佛言，我于阿耨菩提实无所得，恐人不信，故引五眼所见，五语所言，真实不虚，是第一义谛。’”（据《沧浪诗话校释》第13页）

译文

樊抗夫认为我的词，诸如《浣溪沙·天末同云》和《蝶恋花·昨夜梦中》《蝶恋花·百尺朱楼》《蝶恋花·春到临春》几首另辟蹊径，创造了前人所未有的境界。我自认为才华比不上前人，但是在努力实现“第一义”这一点上，前人却不及我。

赏析

樊炳清和王国维是很好的朋友，他对王国维的论述不无道理。王国维的作品之所以开创了一种前人没有的境界，一个很重要的原因就是他受到了西方哲学的影响。因此，他在词作中，并不拘泥于个人的万缕情丝，而是突破了传统束缚，将人生问题思考得更加深刻，因此才能开创另一番境界。

三

原文

叔本华[①]曰：“抒情诗，少年之作也。叙事诗及戏曲，壮年之作也。”[②]余谓：抒情诗，国民幼稚时代之作也（原稿无“也”字）。

叙事诗（诗，原稿误作时），国民盛壮时代之作也。故曲则古不如今（元曲诚多天籁，然其思想之陋劣，布置之粗笨，千篇一律，令人喷饭。至本朝之《桃花扇》③《长生殿》④诸传奇，则进矣），词则今不如古。盖一则以布局为主，一则须伫兴而成故也。

注解

①叔本华：全名亚瑟·叔本华（1788—1860年），德国著名哲学家。代表作是《论充足理由律的四重根》《论道德的基础》等。

②“抒情诗”四句：这是王国维对叔本华《作为意志和表象的世界》中几句话的概括。原文为：“少年人只适合作抒情诗，而且要等成年后才适合写戏剧。至于老年人，至多只能把他们想象成史诗的作家，如奥西安、荷马；因为讲故事比较适合老年人的性格。”

③《桃花扇》：一部传奇戏曲名著，成书于清朝康熙年间，通过侯方域和李香君凄美的爱情故事展现了南明灭亡的这段惨痛历史。《桃花扇》的作者孔尚任，字聘之，又字季重，号东塘，别号岸堂，自称云亭山人。山东曲阜人。他出生于1648年，死于1718年，是清朝初期著名诗人、戏曲作家。

④《长生殿》：一部传奇戏曲名著，取材于唐代诗人白居易的《长恨歌》和元代剧作家白朴的《梧桐雨》，讲述的是唐玄宗和杨贵妃之间的爱情故事。《长生殿》的作者洪昇，字昉思，号稗畦，又号稗村、南屏樵者。今浙江杭州人。他出生于1645年，死于1704年，是清代著名的戏曲作家、诗人，和孔尚任并称“南洪北孔”。

译文

叔本华说："抒情诗是少年时代的作品。而叙事诗和戏曲则是壮年时代的作品。"我觉得：抒情诗是国民幼稚时期所作的。叙事诗是国民盛壮时期所作的。因此，曲的发展趋势是古代不如现在（元曲虽然经常出现天籁般的作品，但其思想内容比较粗陋低劣，篇章布置比较粗糙笨拙，而且如出一辙，真叫人为之喷饭。而本朝的《桃花扇》和《长生殿》等传奇作品，较之有明显进步），词的发展趋势是现在不如古代。因为曲比较注重谋篇布局，而词比较注重情思灵感。

赏析

前文已经提到，王国维受西方哲学思想的影响比较大，其中对他影响最大的，当属叔本华和尼采的思想。

叔本华说："抒情诗是少年时代的作品。而叙事诗和戏曲则是壮年时代的作品。"这主要是因为人在少年时期，感情比较炙热，因此很容易写出抒情诗。而人到中年，思想会趋于成熟，也会变得比较理性，因此，较容易写出叙事诗和戏曲。王国维把叔本华的这个观点引用到了词曲的创作中来。

王国维觉得，古代的词要比现在的词好，因为现在的词比较重视篇章和故事，而古代的词注重的是情思和灵感；对于曲来说，现在的曲要优于古代，因为古代的曲虽然有很多优点，但从思想和篇章布局上比不上现在，为了证明这一观点，他还举出了《长生殿》《桃花扇》等优秀的传奇剧进行论证。至于抒情诗和叙事诗，王国维的观点与叔本华大致相同，这里就不再过多说明。

四

原文

“岂不尔思，室是远而”①，而孔子讥之。故知孔门而用词，则牛峤之“甘作一生拼，尽君今日欢”等作，必不在见删之数。

注解

①岂不尔思，室是远而：出自《论语》。

译文

“岂不尔思，室是远而”，孔子曾嘲笑道。从此可以知道，如果按照孔门对诗歌所持的观点来用词，那么牛峤的“甘作一生拼，尽君今日欢”等作品，就肯定不在被删除的行列里。

赏析

《论语·子罕》中说道：“唐棣之华，偏其反而。岂不尔思，室是远而。”子曰：“未之思也，夫何远之有？”由此可以看出，孔子不喜欢那些虚情假意的词句，他觉得距离远只是一个借口而已，追其根本，就是根本不思念对方。所以王国维在这样的基础上认为，牛峤的“须作一生拚，尽君今日欢”一句，一定符合孔门的审美观，因而肯定不会被删掉。

事实上，王国维本人非常支持这种观点，他觉得作品里必须有真情实感，他之所以引用《论语》中的句子，只是为了给自己的辩论增加论据，使其更具说服力。

五

原文

“暮雨潇潇郎不归”[①]，当是古词，未必即白傅[②]所作。故白诗云“吴娘夜雨潇潇曲，自别苏州更不闻”[③]也。

注解

①暮雨潇潇郎不归：此句出自白居易的《长相思》。原文为："深画眉。浅画眉。蝉鬓鬅鬙云满衣。阳台行雨回。　　巫山高，巫山低。暮雨潇潇郎不归。空房独守时。"

②白傅：白居易。因其晚年曾拜官太子少傅，故称。

③"吴娘"二句：出自唐代诗人白居易的《寄殷协律》。原文如下："五岁优游同过日，一朝消散侣（别作'似'）浮云。琴诗酒伴皆抛我，雪月花时最忆君。几度听鸡歌白日，亦曾骑马咏红裙。（予在杭州日，有歌云：'听唱黄鸡与白日。'又有诗云：'著红骑马是何人。'）吴娘暮雨潇潇曲，自别江南更不闻。"

译文

"暮雨潇潇郎不归"，应该是一句古语，未必是白居易作的。因此，白居易在诗中写道："吴娘夜雨潇潇曲，自别苏州更不闻。"

赏析

这段话主要是探究"暮雨潇潇郎不归"这一句的作者。王国维认为这句并不是白居易所作，主要是因为白居易在他的《寄殷协律》中说道："自从离开杭州，我再也没听过吴二娘唱的暮雨潇潇曲了。"从此可以看出，"暮雨潇潇郎不归"应该是吴二娘作的。《乐府纪闻》中也有同样的记载。

但是，有些史料记载，吴二娘擅长歌舞，而作词的本事却有待商榷，而且《本事词》中又明确记载，这一句确实是白居易所作。除非有确凿的证据，否则还是应该遵循此书的说法，而不能妄加猜测。

六

原文

贺黄公[1]裳《皱水轩词筌》云："张玉田《乐府指迷》[2]，其调叶宫商，铺张藻绘，抑亦可矣。至于风流蕴藉之事，真属茫茫。如啖官厨饭者，不知牲牢之外，别有甘鲜也。"此语解颐。

注解

①贺黄公：贺裳，字黄公，清代著名的词学家。他著有《皱水轩词筌》。原文为："词诚薄技，然实文事之绪馀，往往便于伶伦之口者，不能入文人之目。张玉田《乐府指迷》，其词协宫商，铺张藻绘，抑以可矣。至于风流蕴藉之事，真属茫茫，如啖官厨饭者，不知牲牢之外，别有甘鲜也。"

②《乐府指迷》：《乐府指迷》并不是张玉田的作品，为王国维误写，这里指的应该是《词源》。

译文

贺裳的《皱水轩词筌》说："张玉田著有《乐府指迷》，它音律和谐，善铺张，富藻彩，已经极其能事。然而，它缺乏姿态和风流蕴藉。就好像吃惯了官家的饭，就不知道除了大鱼大肉，还有其他甘美新鲜的食物一样。"这段话让人不禁开怀大笑。

赏析

贺裳认为张炎的词，虽然有修饰和音律，却少了几分风流蕴藉。对于这一说法，王国维深以为然。

七

原文

周保绪（济）《词辨》云："玉田近人所最尊奉，才情诣力亦不后诸人；终觉积谷作米、把缆放船，无开阔手段。"又云："叔夏

所以不及前人处，只在字句上著功夫，不肯换意”。“近人喜学玉田，亦为修饰字句易，换意难。”①

注解

①“玉田”几句：出自周济的《词辨》。原文为：“玉田，近人所最尊奉。才情诣力，亦不后诸人。终觉积谷作米，把缆放船，无开阔手段。然其清绝处，自不易到。”又云：“玉田词，佳者匹敌圣与，往往有似是而非处，不可不知。叔夏所以不及前人处，只在字句上著功夫，不肯换意，若其用意佳者，即字字珠辉玉映，不可指摘。近人喜学玉田，亦为修饰字句易，换意难。”

译文

周济在《词辨》中说：“玉田是近人最尊崇的一位作家，他的才情造诣并不输于他人；可他的作品总会让人感到拘谨，就像积谷作米、把缆放船一般，终究缺乏开阔洒脱的手段。”他还说：“叔夏的成就之所以比不上前人，是因为他只在句子上下功夫，而不肯在意境的创新上下功夫。”“现在的人喜欢学习张玉田，都是因为修饰字句容易，而意境创新难。”

赏析

王国维认为张炎的词缺乏意境和品格，所以并不看好他，在这一点上，他非常赞成周济的说法。但是，相对于王国维的评价，周济对张炎的评价要更加客观，他认为张炎的作品有缺点："只在字句上著功夫，不肯换意。"但也有很多优点，如"其清绝处，自不易到""若其用意佳者，即字字珠辉玉映，不可指摘"等。而王国维在这里只引用了周济对张炎缺点的论述，忽略了对其优点的肯定，王国维对张炎的态度可见一斑。

八

原文

毛西河[①]《词话》谓：赵德麟[②]令畤作商调鼓子词谱西厢[③]传奇，为杂剧之祖。然《乐府雅词》卷首所载秦少游、晁补之[④]、郑彦能[⑤]（名仅）《调笑转踏》[⑥]，首有致语，末有放队，每调之前有口号诗，甚似曲本体例。无名氏《九张机》[⑦]亦然。至董颖[⑧]《道宫薄媚》[⑨]大曲咏西子事，凡十只曲，皆平仄通押，竟是套曲。此可与《弦索西厢》[⑩]同为曲家之荜路[⑪]。曾氏[⑫]置诸《雅词》卷首，所以别之于词也。颖字仲达，绍兴初人，从汪彦章[⑬]、徐师川[⑭]游，彦章为作《字说》。见《书录解题》[⑮]。

注解

①毛西河：毛奇龄（1623—1716年），原名甡，又叫初晴，字大可，又字齐于，号西河，萧山城厢镇人，清朝初年著名经学家、文学家，与其弟毛万龄并称为“江东二毛”。代表作是《西河诗话》《西河词话》等，《四库全书》中收入了他四十多部著作。

②赵德麟：赵令畤（1061—1134年），字景贶，又字德麟，号聊复翁、藏六居士，是北宋词人，代表作是商调《蝶恋花》十二首，全被选入《全宋词》。

③西厢：指《西厢记》，是元代著名剧作家王实甫的代表作，讲的是张生和崔莺莺的爱情故事。

④晁补之：晁补之（1053—1110年），字无咎，济州巨野（今山东巨野）人，是北宋词人。

⑤郑彦能：郑仅（1047—1113年），字彦能，彭城（今江苏徐州）人，北宋词人。

⑥《调笑转踏》：原载曾慥《乐府雅词》，王国维曾在《戏曲考原》和《唐宋大曲考》中引用里面的句子。

⑦无名氏《九张机》：九张机是宋词中的词牌名，最早见《乐府雅词》中录取的宋代无名氏的词。原文为：“《醉留客》者，乐府之旧名；《九张机》者，才子之新调。凭戛玉之清歌，写掷梭之春怨。章章寄恨，句句言情。恭对华筵，敢陈口号：

一掷梭心一缕丝。连连织就九张机。从来巧思知多少，苦恨春风久不归。

一张机。织梭光景去如飞。兰房夜永愁无寐。呕呕轧轧，织成春恨，留著待郎归。

两张机。月明人静漏声稀。千丝万缕相萦系。织成一段，回纹锦字，将去寄呈伊。

三张机。中心有朵耍花儿。娇红嫩绿春明媚。君须早折，一枝浓艳，莫待过芳菲。

四张机。鸳鸯织就欲双飞。可怜未老头先白。春波碧草，晓寒深处，相对浴红衣。

五张机。芳心密与巧心期。合欢树上枝连理。双头花下，两同心处，一对化生儿。

六张机。雕花铺锦半离披。兰房别有留春计。炉添小篆，日长一线，相对绣工迟。

七张机。春蚕吐尽一生丝。莫教容易裁罗绮。无端剪破，仙鸾彩凤，分作两般衣。

八张机。纤纤玉手住无时。蜀江濯尽春波媚。香遗囊麝，花房绣被，归去意迟迟。

九张机。一心长在百花枝。百花共作红堆被。都将春色，藏头裹面，不怕睡多时。

轻丝。象床玉手出新奇。千花万草光凝碧。裁缝衣著，春天歌舞，飞蝶语黄鹂。

春衣。素丝染就已堪悲。尘世昏污无颜色。应同秋扇，从兹永弃，无复奉君时。

歌声飞落画梁尘。舞罢春风卷绣茵。更欲缕成机上恨，尊前忽有断肠人。

敛袂而归，相将好去。

同前（无前后口号）

一张机。彩桑陌上试春衣。风晴日暖慵无力，桃花枝上，啼莺言语，不肯放人归。

两张机。行人立马意迟迟。深心未忍轻分付，回头一笑，花间归去，只恐被花知。

三张机。吴蚕已老燕雏飞。东风宴罢长洲苑，轻绡催趁，馆娃宫女，要换舞时衣。

四张机。咿哑声里暗颦眉。回梭织朵垂莲子，盘花易绾，愁心难整，脉脉乱如丝。

五张机。横纹织就沈郎诗。中心一句无人会，不言愁恨，不言憔悴，只凭寄相思。

六张机。行行都是耍花儿。花间更有双蝴蝶，停梭一晌，闲窗影里，独自看多时。

七张机。鸳鸯织就又迟疑。只恐被人轻裁剪，分飞两处，一场离恨，何计再相随。

八张机。回纹知是阿谁诗。织成一片凄凉意，行行读遍，厌厌无语，不忍更寻思。

九张机。双花双叶又双枝。薄情自古多离别，从头到底，将心萦系，穿过一条丝。”

⑧董颖：字仲达，饶州德兴人。

⑨《道宫薄媚》：原载于曾慥所编的《乐府雅词》中，王国维曾在《唐宋大曲考》《戏曲考原》《宋元戏曲考》中引用，文繁不录。

⑩《弦索西厢》：《西厢记诸宫调》，《西厢记》的配曲，作者是金代董解元。

⑪荜路：荜路蓝缕，出自《左传·宣公十二年》：“荜路蓝缕，以启山林。”后多用来形容创业的艰难。

⑫曾氏：曾慥，字端伯，号至游子，晋江人，是南宋词人，著有《皇宋诗选》《乐府雅词》等作品。

⑬汪彦章：汪藻（1079—1154年），是北宋末、南宋初的著名文学家，字彦章，代表作是《桃源行》等。

⑭徐师川：徐俯（1075—1141年），字师川，洪州分宁人。他是黄庭坚的外甥，南宋词人、诗人，著有《东湖集》。

⑮《书录解题》：《直斋书录解题》，作者是南宋的陈振孙。

译文

毛西河在《西河词话》中说：赵德麟作《商调鼓子词》，谱写出了西厢记中的爱情故事，可以说是杂剧的始祖。然而，《乐府雅词》的卷首记载，秦少游、晁补之和郑彦能写的《调笑转踏》，开头都有教坊致语，末尾还有小儿队，而且每调之前都有口号诗，与曲本的体例极为相似。无名氏的《九张机》也是这样。到了董颖的《道宫薄媚》这种咏写西子故事的大曲，一共有十支曲子，每支曲子都平仄通押，已经成了套曲。这样的作品可以和《弦索西厢》一起列为曲家的始祖。曾慥把这些放在《乐府雅词》的卷首，就是为了把它和词区分开。董颖字仲达，是绍兴初人，曾经在汪彦章、徐师川处师事，彦章为他作了《字说》。这些事都可以在《直斋书录解题》看到。

赏析

在毛奇龄的眼中，《商调鼓子词》的作者赵令畤堪称杂剧之祖。赵令畤作有《蝶恋花》十二首，其中的十首都是写张生和崔莺莺的爱情故事，也就是西厢记。在他的作品中，韵文、散语交错并用，说唱结合，既有叙事，又有抒情，已经初具杂剧的特色，所以他被称为“杂剧之祖”。

和毛奇龄一样，王国维也非常欣赏赵令畤，也喜欢他的作品。除此之外，王国维还欣赏无名氏的《九张机》以及董颖的《道宫薄媚》等，认为这两位作者也可以说是杂剧之祖。王国维认为，鼓子词、大曲和宫调等都为元杂剧的形成起到了铺垫作用。

九

原文

宋人遇令节、朝贺、宴会、落成等事，有“致语”一种。宋子京、欧阳永叔、苏子瞻、陈师道[①]皆有之。《啸馀谱》[②]列之于词曲之间。其式：先“教坊致语”（四六文），次“口号”（诗），次“勾合曲”（四六文），次“勾小儿队”（四六文），次“队名”（诗二句），次“问小儿”“小儿致语”，次“勾杂剧”（皆四六文），次“放队”（或诗或四六文）。若有女弟子队，则勾女弟子队如前。其所歌之词曲与所演之剧，则自伶人定之。少游、补之之《调笑》乃并为之作词。元人杂剧乃以曲代之，曲子楔子、科白、上下场诗，犹是致语、口号、勾队、放队之遗也。此程明善[③]《啸馀谱》所以列致语于词曲之间者也。

注解

①陈师道：陈师道（1053—1102 年），字履常，别号后山居士，是江西

诗派的主要人物。

②《啸馀谱》：丛书名。为明代的程明善所编。有两个刊本流传，分别是明万历刊本和清康熙年间张汉所著的校刊本。此书一共收录了十二篇著作，其中有两篇与格律谱有关，分别是《北曲谱》和《南曲谱》，有两篇与韵书有关，分别是卓从之的《中州音韵》和周德清的《中原音韵》。

③程明善：字若水，歙县人，明天启（1621—1627）中监生。著有《啸馀谱》十卷。“其书总载诗曲之式，以歌之源出于啸，故名曰啸馀。首列啸旨、声音度数、律吕、乐府原题一卷。次诗馀谱三卷、致语附焉。次北曲谱一卷，《中原音韵》及务头一卷。次南曲谱三卷，《中州音谱》及《切韵》一卷。此书以通俗便用，故流传至今，并非善本。”

译文

宋朝的人碰到节日、朝贺仪式、宴会或落成典礼等事情时，经常用“致语”的形式表示祝贺。宋子京、欧阳永叔、苏子瞻、陈后山的集子里都有致语。《啸馀谱》将其列入了词曲之间。它的表现形式为：先以四六文体上教坊致语，然后念口号（近体诗），再然后是报告今日节目。口号念完后，演奏勾合曲（四六文）。演奏完成后，勾出小儿队（四六文）。小儿入队后，演其队名（诗二句），向小儿队询问来意，然后由小儿致语。致语后，开始勾杂剧（都是四六文），放小儿队（诗或四六文），表示搬演完成。此处，如果所勾是女童，就让女弟子队重新搬演一次。在搬演的全过程里所唱的词曲以及演出的杂剧，都是由教坊伶人歌妓商定的。秦少游和晁补之的《调笑转踏》都配着长短句填词。而元人的杂剧则以曲代词。曲中的楔子、科白和上下场诗，仿佛就是致语、口号、勾队、放队一样。这就是为什么程明善在《啸馀谱》中将致语列在了词和曲之间的原因。

赏析

为了应付令节、朝贺、宴会、落成等典礼，宋代的人发明了“致语”。通常致语都是四六文，口号诗则与近体诗相似。致语和口号诗主要是为了讲述当日的快乐，和我们今日的报幕等差不多。

这一段讲述的主要是文学从宋词到致语再到元曲的变化过程。在宋词和元曲之间，致语只起到了一个过渡的作用。程明善在他的《啸馀谱》里说：“今之传奇本戾家把戏，而关汉卿为我辈生活，亦伶人简兮之遗意，不若致语且歌且舞有腔有韵有古遗风，存之以见一斑云。”程明善的话讲述的就是致语的文体特点。而王国维则又在这个基础上，添加了致语的形式以及句式的长短、杂剧元曲等，总结出了“似曲非曲，似词非词”等文体特点。

一〇

原文

明顾梧芳刻《尊前集》[1]二卷，自为之引。并云：明嘉禾顾梧芳编次。毛子晋《词苑英华》疑为梧芳所辑。朱竹垞跋称：吴下得吴

宽手钞本，取顾本勘之，靡有不同，因定为宋初人编辑。《提要》两存其说[②]。按《古今词话》云："赵崇祚《花间集》载温飞卿《菩萨蛮》甚多，合之吕鹏《尊前集》不下二十阕。"今考顾刻所载飞卿《菩萨蛮》五首，除"咏泪"一首外，皆《花间》所有，知顾刻虽非自编，亦非复吕鹏之旧矣。《提要》又云："张炎《乐府指迷》，虽云唐人有《尊前》《花间》集，然《乐府指迷》真出张炎与否，盖未可定。陈直斋《书录解题》'歌词类'以《花间集》为首，注曰'此近世倚声填词之祖'，而无《尊前集》之名。不应张炎见之而陈振孙[③]不见。"然《书录解题》"阳春集"条下引高邮崔公度[④]语曰："'尊前''花间'往往谬其姓氏。"公度元（按：原误作"公"）祐间人，《宋史》有传。北宋固有，则此书不过直斋未见耳。又案：黄昇《花庵词选》李白《清平乐》下注云："翰林应制。"又云："案：唐吕鹏《遏云集》载应制词四首，以后二首无清逸气韵，疑非太白所作。"云云。今《尊前集》所载太白《清平乐》[⑤]有五首，岂《尊前集》一名《遏云集》，而四首五首之不同，乃花庵所见之本略异欤？又，欧阳炯[⑥]《花间集》谓："明皇朝有李太白应制《清平乐》四首"。则唐末时只有四首，岂末一首为梧芳所羼入，非吕鹏之旧欤？

注解

①《尊前集》：编者不详，但是宋朝人王灼在他的《碧鸡漫志》中提到了这本书，胡仔在他的《苕溪渔隐丛话》也有提及，由此可以推出，这本书在北宋时期就已经存在了。

②《提要》两存其说：《四库全书总目提要》"尊前集"条云："不著编

辑者姓名。前有万历嘉兴顾梧芳序云：‘余爱《花间》集，欲播传之，而余斯编第有类焉。’似即梧芳所辑。故毛晋亦谓梧芳采录名篇，厘为二卷。而朱彝尊跋，则谓于吴下得吴宽手钞本，取顾本勘之，词人之先后，乐章之次第，靡有不同，因定为宋初人编辑。考宋张炎《乐府指迷》曰：‘粤自隋唐以来，声诗间为长短句，至唐人则有《尊前》《花间》集。’似乎此书与《花间集》皆为五代旧本。然《乐府指迷》一云沈伯时作，又云顾阿瑛作，其为真出张炎与否，盖未可定。又，陈振孙《书录解题》‘歌词类’以《花间集》为首。注曰‘此近世倚声填词之祖’，而无《尊前集》之名。不应张炎见之而陈振孙不见。彝尊定为宋本，亦未可尽凭。疑以传疑，无庸强指。且就词论词，原不失为《花间》之骖乘。玩其情采，足资沾溉，亦不必定求其人以实之也。”

③陈振孙：曾名瑗，字伯玉，号直斋，浙江安吉人，生卒年不详，是南宋的藏书家、目录学家，代表作是《直斋书录解题》等。

④崔公度：字伯易，高邮人，崔希甫的孙子，生卒年不详，据说他聪慧过人，有过目不忘的本领，代表作是《曲辕集》四十篇等。

⑤太白《清平乐》：唐代诗人李白的《清平乐》（一名《忆萝月》）。原文为：“禁庭春昼，莺羽披新绣。百草巧求花下斗，只赌珠玑满斗。日晚却理残妆，御前闲舞霓裳。谁道腰肢窈窕，折旋笑得君王。

禁闱秋夜，月探金窗罅。玉帐鸳鸯喷兰麝，时落银灯香灺。女伴莫话孤眠，六宫罗绮三千。一笑皆生百媚，宸衷教在谁边。

烟深水阔，音信无由达。惟有碧天云外月，偏照悬悬离别。尽日感事伤怀，愁眉似锁难开。夜夜长留半被，待君魂梦归来。

鸾衾凤褥，夜夜常孤宿。更被银台红蜡烛，学妾泪珠相续。花貌些子时光，抛人远泛潇湘。欹枕悔听寒漏，声声滴断愁肠。画堂晨起，来报雪花坠。高卷帘栊看佳瑞，皓色远迷庭砌。盛气光引炉烟，素草寒生玉佩。应是天仙狂醉，乱把白云揉碎。”

⑥欧阳炯：欧阳炯（896—971年），益州华阳（今四川成都）人，是五代时期的词人。

译文

明代顾梧芳刻有《尊前集》二卷，并亲自为其作序。称：明嘉禾顾梧芳编次。毛子晋所刻《词苑英华》，疑是梧芳所编。朱竹垞说：我在江苏的时候，曾经得到吴匏庵（宽）的手抄本，我用它和顾本对比，发现完全相同，所以，我判断这个集子是宋初的人编辑的。《四库全书总目提要》中有两种说法。按，《古今词话》里说："赵崇祚的《花间集》记载了很多首温飞卿的《菩萨蛮》，和吕鹏《尊前集》中记载的加起来不下二十首。"如今再考察顾刻本中记载的五首飞卿的《菩萨蛮》，除了一首"咏泪"外，其他几首《花间集》都有。由此可以看出，顾刻本虽然并非由他本人编辑，但也不像吕鹏以前编辑的那样。《四库全书总目提要》又说："张炎的《乐府指迷》，虽然说唐人有《尊前集》《花间集》，但《乐府指迷》的作者究竟是不是张炎，还不得而知。陈直斋（振孙）在《直斋书录解题》'歌词类'中把《花间集》列在首位，还注明这是近世倚声填词的始祖，而没有记载《尊前集》的名字。应该不是只有张炎看到了《尊前集》，而陈振孙却没有看到。"然而，《直斋书录解题》在"阳春集"之下引用了高邮人崔公度的话说："《尊前集》和《花间集》常常会弄错作者的姓氏。"公度是元祐年间（1086—1094 年）的人，《宋史》有传。那么，北宋肯定是有《尊前集》的，也许真的是陈直斋没有见过吧。又按，黄昇在《花庵词选》中对李白的《清平乐》做了如下注解："翰林应制。"还说："唐吕鹏在《遏云集》中记载，李白应该写了四首词，后面的两首缺乏清高俊逸的气度和风韵，所以可能并非李太白所作。"等等。而现在的《尊前集》中记载，李白有五首《清平乐》，难道是因为《尊前集》又叫《遏云集》吗？而四首和五首的不同，是不是就是因为花庵（黄昇）看到了不同的版本呢？另外，欧阳炯在《花间集序》中说："唐明皇时期李白应该作了四首《清平乐》。"是不是在唐末还只有四首，最后一首是梧芳自己加进去的，而不是和吕鹏辑本不同呢？

赏析

《尊前集》是唐五代时期的词作汇总，编者不详。在《尊前集》中，作者一共收录了三十六个人的共二百六十首词。宋朝，《尊前集》与《花间集》并行，但由于宋朝的版本亡佚，后人对《尊前集》的成书经过存在很大争议。

王国维认为，《尊前集》如果不是顾梧芳所编，就是吕鹏所编。而编著的时间究竟是唐朝末期，还是北宋初年或者明代，王国维虽表示怀疑，在这一段中却没有一个明确的结论。

一一

原文

《提要》载：“《古今词话》[①]六卷，国朝沈雄[②]纂。雄字偶僧，吴江人。是编所述上起于唐，下迄康熙中年。”然维见明嘉靖前白口本《笺注草堂诗馀》[③]林外《洞仙歌》[④]下引《古今词话》云：“此词乃近时林外题于吴江垂虹亭。”（明刻《类编草堂诗馀》亦同）案：升庵[⑤]《词品》云：“林外字岂尘，有《洞仙歌》书于垂

虹亭畔。作道装，不告姓名，饮醉而去。人疑为吕洞宾[6]。传入宫中。孝宗[7]笑曰：‘“云崖洞天无锁”。“锁”与“老”协韵，则“锁”音“扫”，乃闽音也。’侦问之，果闽人林外也。”（《齐东野语》所载亦略同）则《古今词话》宋时固有此书。岂雄窃此书而复益以近代事欤？又，《季沧苇书目》[8]载《古今词话》十卷，而沈雄所纂只六卷，益证其非一书矣。

注解

①《古今词话》：是清初的一部辑录类词话，编者是沈雄。虽然也有流通，但并没有引起多大影响。

②沈雄：字偶僧，江苏吴江人，生卒年不详。

③《笺注草堂诗馀》：全称《增修笺注妙选草堂诗馀》，是一部词选集。多选宋词，也有一部分唐五代词。

④林外《洞仙歌》：林外，字岂尘，是福建晋江人，绍兴三十年（1160年）进士，著有《懒窟类稿》。《全宋词》中收进了一首林外的《洞仙歌》，原文为：“飞梁压水，虹影澄清晓。橘里渔村半烟草。今来古往，物是人非，天地里，唯有江山不老。　　雨巾风帽。四海谁知我。一剑横空几番过。按玉龙、嘶未断，月冷波寒，归去也、林屋洞天无锁。认云屏烟障是吾庐，任满地苍苔，年年不扫。”

⑤升庵：杨慎（1488—1559年），字用修，号升庵，今四川成都人，是明朝著名文学家。

⑥吕洞宾：吕洞宾（798—?），名岳，号纯阳子，相传是唐京兆人，一说他是河中府（今山西永济县）人。科举不第，自称回道人。他是民间传说中的八仙之一，民间流传着很多与他有关的神话故事。胡仔《苕溪渔隐丛话》

（前集卷五十八）云：《洞仙歌》，“人亦为吕仙作”。

⑦孝宗：指宋孝宗赵昚，字元永，是宋太祖七世孙。他被称作南宋最杰出的皇帝，他的统治被人们誉为“乾淳之治”。

⑧《季沧苇书目》：作者是清朝藏书家季振宜。

译文

《四库全书总目提要》中记载：“《古今词话》六卷的作者是清朝的沈雄。沈雄字偶僧，江苏吴江人。此书收录的诗词，上至唐代，下至康熙中期。”然而，在我看到的嘉靖前流传的白口本《笺注草堂诗馀》里面，林外的《洞仙歌》下有这样的注文，曾经引用《古今词话》中的话，并称：“这是近时林外在吴江的垂虹亭上题的一首词。”（明刻本《类编草堂诗馀》也有这样的注文）据杨升庵（慎）《词品》说：“林外字岂尘，在垂虹亭题有《洞仙歌》一词。林氏一身道家打扮，没有告诉别人自己的姓名，喝醉后离去。人们怀疑他是吕洞宾。这首词传到宫里，孝宗（赵昚）笑道：‘“云崖洞天无锁”。“锁”字和“老”字韵部不一样却互相取协，就是把“锁”字读成“扫”字，这是闽人的方言。’经过调查，林外确实是福建人。”（《齐东野语》也有类似的记载）由此可知，《古今词话》一书早在宋朝就已出现，是不是沈雄窃取古书又添加了一些近代的事实呢？而且，季振宜编纂的《季沧苇书目》记有《古今词话》十卷，而沈雄只有六卷（实为八卷），这也可以证明这两本书并非同一本书。

赏析

《四库全书总目提要》中的观点是，《古今词话》六卷是清代沈雄编撰的，然而王国维认为，其作者是谁还值得商榷，而且把明朝嘉靖之前的《笺注草堂诗馀》及杨慎的《词话》拿出来进行论述，指明《古今词话》早在宋朝时期就已经出现了，如果它和《提要》所载的是同一本书的话，那它的作者就不可能是清代的沈雄了。

但是，王国维又说，清代的藏书家季振宜在他的《季沧苇书目》中点明，《古今词话》一共十卷，而沈雄的《古今词话》仅六卷，因此大致推断出沈雄的《古今词话》可能是盗取了宋朝时的版本内容，又在里面加了一些近代的东西。王国维的观点有一定的道理。

一二

原文

楚辞之体，非屈子所创也。《沧浪》《凤兮》之歌已与三百篇异，然至屈子而最工。五七律始于齐、梁而盛于唐。词源于唐而大成于北宋。故最工之文学，非徒善创，亦且善因。

译文

楚辞这种文学样式，并不是屈原首创。《沧浪》歌和《凤兮》歌等已经与三百篇有很大差异，但这样的文学样式到了屈原那里已经变得非常精巧。五七言律开始于齐、梁时期，在唐朝兴盛起来。长短句填词开始于唐朝，在北宋才成为一代之胜。因此，最精妙的文学样式，并非只需善于创造，还要善于继承。

赏析

在这一段里，王国维阐述了楚辞、诗、词的开始与兴盛，最后得出结论："最工之文学，非徒善创，亦且善因。"任何文体都要经过发展继承的过程。我们要注重文体兴盛阶段的成就，也不能忽略文体的渊源所在。楚辞并不是屈原首创的，却在屈原时期达到兴盛；诗是在齐、梁时期出现的，却在唐朝时期达到兴盛；词是在唐朝出现的，却在北宋时期达到兴盛。叶燮曾经在《原诗》中说道："夫惟前者启之，而后者承之而益之；前者创之，而后者因之而广大之。……诗自三百篇以至于今，此中终始相承相成之故，乃豁然明矣。岂可以臆画而妄断者哉。"说的就是一个文体出现和兴盛之间的关系。

文学起源虽然非常重要，但是善于创新更是文体继续发展的前提，如果想给文体赋予新的生命，就要善于创新。善于创新就需要才能的个体及适于该文体发展的土壤，例如，唐朝的诗、宋朝的词以及元朝的曲等。

一三

原文

金朗甫作《词选后序》①，分词为“淫词”“鄙词”“游词”三种。词之弊尽是矣。五代北宋之词，其失也淫。辛、刘之词，其失也鄙。姜、张之词，其失也游。

注解

①《词选后序》：作者是金应珪。原文写道：“近世为词，厥有三蔽：义非宋玉而独赋蓬发，谏谢淳于而惟陈履舄，揣摩床笫，污秽中冓，是谓淫词，其蔽一也。猛起奋末，分言析字，诙嘲则俳优之末流，叫啸则市侩之盛气，此犹巴人振喉以和阳春，黾蜮怒嗌以调疏越，是谓鄙词，其蔽二也。规模物类，依托歌舞，哀乐不衷其性，虑叹无与乎情，连章累篇，义不出乎花鸟，感物指事，理不外乎酬应，虽既雅而不艳，斯有句而无章，是谓游词，其蔽三也。”

译文

金朗甫（应珪）在《词选后序》中把词分成“淫词”“鄙词”和“游词”三种。词的弊病都在这三者里。五代和北宋期间词的弊病是太过淫荡。辛弃疾和刘过词的弊病是太过粗鄙。姜夔和张炎词的弊病是过于虚情假意。

赏析

金应珪认为词有三大弊病，分别是“淫词”“鄙词”和“游词”。并根据不同时期词的特点分出该时期的词存在哪种弊病。他认为北宋五代之词的弊病是多为淫词，辛弃疾、刘过词的弊病是多为鄙词，姜夔、张炎词的弊病是多为游词。

一四

原文

余之于词，虽所作尚不及百阕，然自南宋以后，除一二人外，尚未有能及余者，则平日之所自信也。虽比之五代、北宋之大词人，余愧有所不如，然此等词人，亦未始无不及余之处。

译文

我对于词，虽然作得还不足一百首，但从南宋到现在为止，除了那么一两个人，还没有人可以超过我的。这是我日常比较自信的一点。我的词，与五代、北宋年间的大词人的作品相比，虽然在某些地方上，我比不上他们，但那些大词人，也未必没有比不上我的地方。

赏析

王国维并没有太多的词，但是他认为五代和北宋时期的词人，除了一两个特别优秀的，都比不上他自己，对此，他非常自信。更要紧的是，在王国维眼中，自己的词和五代、北宋时期的大词人的作品相比，虽然有些不足之处，但也有很多他们所不具有的长处。可见，王国维自视甚高。

但是，王国维的自信并不盲目，他的作品确实有过人之处。他首先将西方哲理带进了词中，还开创了用象征的方法论词、填词的先河，因此，他的确有一些引领性的理论，而且创作了不少高人一筹的文章，让他的作品超出了固有的束缚。他有些词虽然依然在写离别情思，却在此基础上加上了对自然、社会的“忧患意识”，在诗人的感悟中加入了哲人的思想，这与普通的春怨有很大的区别。

因此，王国维之所以这样自信，主要凭借的是这种前无古人的创造。

人间词

人间词甲稿序

王君静安将刊其所为《人间词》，诒书告余曰："知我词者莫如子，叙之亦莫如子宜。"余与君处十年矣，比年以来，君颇以词自娱。余虽不能词，然喜读词。每夜漏始下，一灯荧然，玩古人之作，未尝不与君共。君成一阕，易一字，未尝不以讯余。既而睽离，苟有所作，未尝不邮以示余也。然则余于君之词，又乌可以无言乎？

夫自南宋以后，斯道之不振久矣！元、明及国初诸老，非无警句也，然不免乎局促者，气困于雕琢也。嘉道以后之词，非不谐美也，然无救于浅薄者，意竭于摹拟也。君之于词，于五代喜李后主、冯正中，于北宋喜永叔、子瞻、少游、美成，于南宋除稼轩、白石外，所嗜盖鲜矣。尤痛诋梦窗、玉田，谓梦窗砌字，玉田垒句，一雕琢，一敷衍，其病不同，而同归于浅薄。六百年来词之不振，实自此始。

其持论如此。及读君自所为词，则诚往复幽咽，动摇人心，快而沉，直而能曲，不屑屑于言词之末，而名句间出，殆往往度越前人。至其言近而旨远，意决而辞婉，自永叔以后，殆未有工如君者也。君始为词时，亦不自意其至此，而卒至此者，天也，非人之所能为也。若夫观物之微，托兴之深，则又君诗词之特色。求之古代作者，罕有伦比。呜呼！不胜古人不足以与古人并，君其知之矣。世有疑余言者乎，则何不取古人之词与君词比类而观之也？

光绪丙午三月，山阴樊志厚叙。

人间词乙稿序

去岁夏，王君静安集其所为词，得六十余阕，名曰《人间词甲稿》，余既叙而行之矣。今冬复汇所作词为《乙稿》，丐余为之叙。余其敢辞。

乃称曰：文学之事，其内足以摅己而外足以感人者，意与境二者而已。上焉者意与境浑，其次或以境胜，或以意胜。苟缺其一，不足以言文学。原夫文学之所以有意境者，以其能观也。出于观我者，意余于境。而出于观物者，境多于意。然非物无以见我，而观我之时，又自有我在。故二者常互相错综，能有所偏重，而不能有所偏废也。文学之工不工，亦视其意境之有无与其深浅而已。自夫人不能观古人之所观，而徒学古人之所作，于是始有伪文学。学者便之，相尚以辞，相习以模拟，遂不复知意境之为何物，岂不悲哉！

苟持此以观古今人之词，则其得失可得而言焉。温、韦之精艳，所以不如正中者，意境有深浅也。珠玉所以逊六一，小山所以愧淮海者，意境异也。美成晚出，始以辞采擅长，然终不失为北宋人之词者，有意境也。南宋词人之有意境者，唯一稼轩，然亦若不欲以意境胜。白石之词，气体雅健耳，至于意境，则去北宋人远甚。及梦窗、玉田出，并不求诸气体，而惟文字之是务，于是词之道熄矣。自元迄明，益以不振。至于国朝，而纳兰侍卫以天赋之才，崛起于方兴之族。其所为词，悲凉顽艳，独有得于意境之深，可谓豪杰之士，奋乎百世之下者矣。同时朱、陈，既非劲敌；后世项、蒋，尤难鼎足。至乾嘉以降，审乎体格韵律之间者愈微，而意味之溢于字句之表者愈浅。岂非拘泥文字而不求诸意境之失欤？抑观我观物之事自有天在，固难期诸流俗欤？余与静安，均夙持此论。

静安之为词，真能以意境胜。夫古今人词之以意胜者，莫若欧阳公；以境胜者，莫若秦少游；至意境两浑，则惟太白、后主、正中数人足以当之。静安之词，大抵意深于欧，而境次于秦。至其合作，如《甲稿·浣溪沙》之"天末同云"、《蝶恋花》之"昨夜梦中"、《乙稿·蝶恋花》之"百尺朱楼"等阕，皆意境两忘，物我一体，高蹈乎八荒之表，而抗心乎千秋之间，骎骎乎两汉之疆域，广于三代，贞观之政治，隆于武德矣。方之侍卫，岂徒伯仲。此固君所得于天者独深，抑岂非致力于意境之效也。至君词之体裁，亦与五代北宋为近。然君词之所以为五代北宋之词者，以其有意境在。若以其体裁故，而至遽指为五代北宋，此又君之不任受。固当与梦窗、玉田之徒，专事摹拟者，同类而笑之也。

光绪三十三年十月，山阴樊志厚叙。

（按此甲乙二稿序，据赵万里君所撰静安先生年谱谓即出于先生自手，乃故意假托其友樊志厚者也。）

如梦令

点滴空阶疏雨。
迢递严城更鼓。
睡浅梦初成，
又被东风吹去。
无据。无据。
斜汉垂垂欲曙。

浣溪沙

路转峰回出画堂，
一山枫叶被残阳。
看来浑不似秋光。

隔座听歌人似玉，
六街归骑月如霜。
客中行乐只寻常。

临江仙

过眼韶华何处也?
萧萧又是秋声。
极天衰草暮云平。
斜阳漏处，一塔枕孤城。

独立荒寒谁语，
蓦回头、宫阙峥嵘。
红墙隔雾未分明。
依依残照，独拥最高层。

浣溪沙

草偃云低渐合围，
雕弓声急马如飞。
笑呼从骑载禽归。

万事不如身手好，

一生须惜少年时。

那能白首下书帷。

浣溪沙

霜落千林木叶丹，

远山如在有无间。

经秋何事亦孱颜。

且向田家拼泥饮，

聊从卜肆憩征鞍。

只应游戏在尘寰。

好事近

夜起倚危楼，

楼角玉绳低亚。

唯有月明霜冷，
浸万家鸳瓦。

人间何苦又悲秋，
正是伤春罢。
却向春风亭畔，
数梧桐叶下。

好事近

愁展翠罗衾，
半是余温半泪。
不辨坠欢新恨，
是人间滋味。

几年相守郁金堂，
草草浑闲事。
独向西风林下，
望红尘一骑。

采桑子

高城鼓动兰釭炧，
睡也还醒。醉也还醒。
忽听孤鸿三两声。

人生只似风前絮，
欢也零星。悲也零星。
都作连江点点萍。

西　河

垂柳里，
兰舟当日曾系。
千帆过尽，
只伊人、不随书至。
怪渠道着我侬心，

一般思妇游子。

昨宵梦，分明记。
几回飞渡烟水。
西风吹断，
伴灯花、摇摇欲坠。
宵深待到凤凰山，
声声啼鸩催起。

锦书宛在怀袖底。
人迢迢、紫塞千里。
算是不曾相忆，
倘有情、早合归来，
休寄一纸无聊相思字。

摸鱼儿秋柳

问断肠、江南江北。
年时如许春色。
碧栏干外无边柳，
舞落迟迟红日。
沙岸直。

又道是、连朝寒雨送行客。

烟笼数驿。

剩今日天涯，

衰条折尽，月落晓风急。

金城路，多少人间行役。

当年风度曾识。

北征司马今头白，

唯有攀条沾臆。

君莫折。

君不见、舞衣寸寸填沟洫。

细腰谁惜。

算只有多情，

昏鸦点点，攒向断枝立。

蝶恋花

谁道人间秋已尽。
衰柳毵毵，尚弄鹅黄影。
落日疏林光炯炯，
不辞立尽西楼暝。

万点栖鸦浑未定，
潋滟金波，又幂青松顶。
何处江南无此景，
只愁没个闲人领。

鹧鸪天

列炬归来酒未醒，
六街人静马蹄轻。
月中薄雾漫漫白，

桥外渔灯点点青。

从醉里，忆平生。
可怜心事太峥嵘。
更堪此夜西楼梦，
摘得星辰满袖行。

点绛唇

万顷蓬壶，
梦中昨夜扁舟去。
萦回岛屿。
中有舟行路。

波上楼台，
波底层层俯。
何人住。
断崖如锯。
不见停桡处。

点绛唇

高峡流云，
人随飞鸟穿云去。
数峰着雨。
相对青无语。

岭上金光，
岭下苍烟冱。
人间曙，
疏林平楚，
历历来时路。

踏莎行元夕

绝顶无云，昨宵有雨。
我来此地闻天语。

疏钟暝直乱峰回，
孤僧晓渡寒溪去。

是处青山，前生俦侣。
招邀尽入闲庭户。
朝朝含笑复含颦，
人间相媚争如许。

清平乐

樱桃花底，
相见颓云髻。
的的银釭无限意，
消得和衣浓睡。

当时草草西窗，
都成别后思量。
遮莫天涯异日，
转思今夜凄凉。

鹧鸪天

阁道风飘五丈旗，
层楼突兀与云齐。
空余明月连钱列，
不照红葩倒井披。

频摸索，且攀跻。
千门万户是耶非。
人间总是堪疑处，
唯有兹疑不可疑。

浣溪沙

月底栖鸦当叶看，
推窗跕跕堕枝间。
霜高风定独凭栏。

为制新词髭尽断，
偶听悲剧泪无端。
可怜衣带为谁宽。

青玉案

姑苏台上乌啼曙。
剩霸业，今如许。
醉后不堪仍吊古。
月中杨柳，水边楼阁，
犹自教歌舞。

野花开遍真娘墓。
绝代红颜委朝露。
算是人生赢得处。
千秋诗料，一抔黄土，
十里寒螀语。

满庭芳

水抱孤城，云开远戍，
垂柳点点栖鸦。
晚潮初落，残日漾平沙。
白鸟悠悠自去，
汀洲外、无限蒹葭。
西风起，飞花如雪，
冉冉去帆斜。

天涯，
还忆旧，香尘随马，
明月窥车。
渐秋风镜里，暗换年华。
纵使长条无恙，
重来处、攀折堪嗟。
人何许，朱楼一角，
寂寞倚残霞。

蝶恋花

阅尽天涯离别苦，
不道归来，零落花如许。
花底相看无一语，
绿窗春与天俱暮。

待把相思灯下诉，
一缕新欢，旧恨千千缕。
最是人间留不住，
朱颜辞镜花辞树。

玉楼春

今年花事垂垂过，
明岁花开应更辫。
看花终古少年多，

只恐少年非属我。

劝君莫厌金罍大，
醉倒且拼花底卧。
君看今日树头花，
不是去年枝上朵。

阮郎归

女贞花白草迷离，
江南梅雨时。
阴阴帘幕万家垂，
穿帘双燕飞。

朱阁外，碧窗西，
行人一舸归。
清溪转处柳阴低，
当窗人画眉。

浣溪沙

天末同云黯四垂，
失行孤雁逆风飞。
江湖寥落尔安归。

陌上金丸看落羽，
闺中素手试调醯。
今宵欢宴胜平时。

浣溪沙

山寺微茫背夕曛，
鸟飞不到半山昏。
上方孤磬定行云。

试上高峰窥皓月，
偶开天眼觑红尘。
可怜身是眼中人。

青玉案

江南秋色垂垂暮。
算幽事，浑无数。
日日沧浪亭畔路。
西风林下，夕阳水际，
独自寻诗去。

可怜愁与闲俱赴。
待把尘劳截愁住。
灯影幢幢天欲曙。
闲中心事，忙中情味，
并入西楼雨。

浣溪沙

昨夜新看北固山，
今朝又上广陵船。
金焦在眼苦难攀。

猛雨自随汀雁落，
湿云常与暮鸦寒。
人天相对作愁颜。

鹊桥仙

沉沉戍鼓，萧萧厩马，
起视霜华满地。
猛然记得别伊时，
正今夕、邮亭天气。

北征车辙，南征归梦，
知是调停无计。
人间事事不堪凭，
但除却、无凭两字。

鹊桥仙

绣衾初展，银釭旋剔，
不尽灯前欢语。

人间岁岁似今宵，
便胜却、貂蝉无数。

霎时送远，经年怨别，
镜里朱颜难驻。
封侯觅得也寻常，
何况是、封侯无据。

减字木兰花

皋兰被径，
月底栏干闲独凭。
修竹娟娟，
风里时闻响佩环。

蓦然深省，
起踏中庭千个影。
依旧人间，
一梦钧天只惘然。

浣溪沙

夜永衾寒梦不成，
当轩减尽半天星。
带霜宫阙日初升。

客里欢娱和睡减，
年来哀乐与词增。
更缘何物遣孤灯。

浣溪沙

画舫离筵乐未停，
潇潇暮雨阖闾城。
那堪还向曲中听。

只恨当时形影密，

不关今日别离轻。

梦回酒醒忆平生。

浣溪沙

才过苕溪又霅溪，

短松疏竹媚朝晖。

去年此际远人归。

烧后更无千里草，

雾中不隔万家鸡。

风光浑异去年时。

贺新郎

月落飞乌鹊。

更声声、暗催残岁，

城头寒柝。

曾记年时游冶处，

偏反一栏红药。

和士女、盈盈欢谑。
眼底春光何处也?
只极天、野烧明山郭。
侧身望，天地窄。

遣愁何计频商略。
恨今宵、书城空拥，
愁城难落。
陋室风多青灯炧，
中有千秋魂魄。
似诉尽、人间纷浊。
七尺微躯百年里，
那能消、今古间哀乐?
与蝴蝶，蘧然觉。

人月圆

天公应自嫌寥落，
随意着幽花。
月中霜里，数枝临水，
水底横斜。

萧然四顾，疏林远渚，

寂寞天涯。
一声鹤唳，殷勤唤起，
大地清华。

卜算子

罗袜悄无尘，
金屋浑难贮。
月底溪边一晌看，
便恐凌波去。

独自惜幽芳，
不敢矜迟莫。
却笑孤山万树梅，
狼藉花如许。

八声甘州

直青山、缺处倚东南，
万堞浸明湖。

看片帆指处，

参差宫阙，风展旌旟。

向晚橹声渐数，

萧瑟杂菰蒲。

一骑严城去，灯火千衢。

不道繁华如许，

又万家爆竹，

隔院笙竽。

叹沉沉人海，

不与慰羁孤。

剩终朝、襟裾相对，

纵委蛇、人已厌狂疏。

呼灯且觅朱家去，

痛饮屠苏。

浣溪沙

曾识卢家玳瑁梁，

觅巢新燕屡回翔。

不堪重问郁金堂。

今雨相看非旧雨，

故乡罕乐况他乡。

人间何地着疏狂。

踏莎行

绰约衣裳，凄迷香麝。

华灯素面光交射。

天公倍放月婵娟，

人间解与春游冶。

乌鹊无声，鱼龙不夜。

九衢忙杀闲车马。

归来落月挂西窗，

邻鸡四起兰釭灺。

蝶恋花

急景流年真一箭。

残雪声中，

省识东风面。

风里垂杨千万线，
昨宵染就鹅黄浅。

又是廉纤春雨暗。
倚遍危楼，
高处人难见。
已恨平芜随雁远，
暝烟更界平芜断。

蝶恋花

窣地重帘围画省。
帘外红墙，
高与银河并。
开尽隔墙桃与杏，
人间望眼何由骋。

举首忽惊明月冷。
月里依稀，
认得山河影。
问取嫦娥浑未肯，
相携素手层城顶。

蝶恋花

昨夜梦中多少恨。
细马香车，
两两行相近。
对面似怜人瘦损，
众中不惜搴帷问。

陌上轻雷听隐辚。
梦里难从，
觉后那堪讯。
蜡泪窗前堆一寸，
人间只有相思分。

蝶恋花

独向沧浪亭外路。
六曲阑干，曲曲垂杨树。
展尽鹅黄千万缕，

月中并作蒙蒙雾。

一片流云无觅处。
云里疏星，不共云流去。
闭置小窗真自误，
人间夜色还如许。

浣溪沙

舟逐清溪弯复弯，
垂杨开处见青山。
毵毵绿发覆烟鬟。

夹岸莺花迟日里，
归船箫鼓夕阳间。
一生难得是春闲。

临江仙

闻说金微郎戍处，

昨宵梦向金微。
不知今又过辽西。
千屯沙上暗，
万骑月中嘶。

郎似梅花侬似叶，
朅来手抚空枝。
可怜开谢不同时。
漫言花落早，
只是叶生迟。

南歌子

又是乌西匿，
初看雁北翔。
好与报檀郎。
春来宵渐短，
莫思量。

荷叶杯

手把金尊酒满，
相劝。
情极不能羞。
乍调筝处又回眸。
留摩留，
留摩留。

荷叶杯

矮纸数行草草，
书到。
总道苦相思。
朱颜今日未应非。
归摩归，
归摩归。

荷叶杯

无赖灯花又结，
照别。
休作一生拼。
明朝此际客舟寒。
欢摩欢，
欢摩欢。

荷叶杯

谁道闲愁如海，
零碎。
雨过一池沤。
时时飞絮上帘钩。
愁摩愁，
愁摩愁。

荷叶杯

昨夜绣衾孤拥，
幽梦。
一霎钿车尘。
道旁依约见天人。
真摩真，
真摩真。

荷叶杯

隐隐轻雷何处，
将曙。
隔牖见疏星。
一庭芳树乱啼莺。
醒摩醒，
醒摩醒。

蝶恋花

窈窕燕姬年十五。
惯曳长裾，
不作纤纤步。
众里嫣然通一顾，
人间颜色如尘土。

一树亭亭花乍吐。
除却天然，
欲赠浑无语。
当面吴娘夸善舞，
可怜总被腰肢误。

玉楼春

西园花落深堪扫，
过眼韶华真草草。
开时寂寂尚无人，

今日偏嗔摇落早。

昨朝却走西山道，
花事山中浑未了。
数峰和雨对斜阳，
十里杜鹃红似烧。

蝶恋花

辛苦钱塘江上水。
日日西流，
日日东趋海。
终古越山澒洞里，
可能销得英雄气。

说与江潮应不至。
潮落潮生，
几换人间世。
千载荒台麋鹿死，
灵胥抱愤终何是。

蝶恋花

谁道江南春事了。
废苑朱藤，开尽无人到。
高柳数行临古道，
一藤红遍千枝杪。

冉冉赤云将绿绕。
回首林间，无限斜阳好。
若是春归归合早，
余春只揽人怀抱。

水龙吟 杨花

开时不与人看，
如何一霎蒙蒙坠。
日长无绪，回廊小立，
迷离情思。
细雨池塘，斜阳院落，

重门深闭。
正参差欲住，轻衫掠处，
又特地、因风起。

花事阑珊到汝，
更休寻、满枝琼缀。
算来只合，人间哀乐，
者般零碎。
一样飘零，宁为尘土，
勿随流水。
怕盈盈、一片春江，
都贮得、离人泪。

点绛唇

暗里追凉，
扁舟径掠垂杨过。
湿萤光大，
一一风前堕。

坐觉西南，
紫电排云破。
严城锁，

高歌无和，
万舫沉沉卧。

蝶恋花

莫斗婵娟弓样月。
只坐蛾眉，
消得千谣诼。
臂上宫砂那不灭，
古来积毁能销骨。

手把齐纨相决绝。
懒祝秋风，
再使人间热。
镜里朱颜犹未歇，
不辞自媚朝和夕。

浣溪沙

七月西风动地吹，
黄埃和叶满城飞。
征人一日换缁衣。

金马岂真堪避世，
海鸥应是未忘机。
故人今有问归期。

浣溪沙

城郭秋生一夜凉，
独骑瘦马傍宫墙。
参差霜阙带朝阳。

旋解冻痕生绿雾，
倒涵高树作金光。
人间夜色尚苍苍。

扫花游

疏林挂日，正雾淡烟收，
苍然平楚。
绕林细路，
听沉沉落叶，玉骢踏去。
背日丹枫，到眼秋光如许。
正延伫，
便一片飞来，说与迟暮。

欢事难再溯，
是载酒携柑，旧曾游处。
清歌未住。
又黄鹂趁拍，飞花入俎。
今日重来，
除是斜晖如故。
隐高树，
有寒鸦、相呼俦侣。

祝英台近

月初残，门小掩，
看上大堤去。
徒御喧阗，
行子黯无语。
为谁收拾离颜，
一腔红泪，
待留向、孤衾偷注。

马蹄驻，
但觉怨慕悲凉，
条风过平楚。
树上啼鹃，
又诉岁华暮。
思量只有人间，
年年征路，
纵有恨、都无啼处。

浣溪沙

乍向西邻斗草过，
药栏红日尚婆娑。
一春只遣睡消磨。

发为沉酣从委枕，
脸缘微笑暂生涡。
这回好梦莫惊他。

虞美人

犀比六博消长昼，
五白惊呼骤。
不须辛苦问亏成，
一霎尊前了了见浮生。

笙歌散后人微倦，
归路风吹面。

西窗落月荡花枝，
又是人间酒醒梦回时。

减字木兰花

乱山四倚，
人马崎岖行井底。
路逐峰旋，
斜日杏花明一山。

销沉就里，
终古兴亡离别意。
依旧年年，
迤逦骡纲度上关。

蝶恋花

连岭去天知几尺。
岭上秦关，
关上元时阙。

谁信京华尘里客，
独来绝塞看明月？

如此高寒真欲绝。
眼底千山，
一半溶溶白。
小立西风吹素帻，
人间几度生华发。

蝶恋花

帘幕深深香雾重。
四照朱颜，
银烛光浮动。
一霎新欢千万种，
人间今夜浑如梦。

小语灯前和目送。
密意芳心，
不放罗帏空。
看取博山闲袅凤，
蒙蒙一气双烟共。

蝶恋花

手剔银灯惊炷短。
拥髻无言，
脉脉生清怨。
此恨今宵争得浅，
思量旧日深恩遍。

花影一帘和月转。
直恁凄凉，
此境何曾惯。
故拥绣衾遮素面，
赚他醉里频频唤。

浣溪沙

似水轻纱不隔香，
金波初转小回廊。
离离丛菊已深黄。

尽撤华灯招素月，
更缘人面发花光。
人间何处有严霜。

蝶恋花

落日千山啼杜宇，
送得归人，
不遣居人住。
自是精魂先魄去，
凄凉病榻无多语。

往事悠悠容细数，
见说他生，
又恐他生误。
纵使兹盟终不负，
那时能记今生否。

菩萨蛮

高楼直挽银河住，
当时曾笑牵牛处。
今夕渡河津，
牵牛应笑人。

桐梢垂露脚，
梢上惊乌掠。
灯焰不成青，
绿窗纱半明。

应天长

紫骝却照春波绿，
波上荡舟人似玉。
似相知，羞相逐，
一晌低头犹送目。

鬓云欹，眉黛蹙，
应恨这番匆促。
恼一时心曲，
手中双桨速。

菩萨蛮

红楼遥隔廉纤雨，
沉沉暝色笼高树。
树影到侬窗，
君家灯火光。

风枝和影弄，
似妾西窗梦。
梦醒即天涯，
打窗闻落花。

菩萨蛮

玉盘寸断葱芽嫩，
鸾刀细割羊肩进。
不敢厌腥臊，
缘君亲手调。

红炉赪素面，
醉把貂裘缓。
归路有余狂，
天街宵踏霜。

鹧鸪天

楼外秋千索尚悬，
霜高素月慢流天。
倾残玉碗难成醉，
滴尽铜壶不解眠。

人寂寂，夜厌厌，
北窗情味似枯禅。
不缘此夜金闺梦，
那信人间尚少年。

浣溪沙

花影闲窗压几重，
连环新解玉玲珑。
日长无事等匆匆。

静听斑骓深巷里，
坐看飞鸟镜屏中。
乍梳云髻那时松。

浣溪沙

爱棹扁舟傍岸行，
红妆素萏斗轻盈。
脸边舷外晚霞明。

为惜花香停短棹，
戏窥鬓影拨流萍。
玉钗斜立小蜻蜓。

蝶恋花

忆挂孤帆东海畔。
咫尺神山，
海上年年见。
几度天风吹棹转，
望中楼阁阴晴变。

金阙荒凉瑶草短。
到得蓬莱，
又值蓬莱浅。
只恐飞尘沧海满，
人间精卫知何限。

喜迁莺

秋雨霁，晚烟拖。
宫阙与云摩。
片云流月入明河，
鸩鹊散金波。

宜春院，
披香殿。
雾里梧桐一片。
华灯簇处动笙歌，
复道属车过。

蝶恋花

翠幕清寒无着处。
好梦初还，
枕上惺忪语。
残夜小楼浑欲曙，

四山积雪明如许。

莫遣良辰闲过去。
起瀹龙团，
对雪烹肥羜。
此景人间殊不负，
檐前冻雀还知否。

虞美人

弄梅骑竹嬉游日，
门户初相识。
未能羞涩但娇痴，
却立风前散发衬凝脂。

近来瞥见都无语，
但觉双眉聚。
不知何日始工愁，
记取那回花下一低头。

齐天乐 蟋蟀

天涯已自悲秋极，
何须更闻虫语。
乍响瑶阶，旋穿绣闼，
更入画屏深处。
喁喁似诉。
有几许哀丝，佐伊机杼。
一夜东堂，
暗抽离恨万千绪。

空庭相和秋雨。
又南城罢柝，西院停杵。
试问王孙，苍茫岁晚，
那有闲愁无数。
宵深谩与。
怕梦稳春酣，万家儿女。
不识孤吟，劳人床下苦。

点绛唇

波逐流云，
棹歌袅袅凌波去。
数声和橹，
远入蒹葭浦。

落日中流，
几点闲鸥鹭。
低飞处，
菰蒲无数，
瑟瑟风前语。

蝶恋花

春到临春花正妩。
迟日阑干，
蜂蝶飞无数。
谁遣一春抛却去，

马蹄日日章台路。

几度寻春春不遇。
不见春来，
那识春归处。
斜日晚风杨柳渚，
马头何处无飞絮。

菩萨蛮

西风水上摇征梦，
舟轻不碍孤帆重。
江阔树冥冥，
荒鸡叫雾醒。

舟穿妆阁底，
楼上佳人起。
蓦入欲通辞，
数声柔橹枝。

蝶恋花

落落盘根真得地。
涧畔双松，
相背呈奇态。
势欲拼飞终复坠，
苍龙下饮东溪水。

溪上平冈千迭翠。
万树亭亭，
争作拏云势。
总为自家生意遂，
人间爱道为渠媚。

醉落魄

柳烟淡薄，
月中闲杀秋千索。
踏青挑菜都过却。

陡忆今朝，
又失湔裙约。

落红一阵飘帘幕，
隔帘错怨东风恶。
披衣小立阑干角。
摇荡花枝，
哑哑南飞鹊。

虞美人

杜鹃千里啼春晚，
故国春心断。
海门空阔月皑皑，
依旧素车白马夜潮来。

山川城郭都非故，
恩怨须臾误。
人间孤愤最难平，
消得几回潮落又潮生。

鹧鸪天

绛蜡红梅竞作花，
客中惊又度年华。
离离长柄垂天斗，
隐隐轻雷隔巷车。

斟醁醑，和尖叉，
新词飞寄舍人家。
可将平日丝纶手，
系取今宵赴壑蛇。

百字令

楚灵均后，
数柴桑、第一伤心人物。
招屈亭前千古水，
流向浔阳百折。
夷叔西陵，山阳下国，

此恨那堪说。

寂寥千载，有人同此伊郁。

堪叹招隐图成，

赤明龙汉，

小劫须臾阅。

试与披图寻甲子，

尚记义熙年月。

归鸟心期，孤云身世，

容易成华发。

乔松无恙，素心还问霜杰。

霜花腴

海滘倦客，是赤明延康，
旧日衣冠。
坡老黎邨，冬郎闽峤，
中年陶写应难。
醉乡尽宽。
更紫萸、黄菊尊前。
剩沧江、梦绕觚棱，
斗边槎外恨高寒。

回首凤城花事，
便玉河烟柳，
总带栖蝉。
写艳霜边，疏芳篱下，
消磨十样蛮笺。
载将画船。
荡素波、凉月娟娟。
倩郦泉、与驻秋容，
重来扶醉看。

清平乐

蕙兰同畹，
着意风光转。
劫后芳华仍婉晚，
得似凤城初见。

旧人惟有何戡，
玉宸宫调曾谙。
断肠杜陵诗句，
落花时节江南。

少年游

垂杨门外，疏灯影里，
上马帽檐斜。
紫陌霜浓，青松月冷，
炬火散林鸦。

酒醒起看西窗上，
翠竹影交加。
跌宕歌词，纵横书卷，
不与遣年华。

阮郎归

美人消息隔重关，
川途弯复弯。
沉沉空翠压征鞍，
马前山复山。

浓泼黛，缓拖鬟，
当年看复看。
只余眉样在人间，
相逢艰复艰。

浣溪沙

六郡良家最少年，
戎装骏马照山川。
闲抛金弹落飞鸢。

何处高楼无可醉，
谁家红袖不相怜。
人间那信有华颠。

点绛唇

厚地高天，
侧身颇觉平生左。
小斋如舸，
自许回旋可。

聊复浮生，
得此须臾我。

乾坤大，

霜林独坐，

红叶纷纷堕。

蝶恋花

满地霜华浓似雪。

人语西风，

瘦马嘶残月。

一曲阳关浑未彻，

车声渐共歌声咽。

换尽天涯芳草色。

陌上深深，

依旧年时辙。

自是浮生无可说，

人间第一耽离别。

蝶恋花

陡觉宵来情绪恶。
新月生时，
黯黯伤离索。
此夜清光浑似昨，
不辞自下深深幕。

何物尊前哀与乐。
已坠前欢，
无据他年约。
几度烛花开又落，
人间须信思量错。

蝶恋花

百尺朱楼临大道。
楼外轻雷，
不间昏和晓。

独倚阑干人窈窕，
闲中数尽行人小。

一霎车尘生树杪。
陌上楼头，
都向尘中老。
薄晚西风吹雨到，
明朝又是伤流潦。

蝶恋花

黯淡灯花开又落。
此夜云踪，
终向谁边着。
频弄玉钗思旧约，
知君未忍浑抛却。

妾意苦专君苦博。
君似朝阳，
妾似倾阳藿。
但与百花相斗作，
君恩妾命原非薄。

浣溪沙

掩卷平生有百端，
饱更忧患转冥顽。
偶听啼鴂怨春残。

坐觉无何消白日，
更缘随例弄丹铅。
闲愁无分况清欢。

清平乐

垂杨深院，
院落双飞燕。
翠幕银灯春不浅，
记得那时初见。

眼波靥晕微流，
尊前却按《凉州》。

拼取一生肠断，
消他几度回眸？

浣溪沙

漫作年时别泪看，
西窗蜡炬尚汍澜。
不堪重梦十年间。

斗柄又垂天直北，
客愁坐逼岁将阑。
更无人解忆长安。

谒金门

孤檠侧。
诉尽十年踪迹。
残夜银釭无气力。
绿窗寒恻恻。

落叶瑶阶狼藉，

高树露华凝碧。

露点声疏人语密，

旧欢无处觅。

苏幕遮

倦凭栏，低拥髻。

丰颊修眉，犹是年时意。

昨夜西窗残梦里。

一霎幽欢，不似人间世。

恨来迟，防醒易。

梦里惊疑，何况醒时际。

凉月满窗人不寐。

香印成灰，总作回肠字。

浣溪沙

本事新词定有无，

这般绮语太胡卢。

灯前肠断为谁书。

隐几窥君新制作，
背灯数妾旧欢娱。
区区情事总难符。

蝶恋花

袅袅鞭丝冲落絮。
归去临春，
试问春何许。
小阁重帘天易暮，
隔帘阵阵飞红雨。

刻意伤春谁与诉。
闷拥罗衾，
动作经旬度。
已恨年华留不住，
争知恨里年华去。

蝶恋花

窗外绿阴添几许。
剩有朱樱，
尚系残春住。
老尽莺雏无一语，
飞来衔得樱桃去。

坐看画梁双燕乳。
燕语呢喃，
似惜人迟暮。
自是思量渠不与，
人间总被思量误。

点绛唇

屏却相思，
近来知道都无益。
不成抛掷。

梦里终相觅。

醒后楼台，
与梦俱明灭。
西窗白。
纷纷凉月。
一院丁香雪。

清平乐

斜行淡墨，
袖得伊书迹。
满纸相思容易说，
只爱年年离别。

罗衾独拥黄昏，
春来几点啼痕。
厚薄但观妾命，
浅深莫问君恩。

浣溪沙

已落芙蓉并叶凋，
半枯萧艾过墙高。
日斜孤馆易魂消。

坐觉清秋归荡荡，
眼看白日去昭昭。
人间争度渐长宵。

蝶恋花

月到东南秋正半。
双阙中间，
浩荡流银汉。
谁起水精帘下看，
风前隐隐闻箫管。

凉露湿衣风拂面。

坐爱清光，

分照恩和怨。

苑柳宫槐浑一片，

长门西去昭阳殿。

菩萨蛮

回廊小立秋将半。

婆娑树影当阶乱。

高树是东家，

月华笼露华。

碧阑干十二，

都作回肠字。

独有倚阑人，

断肠君不闻。

蝶恋花

冉冉蘅皋春又暮。

千里生还，
一诀成终古。
自是精魂先魄去，
凄凉病榻无多语。

往事悠悠容细数。
见说来生，
只恐来生误。
纵使兹盟终不负，
那时能记今生否。

虞美人

碧苔深锁长门路，
总为蛾眉误。
自来积毁骨能销，
何况真红一点臂砂娇。

妾身但使分明在，
肯把朱颜悔。
从今不复梦承恩，
且自簪花坐赏镜中人。